볼 꼴, 못 볼 꼴
다시 보고 싶지 않은 꼴

황기선 박사가 전후세대에게 들려주는
인생역정과 북한 이야기

볼 꼴, 못 볼 꼴
다시 보고 싶지 않은

황기선 지음

나무와숲

내가 지금 살고 있는 곳이 고향

실향민들의 고향이 따로 있나
둥글둥글 바위 사이에 자라난 나무
옛 고향 마을에서도 볼 수 있었던 다래 넝쿨
구불구불 청송의 자태가 낯익은 동산

마당에 활짝 핀 붉은 꽃 노란 꽃 흰 꽃
귀찮은 민들레가 살아가는 그 생명력
야생화도 아름다운 있는 그대로 피어나고
또 철 따라 지는 들꽃들
피어나는 이화梨花의 청순함

세월이 소리 없이 지나가며
익어 가는 가을도 머지않고
배가 주렁주렁 커가고
사과는 가지마다 풍성하고
자두는 넘쳐 가지가 휘어지고
포도는 늦게나마 따라 익으려고 온갖 힘을 쓰는데

고향은 아니지만
내가 살아오고 터를 다듬은 내 정원

여러 십 년 살다 보니
고향 친구는 없어도
나무가 내 친구이고
과일이 내 결실이네

살 날 얼마 남지는 않았지만
마음 편히 땀 식히며
병들지 않고 팔다리 움직이며
좋은 세월에 태어난 애들의 젊음을 부러워하며
그들이 살아갈 날들이 염려도 되지만

내가 못 본 것들을 볼 행운들이
그들의 행복을 기다린다.
한 줌의 흙이 아닌
재가 될 날이 오는 그날을

남에게 폐 안 끼치고
후회 없이 즐겁게 맞이하려
담담히 욕심 없이 살련다.

통일을 갈구하는 목소리

제가 처음 황기선 박사님을 만난 것은 2008년 초봄, 막 서북미 시애
틀에서 동족선교의 뿌리를 내리던 때였습니다. 우렁찬 목소리에 작
은 거인을 보는 듯했고, 함께 두만강과 압록강 강변에서 진료 봉사
를 할 때는 오랫동안 기다리던 자상하고 다정한 의사 선생님을 만난
듯했습니다.

이렇게 한두 해의 만남을 넘어 함께 방을 쓰면서 선교 여행을 하다 보니
자연스럽게 그의 가슴에 뭉클 담긴 이야기도 듣게 되었습니다. 70년
동안 가슴에 묻어 둔 고향의 부모님, 전쟁의 상처, 사선을 넘어 이뤄
낸 배움과 성장, 그리고 골육에 대한 사무치는 이야기를 들으면서 이
산가족의 아픔이 뭔지를 더 깊이 공감하게 되었습니다.

이런 귀한 분을 만난 것이 내게는 큰 배움이자 기쁨이었습니다. 특별
히 선친의 유언을 지키려 죽음을 각오하고 북녘으로 들어가 형제자
매들을 만나고 가족으로서의 본분을 다한 황 박사님의 이야기를 들
을 때는 애절함이 밀려들었습니다.

황 박사님의 이 책에는 그의 외롭고 추웠던 유년 시절과 성장 과정,

조국에 헌신했던 선조들, 그리고 미국 이민과 분단된 땅에서 볼 수 없었던 가족과의 상봉, 북한 고향 땅에 들어가서 생각해 본 통일에 대한 소망들이 너무나 감동스럽게 엮어져 있습니다.

조국을 떠나 살면서도 통일을 갈구하는 사람들, 휴전선 바로 아래에서 통일을 바라는 사람들, 혹 사는 일이 바빠서 통일을 잊어버리고 사는 사람들, 그 모두에게 그의 이야기는 좋은 교훈과 정보가 될 것입니다.

타국 생활 내내 통일을 희망했던 그의 외침을 독자들은 이 책에서 더 절실하게 들을 수 있을 것입니다. 그리하여 이 책을 읽는 분들이 그와 같이 통일에 대해서 더 이상 침묵하지 않게 되리라고 기대해 봅니다.

우리 민족이 함께 통일을 크게 외치면, 반드시 통일은 오리라 믿습니다. 부디 황 박사님께서 그 통일을 볼 수 있으면 더 좋겠습니다.

"통일이여, 어서 오라!"

기드온동족선교회 대표
박상원 목사

치열한 삶이 주는 교훈

황기선 박사는 미국 서부의 아름다운 도시 오리건 주 포틀랜드 시에서 수십 년간 의사로 일하다가 지금은 은퇴하고 봉사활동으로 여생을 보내고 있다. 그의 이야기는 언뜻 보면 아메리칸 드림을 이룬 성공한 한국인 스토리의 하나로 비칠 수도 있다.

그러나 그의 파란만장한 인생 궤적을 따라가다 보면 이런 생각은 완전히 바뀌게 된다. 올해 팔순을 맞이하는 황 박사나 그와 비슷한 연령대인 70대 후반 이상의 한국인치고 어떤 형태로든 6·25전쟁의 아픈 상처로부터 자유로운 사람은 없다. 그럼에도 황 박사의 이야기는 유독 슬프면서도 벅찬 감동을 동시에 불러일으킨다.

참혹한 전쟁의 와중에 북에서 홀로 내려와 천신만고 끝에 서울 유명 의과대학을 졸업하기까지의 이야기는 인생유전의 감동 드라마 그 자체다. 찢어지게 가난하면서도 죽을힘을 다해 역경에 맞섰던 그의 노력 앞에 저절로 머리가 숙여진다. 온갖 차별과 어려움을 극복하며 미국 의사가 된 후 꿈에 그리던 북의 가족들을 만났지만, 그들의 참혹한 실상에 좌절하는 그의 고통과 슬픔은 민족 분단의 아픔을 새삼 느끼게 한다. 북의 가족들과 상봉하는 감격을 누렸지만 그 대가로 미국에 돌아와서는 친북분자로 몰리며 교포들의 차가운 눈총에 시달리고, 고국으로부터는 입국금지를 당했던 이야기에는 서글픔에 앞서서 분노가 치민다. 세월이 흐르면서 북에 있던 그의 형제자매들도 하나씩 세상을 떠나 이제는 두 사람만 남았고, 그들과도 몇 년 전 최종 작별 인사를 했다는 말에 가슴이 아려 온다. 어린 나이에 홀로 남으로 넘어와 60여 년 동안 가슴에 품었던 응어리를 이제야 내려놓았다는 것이다. 그리고 지금까지 하고 싶어도 하지 못했던 이야기들을 풀어놓은 것이 바로 이 책이다.

황 박사와는 지난 1990년 친척이 살던 포틀랜드를 방문했을 때 만나 지금까지 사반세기 동안을 알고 지내는 사이다. 그의 처절한 인생 이야기는 이 책을 보고 비로소 알게 되었다. 쓰라린 전쟁의 상처를 갖고 있으면서도 그는 언제나 쾌활했고 어려운 상황에 처한 사람을 흔쾌히 도와주는 매우 낙천적인 사람이다. 또 팔순의 나이를 전혀 실감할 수 없을 정도로 힘이 넘치고 적극적이다.

아직도 이데올로기의 망령으로부터 자유롭지 못한 우리 현실에 비추어 황 박사의 이야기는 많은 시사점을 던져 준다. 그의 치열한 삶을 통해 우리가 과연 무엇을 해야 하는지 교훈을 얻을 수 있을 것이다.

연세대학교 언론홍보영상학부 교수
김영석

인생은
한 편의 기행문이더라

그동안 살아오면서 별꼴 다 보았다. 볼 꼴, 못 볼 꼴, 다시 보고 싶지 않은 꼴들을 다 보고 살았다. 험한 일들을 많이 보고 살아온 세월이 너무 고달프고 길어서 다시 젊어지고 싶은 생각은 없다. 그래도 살다 보니 그냥 넘기기에는 아쉬운 점들이 많아 기억을 더듬어 기록하다 보니 책이 되었다. 그때그때 느꼈던 감정, 경험 그리고 삶의 궤적을 옮긴 것이다.

집 떠나 여행한 것을 기록한 글을 기행문이라고 한다면, 인생을 살아온 여정 자체도 한 편의 기행문일 것이다. 문학은 대리 경험이라고 하지만, 이 글은 대리 경험이 아니고, 내가 실제로 경험했던 일들을 기록한 것이다. 문학작품보다도 더 다이내믹한 여정을 걸어온, 소설 같은 인생 역정이었다.

나와 동시대를 살았던 사람들은 모두 가난했다. 그러나 힘들게 살고 고생하면서도 희망을 잃지 않고 서로 도우며 살았다. 그래서 가난해도 부끄럽지 않았다. 누구나 희망과 기대를 품고 살았던 시대였다. 가족이 옆에 있어서 힘이 되고 위로가 되고 마음이 평안해지던 시절이었다.

당시 내게 닥친 어려움을 이겨내기 위해서는 공부하는 길밖에 없었다. 학교에 가려면 기본적으로 돈이 있어야 하지만 돈이 없다고 학업이 아예 불가능한 것은 아니다. 돈이 없어도 공부는 할 수 있었다. 돈이 없어 공부를 못 했다고 하기보다 돈이 없어 공부하기가 힘들었다고 하는 말이 더 정확한 표현일 것이다.

그러나 나는 가족은 있되 그 연결에 넘어갈 수 없는 장애가 많았다. 훗날 억지로 넘어가 보기는 했으나 이제 그들 대부분 저 세상 사람이 되고 말았다. 그래도 나는 일천만 이산가족 중 행운아다. 비록 어머니를 살아 생전에 못 뵈었지만 가족들을 모두 만났다. 그 후로도 30년이 흘러 이제는 마지막 작별을 할 시간이 되었다.

지금까지 살면서 그때그때 느낀 것들을 기록하다 보니 동시대의 한국 역사가 되어 버렸다. 나에게 건강을 허락해 주고 잘 살게 해주신 하느님께 감사한다. 뛰어난 재주가 없는 사람이라도 노력하면 잘은 못해도 비슷한 결과를 얻을 수는 있다. 남들이 가지고 있는 '운'이라는 것도 없었던 나는 남에게 뒤떨어지지 않기 위해 끊임없이 노력하여 지금의 내가 될 수 있었다.

"굼벵이도 구르는 재주가 있다"는 속담이 있다. 생명을 가진 동물은 모두 살기 위해 최선을 다하는 본능을 가지고 있다. 소외되지 않으려면 상대방을 배려하고, 남이 나를 싫어하지 않도록 노력해야한다. 어렵고 가난하여 남의 도움이 절실히 필요할 때에도 남을 도와주려는 마음가짐을 가지고 먼저 도와주니 그들도 나를 도와주었다. 혼자서 살 수 없는 것이 인간 사회다. 서로 나누는 것이 사람 사는 세상이고 우리 사회다.

이 책이 나올 수 있도록 도와주신 충남대학교 정문현 교수와 연세대학교 김영석 교수에게 감사드린다. 또한 지금까지 살면서 온갖 어려움에도 나를 지탱할 수 있도록 옆에서 도와주신 많은 분들, 특히 돌아가신 장익진 교수님, 해병대 오기병 선배, 친구 이연태 교수, 그리고 최준식 고문님께 진심으로 감사드린다.

내가 이렇게나마 살 수 있게 도와주신 분들에게 감사한다. 뿐만 아니라 나를 힘들게 하고 실망시킨 이들에게도 감사한다. 모두 나를 더 분발하게 해주었기 때문이다. 이제 얼마가 될지 모르는 남은 생애를 잘 마감할 수 있기를 기원한다.

2014년 9월
황기선

차 례

32년 만의 귀향

북한 이야기

에필로그

제1장

나의 가족, 나의 고향

태평양전쟁 말기였다. 당시에는 온갖 이상한 소문이 나돌았다. 백주에
흰 까마귀가 날아드는가 하면, 정감록의 예언이 이렇다 저렇다 떠들고 있었다.
그리고 매일같이 B-29 공습경보 사이렌이 울렸다.

할아버지 황성필

할아버지(黃治相, 후에 黃晟弼로 개명)는 일찍 개화하시어 1800년대에 이미 기독교로 개종하셨다. 1906년 아버지가 태어날 무렵에는 서울대 의대 전신인 한성의학교를 졸업하셨다. 한성의학교는 우리나라에 처음으로 종두를 들여온 지석영 선생이 고종 황제의 명을 받아 세운 최초의 서양 의학 교육기관이다. 1909년에는 한말韓末 초기의 몇 안 되는 서양 교육을 받은 의사로서 제중병원에 근무하셨다.

그러다가 1905년 을사조약 이후 일본에 나라를 합병하려고 국적國賊 이완용이 갖은 수단을 다 동원하자, 할아버지는 이재명 열사와 같이 이완용 암살 조직에 가담했다. 하지만 이완용의 경호원만 죽였을 뿐, 이완용을 암살하는 데는 실패하고 말았다.

이 일로 서대문형무소에 수감된 할아버지는 재판을 받던 중 고문으

1   할아버지 황성필 옹.
2   1905년 황해도 장련 광진학교 교원 시절, 장련 예배당에서 백범 김구, 최태영,
     할아버지, 최상륜, 오순형 등이 함께했다(백남훈 선생 회고록에서).

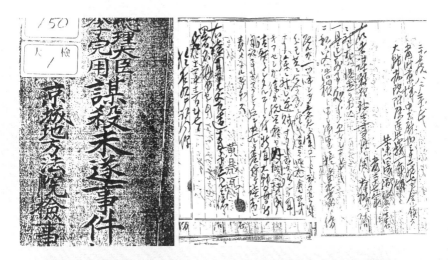

1 할아버지의 이완용 암살 사건 재판 기록 첫 장과 마지막 장.

2 1908년 장련 출신 서울 유학생 모임. 가운데 제일 오른쪽이 최상륜. 그 왼쪽 안경 쓴 분이 할아버지.
　왼쪽 끝이 백남훈, 그 오른쪽이 작은할아버지인 황현상이다(회고록 〈인간 단군을 찾아서〉 중).

로 몸이 쇠약해지신 데다 당시 전국을 휩쓸었던 호열자(콜레라)에 걸려 안타깝게도 옥사하시고 말았다. 다행히 1996년 서대문형무소의 문서를 정리하던 중 할아버지에 대한 일본어 재판 기록이 발견되었다. 나는 이를 일본의 고고학 교수에게 의뢰하여 현대 일본어로 번역한 다음, 다시 우리말로 번역했다.

다음은 할아버지의 재판 기록 일부이다.

> 황성필 : 모살범 피고 사건에 관하여 본 재판소의 심문에 대하여 다음과 같이 공술합니다.
>
> 1. 여기까지 형사 처분을 받은 적은 없습니다.
> 2. 아버지는 황호직黃浩稷이라 하고 고향에 계시며 농업에 종사하고 대금업도 하면서 생활하십니다. 형제는 없습니다. 작년 8월까지 고향에 있었고 학문을 배우고 의학 공부를 하기 위해 상경하여 남대문 밖 제중원 안에 거처하고 있습니다. 여기서 한민제韓民濟라는 사람을 알게 되었습니다.

지난 2000년 한국을 방문했을 때 할아버지를 생전에 알고 계셨던 유일한 생존자이신 최태영 옹(당시 102세)을 찾아가서 할아버지의 말씀과 당시의 사회상을 직접 들을 수가 있었다. 최태영 옹(1900~2005)은 일본 메이지대학明治大學을 나오신 분으로, 우리나라 역사를 바로잡기 위한 저서를 남기셨다. 황해도 은율군 장련 출신으로 독립선언문을 작성하고 배포하는 데 실무를 담당했던 최상륜 선생의 아드님이기도 하다.

할아버지는 백남훈·최상륜 선생의 고향 선배로서, 이들이 기독교로 개종하고 진로를 정하는 데 길잡이 역할을 하셨다고 한다. 이때 같이 단발하고 선구자로서 개화 운동에 열을 올리고 매주 같이 모이셨던 분들이 백범 김구 선생과 백남훈·최상륜·장원용·허련 선생 등이다.

아버지가 네 살 때 할아버지가 옥사하시는 바람에 아버지는 두 살 어린 동생과 한 분의 형님 그리고 세 분의 누님과 함께 홀어머니 밑에서 어려운 유년기를 보내셨다. 할아버지가 오래 사셨다면 아버지도 더 좋은 교육을 받았을 것이고 초년고생도 면하시지 않았을까 싶다.

독립운동가 큰아버지

할아버지가 서대문형무소에서 옥사하시자, 큰아버지는 시신을 달구지에 실어 고향 해주까지 운구하시고 할아버지의 뜻을 이어받아 독립운동에 일생을 바치셨다. 해방되기 직전까지 만주에서 독립운동을 하셨던 큰아버지는 깊은 밤중에 쥐도 새도 모르게 오셨다가 가시곤 했다. 그런 사정을 알 리 없는 동네 사람들은 큰어머니가 우리 형제들과 동갑 나이의 사촌들을 줄줄이 낳자, 남편 없는 과부가 애를 낳았다고 수군거리곤 했다고 한다.

큰아버지는 담대하신 분이었다. 한밤중에 산을 타고 만주를 오가다 호랑이도 여러 번 만났다고 한다. 호랑이 앞에서 "물렀거라!" 하고 소리 지르면 호랑이도 비켜섰다는 이야기도 있다. 우리 집에 큰아버지가 오시는 것도 늘 한밤중이었다. 아침에 일어나 보면 와서 주무시고 계셨던 기억이 난다.

우리 집은 과수원 한가운데 있는 외딴집으로, 아카시아나무 사이로 정겹고 조용한 숲길을 한참 걸어올라가야 나왔다. 시내와는 한참 떨어져 있어 시장통에 사는 친구들이 부러울 때도 있었다.

언젠가 잠에서 어렴풋이 깨어 보니 아버지와 큰아버지가 소곤소곤 이야기하고 계셨다. 그러다가 두 분이 뒤뜰 앵두나무밭으로 가시길래 나도 살금살금 뒤따라갔다. 두 분은 땅속에 무언가를 파묻는 것 같았다. 다음 날 나는 궁금증을 참지 못하고 아무도 없을 때 몰래 땅을 파보았다. 그랬더니 놀랍게도 육혈포(모젤 권총)가 나오는 것이었다. 말로만 듣던 진짜 권총이었다. 어찌나 놀랐던지 얼른 땅속에 도로 묻었다. 가슴이 사정없이 두근거렸다.

큰아버지는 그때 만주 홍범도 장군 휘하에서 독립군으로 활동하고 계셨다. 실제로 총을 들고 일본군과 목숨을 걸고 싸운, 진짜 독립군 전사였다. 큰아버지가 몰래 가르쳐 주신 독립군의 노래와 가사들을 나는 지금도 기억한다.

1. 철장 속에 홀로 앉아"
"   신병에 신음하다 .
"   팔자인가 운명인가"
"   나 홀로 먼저 가네.
"   내 나라 내 동포 잘 있어라ー"
"   내 목숨 끊어져도
"   반드시 독립될 날이 올 줄만 믿고 가네"

　　　　　　　(작사·작곡자 미상)"

곡조 가락이 매우 애절하다. 내가 음치라 제대로 부르지 못하는 것이 몹시 아쉽다.

2. 　한 손에 총을 들고 모자는 눈썹까지
" 　푹 눌러 쓰고 나서니 사나운 꼴이다
" 　발자취 뗄 때마다 시꺼먼 옷자락이
" 　바람에 펄펄 날리니 무서운 꼴이다
" 　무서워 무서워 세상이 무섭다고"
" 　벌벌 떠는 그대 이름은
" 　우리들 병사의 모습이다.

이들 독립군이 고향을 떠나 생활하며 고향과 친구, 지인들을 그리워하며 부르던 노래들은 우리 가슴을 아프게 한다.

" 　진달래꽃 푸른 하늘"
" 　언덕 밑에서
" 　순희야 잘 있었냐.
" 　고향의 마을
" 　이국異國에 가셨나요.
" 　호궁胡弓(또는 호금)"소리에"
" 　조선이라 불러 보며 울기도 했다.

　　- 발자취 뗄 때마다 시꺼만 옷자락이
　　고향 생각은 더욱 간절하도다. 돌아갈 길은 막막하도다.

(작가 미상)

거친 황야에서 오랜 전투와 열악한 생활로 인해 몸이 쇠약해질 대로 쇠약해진 큰아버지는 더 이상 견디지 못하고 해방 직전인 1943년에 아버지가 소유하고 있던 장연군 대구면 솔내송천의 사과나무 과수원 농장관리인으로 위장 취업하여 숨어 사셨다. 건강이 어느 정도 회복되었을 때 8·15 해방을 맞았다고 한다.

아버지의 과수원은 큰 바위산인 불타산(불태산)에서 나오는 맑은 샘물이 지름이 1미터도 넘는 거대한 송수관과 같은 절벽의 큰 구멍에서 콸콸 흘러내려 바다로 흘러들어가고 있는 곳에 자리하고 있었다. 서해가 바라다보이는 곳으로, 해방 전에는 6~7년생 사과나무 3000그루가 자라고 있었다. 송천 마을은 한국 최초의 자생 교회당이 생긴 곳으로, 송천 바로 근처에는 선교사들의 휴양지였던 구미포가 있었다.

송림으로 쭉 뻗어 나온 작은 만(灣)의 구릉에 깔린 하얀 해수욕장의 모래는 몽금포의 장산곶에 있는 세(細)모래와 더불어 황해도 장연의 절경 중 하나였다. 이 모래를 손에 쥐면 마치 모래시계같이 손가락 사이로 줄줄 흘러내렸다.

불타산을 넘어가는 달구지 길에는 두 줄 바퀴 자국이 난 자리에 비만 오면 물이 흥건히 고이고, 날이 가물면 길장구(질경이)가 납작하게 자랐다. 장난꾸러기 아이들이 마른 소똥을 걷어차면 쇠똥구리가 기어나오곤 했다. 불타산을 넘으면 서해 바다의 푸른 물결이 넘실대고, 날이 맑으면 저 멀리 아득히 백령도와 소청도, 대청도까지 보였다.

장연읍에서 대구면 솔내로 가는 길은 정겨운 소로였다. 큰어머니는 여자이지만 기골이 장대하셨다. 내가 따라다니다 다리가 아프다고 하면 쌀 한 가마를 이고도 "야, 그 팔자루 위에 올려놓고 업혀라"
하셨다. 큰아버지가 안 계신데도 애들은 한두 해 건너 줄줄이 낳아 사
촌들이 다섯 명이나 되었다.

큰아버지는 해방 후 고향으로 돌아오셨는데, 큰아버지 댁은 "공산
당 집"이라고 하여 조선민주주의인민공화국이 수립되기 전까지는 국
제공산당원으로서 상당한 대우와 혜택을 받았다. 북한에서는 1946년
토지개혁이 단행되고 조선공산당과 조선신민당이 합당하여 북조선
노동당이 결성되었으나 이후 조선노동당으로 이름이 바뀌었다. 당시
큰아버지는 연로하신 데다 해수병이 심해서 노동당에 가입하시지 않
고 은퇴하여 더 이상 정치에 관여하지 않으셨다.

최근 북한에 갔을 때 안 사실인데, 북한 역사학자들의 연구 결과
김일성 주석의 아버지 김형직이 조선국민회를 이끌다가 일본 관헌에
게 붙잡혀 포승줄에 묶여 갈 때 헌병이 점심 먹으며 술 한잔 하는 사
이 포승줄을 끊어 같이 도망간 사람이 황씨 성을 가진 빨치산 독립운
동가라는 사실이 밝혀졌다고 한다. 그분이 바로 우리 큰아버지로 확
인되어 우리 가족은 혁명 유가족으로 등록되었다고 한다. 그럼에도
불구하고 큰아버지와 같은 독립운동가들의 공로가 잊혀져 역사 속에
묻히고 말았으니 안타까운 일이 아닐 수 없다.

1910년 망국의 한을 품고 만주로 간 우리의 진짜 독립운동가들은
중국에서 일본 세력이 점차 커지며 압박이 심해지자, 연해주로 근거
지를 옮겨 조직적인 독립운동을 하였다. 1918년 4월 러시아 혁명의
혼란기에 일본군이 국경을 보호한다는 미명 아래 7만여 명의 군대를

투입하여 연해주를 점령하면서 한인사회의 독립운동은 새로운 국면을 맞이했다. 우익 진영보다 훨씬 더 많은 수의, 목숨을 걸고 싸웠던 진짜 민족주의와 사회주의 독립운동가들은 해방 후 북한에서는 김일성 일파에게 배제당하고 남한에서는 이승만과 박정희 정권의 철저한 반공주의에 밀려 그 공적을 인정받지 못하고 역사 속의 그늘로 사라지고 만 것이다.

이중 장지락(김산)이라는 인텔리 공산주의 혁명가의 숭고한 인생 역정이 님 웨일즈라는 미국 기자에 의해 『아리랑의 노래 Song of Arirang』로 남았으나 한국에서는 금서가 되어 지식인들 사이에서 일본어나 영어로만 몰래 돌려가며 읽히다가 1980년대 말에 들어와 비로소 한국어 번역판이 나왔다.

소련 연해주로 갔던 독립운동가들은 스탈린의 강제이주 정책으로 죽음의 열차를 타고 카자흐스탄과 키르키스스탄, 우즈베키스탄 등 오지로 이주해야만 했으나 끈질긴 생활력으로 어렵지만 자리를 잡고 살 수가 있었다.

그러나 소련이 해체되면서 지금은 국적 없는 유랑인 신세가 되어 한국에 입국조차 하지 못하고 있다. 중국에 남아 있던 소위 조선족 대부분도 독립유공자 자손으로서의 대우는커녕 극심한 차별대우를 받고 있다.

남한에서는 1948년 건국 이전에 등록되어 있지 않은 동포는 한국인으로서 혜택을 받을 수 없다는 법을 만들어 현지에서 귀국하지 못한 고려인들이나 중국 동포들은 불이익을 받아야 했다. 반면 같은 외국에 거주하며 이승만을 돕던 사람들은 원하면 언제든 고국으로 돌아올 수 있고, 온갖 혜택을 다 받았다. 총 들고 만주 벌판에서 목숨 걸고 싸웠던 독립운동가들이야말로 진정한 독립투사였음에도 이들의 자손들은 혜택은커녕 오히려 차별대우를 받고 있으니 기가 막힌 일이 아닐 수 없다.

많은 독립운동가들의 주검이 만주 벌판과 시베리아 동토에 지금도 묻혀 있고, 중국에 남은 그들의 자손들은 고국에 오지도 못하고 들어왔더라도 불법체류자가 되어 여전히 고생하고 있다. 현재 독립유공자의 자손이라고 대우받으며 국민훈장이 추서되고 나라의 녹을 받고 있는 자손들과 무엇이 다르다는 것인지 모르겠다. 게다가 중국에서 문화대혁명이 한창이었을 때에는 홍위병들의 숙청을 피해 도망 다녀야 했다. 그중 일부는 북한으로 피신하여 지금도 말할 수 없는 고통을 받으며 살고 있다.

나의 아버지

3남3녀의 둘째 아들이었던 나의 아버지는 독립운동을 하기 위해 만주로 떠난 형님 대신 장남 역할을 하며 홀어머니를 모시고 어렵게 살았다. 그래도 열심히 일한 덕에 자수성가하여 독립운동을 하는 형님 때문에 경제적으로 어려운 형님네 가족과 어머니를 모시고 잘 살았다. 다행히 일찍 개화하여 춘천과 서울에서 공부한 큰고모 덕에 아버지는 학교를 다닐 수 있었다.

아버지는 중학교 과정인 사리원농업학교를 졸업한 뒤 군 서기로 일하며 신천 돌무지에 작은 농토를 사서 농사를 짓기 시작했다. 아버지는 꽤나 부지런한 분이어서 여름에 군청 직원들과 천렵川獵을 가면 부하 직원들의 뒤치다꺼리를 도맡아 하셨다고 한다. 불을 피워 밥 하고 설거지하는 일까지 모두 혼자 하셨다는 것이다.

해방 전 나이 삼십에 군청의 농회 회장(지금 농협회장 정도)을 지냈으며,

가산도 늘어 제법 큰 과수원을 가지게 되었다. 장연군 대구면에 수천 평의 농토도 갖고 있어 가을이면 소작료를 실은 달구지가 집으로 오곤 했다. 이때 소작인들이 추수한 곡식과 같이 가져오는 건시(말린 곶감)와 건어물 등은 우리를 즐겁게 해주었다.

그런데 해방 후 토지개혁이 이루어지면서 3정보(9천 평) 이상 소유한 지주나 자작농은 모두 숙청 대상이 되었다. 우리도 그 대상이 되어 장연 땅을 떠나야만 했다. 토지개혁으로 땅을 모두 몰수당하고 과수원도 더 할 수 없게 된 것이다.

고생 끝에 모은 재산이 하루아침에 모두 사라져 버리자, 우리 가족은 할 수 없이 외가가 있는 안악으로 갔다. 아버지는 우울증에 빠져서 매사에 의욕을 잃은 무기력한 젊은 노인이 되어 버렸다. 처가살이하는 게 못마땅했던 아버지가 나의 둘째 여동생을 데리고 형님이 계시는 은률군 금산포로 가셨다. 나와 누나도 학교 기숙사로 들어가고, 어머니만 외갓집에서 아이들 넷과 함께 편치 않은 생활을 하셨다. 우리 가족이 이산가족이 된 것은 이때부터라고 할 수 있다.

아버지는 38선을 몰래 넘어 서울의 고모에게 두 번이나 다녀오셨으나 8명이나 되는 대식구를 거느리고 남한으로 이주할 생각은 감히 못 하신 것 같다.

고모(1900년 생)는 세브란스 간호학교 출신으로 평양에서 근무하다 독립운동을 하는 큰아버지의 영향을 받아 만주로 가서 독립운동을 돕다가 연해주로 가셨다. 당시 독립군이 러시아 국경을 넘어 일본군을 괴롭히자, 일본군은 블라디보스토크와 하바로스크까지 점령했다. 그러자 소련은 골치 아픈 조선 독립운동가들을 모두 중앙아시아로 보냈다.

고모는 모스크바에서 유학한다는 명목으로 모스크바대학에 입학했다. 거기서 같은 학생이었던 고모부를 만나 소련에서 도망쳐 나왔다. 아프가니스탄을 거쳐 이란으로 탈출하는 데 성공한 고모는 이란에서 다시 독립운동의 남부 거점인 중국 개봉으로 가서 살다가 임시정부가 있는 상해로 가서 김구 선생과 부녀회 일을 도왔다. 김구 선생을 가까이 모시면서 아들 김신 장군도 돌봐주었다고 한다. 해방 후 서울로 돌아와서 고모부와 두 아들과 함께 사셨다.

아버지는 고모집에 다녀오신 후 38선 장사를 하신다고 물건을 사서 배낭에 지고 다녔지만 장사에는 소질이 없으셨던지 되는 일이 하나도 없었다. 그해에는 화폐개혁까지 단행되어 장사 밑천으로 가지고 있던 돈마저 휴지 조각이 되고 말았다. 가지고 있는 돈이 많든 적든 간에 누구나 500원만 바꿔 주었던 것이다. 아버지는 되는 일이 하나도 없자, 사기가 떨어지고 심한 상실감에 우울증까지 생기셨다.

하지만 정신을 차리고 황해도 잠업관리소에 취직해서 갈잎을 먹고 사는 누에를 기르며 구월산 산속 오두막에서 자연을 벗 삼아 혼자 사셨다. 그러다가 유엔군이 해주에 들어오자, 활기를 되찾아 해주 시청의 산업과장을 했다. 누가 임명하는 것이 아니고 먼저 가서 자리에 앉으면 그것이 바로 임명장이 되던 시기였다. 그러나 호시절은 두 달 반에 끝났다. 그해 12월 24일 춥고 눈이 많이 내리던 날 밤에 인민군이 다시 해주를 점령했던 것이다. 우리는 다시 이산가족이 되었다.

해방의 날

내가 아홉 살 되던 해, 그러니까
국민학교 3학년이었을 때는 태평양전쟁 말기였다. 당시에는 온갖 이
상한 소문이 나돌았다. 백주에 흰 까마귀가 날아드는가 하면, 정감록
의 예언이 이렇다 저렇다 떠들어댔다. 그리고 매일같이 B-29 공습경
보 사이렌이 울렸다. 라디오에서는 유황도硫黃島 옥쇄와 미군이 점령한
사이판에서 미군이 저질렀다는 악독한 만행을 연일 방송하면서 최후
의 1인까지 죽창을 들고라도 싸워야 한다고 선동했다. 히로시마와 나
가사키에 원자폭탄이 투하된 후 라디오에서 천황의 중대 발표가 있고
나서야 소위 대동아전쟁이라 불렀던 2차 세계대전이 마침내 끝났다.
　거리에는 성급한 시민들이 태극기를 직접 그려 들고 뛰쳐나왔다.
일본 사람들은 무서워서 집에서 나오지도 못했다. 그런가 하면 해안
에 주둔했던 일본 군인들이 조선 사람들을 다 죽이러 온다는 소문에

산속으로 피란을 가는 사람들도 있었다. 그야말로 대혼잡의 시기였다.

이때까지 학교에서는 우리말을 쓸 수가 없었다. 오로지 일본말만 쓸 수 있었다. 한글을 배운다는 것은 일종의 사상 범죄를 저지르는 것이었다. 그러나 우리 형제들은 큰아버지와 어머니한테 몰래 한글을 배웠었다. 당시 금서였던 『조선어독본』이라는 옛 교과서로 밤늦게까지 조선어를 배웠던 것이다. 이 책 첫 장에는 두루마기를 입고 학생 모자를 쓴 학생이 "해가 뜨는 동쪽을 향하여 두 팔을 벌리면 오른쪽 팔은 남쪽을 가리키고 왼쪽 팔은 북쪽을 가리키며, 등 쪽은 서쪽이다"라고 말하는 글이 해 뜨는 그림과 같이 있었다. 공부가 끝나면 어머니는 책을 깊숙이 감추었다.

해방이 되고 나서 처음 학교에 가니 우리말을 읽고 쓸 줄 아는 사람은 나와 누나밖에 없었다. 새로 부임한 한국인 교장이 "이제부터 우리나라가 해방되었으니 학교에서는 조선말을 써야 합니다. 알겠습니까?" 하니 학생들이 일제히 "하이(네)"라고 대답했다. 그러자 교장 선생님이 일본말로 "고라! 하이가 난다(이놈들아, 하이가 뭐냐!)" 했던 웃지 못할 일도 있었다. 선생님이 나와 누나를 칭찬하며 칠판에 한글을 써 보라고 하니, 누나가 자신 있게 나가서 "아바다 오비니(아버지 어머니)"라고 써서 선생님들을 웃긴 일도 있었다.

며칠이 지나자, '로스께'라 불리는 소련군이 말 달구지를 끌고 마을로 들어왔다. 우리 마을은 담배를 많이 재배해 큰 창고도 있었고, 마당이 넓은 담배 수납장도 있었다. 게다가 전쟁 말기에 일본군이 주둔해 있던 곳이라 일본군과 관청, 일본인들에게서 압수한 물건들이 수납장 창고에 가득 쌓여 있었다. 소련도 전쟁으로 인해 물자가 귀하던 시기였기 때문에 소련군은 일본군이 남겨놓은 군수물자들뿐만 아니라 일본인 가정이나 관공서에서 쓰던 물건들까지 소련으로 가져가기 위해 전부 여기에 쌓아 놓았다.

이때 장교들은 친일파 부자가 살던 집에서 생활하고, 사병들은 담배 수납장에서 지냈다. 그들은 말 달구지에 취사도구를 싣고 다니며 농가에서 닭 등을 잡아다 먹었다. 우리는 장교들이 사는 부잣집을 '백만원집'이라고 불렀다.

나는 소련 장교들과 친하게 지냈는데, 학교에서 돌아오는 길에 가끔 이들과 어울려 소련 엿인 파랗고 새콤달콤한 쨈이나 러시아 고기죽을 얻어먹곤 했다. 창고에 있는 일본군의 간식이었던 별사탕은 내가 가끔 소련군 니꼴라이와 배나 사과와 바꿔 먹던 맛있는 과자였다. 니꼴라이에게 부탁하면 소련군 마구간에서 나오는 마초에 섞인 말똥거름을 몇 달구지씩 실어다 과수원의 퇴비로 사용할 수 있었다. 그런 점에서 나는 아버지에게 큰 도움을 주는, 능력 있는 착한 아들이었다.

당시 일본인들은 한 곳에 모두 가둬 놓았는데, 젊은 사람들은 농장에 데리고 가서 일을 시켰다. 우리 과수원에도 몇 명 배정되었는데, 이들 중에는 아버지가 군청에 근무할 때 같이 일했던 사람도 있었고 우리가 다니던 국민학교 교장이었던 구마모토 교장도 있었다. 옛정을 생각하여 이들에게 일을 많이 시키지는 못했다. 어머니는 이들의 허기진 배를 채워 주기 위해 음식을 많이 만들어 실컷 먹게 해주었다. 심지어 수용소에 있는 가족들에게 주라고 음식을 싸주기도 했다. 이들은 남한에 있었던 일본인들과 달리 고생을 더 많이 하다가 일본으로 갔다.

어느 날, 평양의 대동강 건너 선교리에서 박람회가 열렸다. 당시 4학년이었던 나는 혼자 박람회 구경을 가기로 마음먹었다. 황해도 장연에서 평양으로 가려면 작은 협궤 열차를 타고 사리원에 가서 경의선 광궤 열차로 갈아타야 했다. 협궤 열차의 바퀴는 리어카 바퀴 정도지만 광궤 열차는 달구지 바퀴만 했다. 촌놈이 처음 타보는 큰 기차라 어리둥절했다.

평양의 대동문 근처에 당고모께서 여관을 하고 계셨던 터라 그곳에 묵으며 평양 구경을 잘 했다. 박람회에는 조선인민군의 전차·야포며 소련에서 들어온 케이블 텔레비전이 전시되어 있었는데, 인민군이 38선에서 국방군과 대치하고 있는 사진과 남조선 해방을 선전하고 있던 사진이 지금도 기억난다.

그 무렵 토지개혁으로 과수원도 국영으로 되면서 지주들에게 강제 이주 명령이 떨어졌다. 그동안 고생하면 모은 재산을 하루아침에 잃게 된 우리 가족은 외가가 있는 안악으로 갔다.

나는 안악중학교 1학년에 입학했다(인민학교가 5년으로 단축되어 6학년에 해당한다). 외가가 있는 남정리와 학교는 십 리 길(4킬로미터)이어서 새벽 6시면 집을 나서야 했다. 나는 너무 힘들어 기숙사에 들어갔다. 이때의 학교는 일본의 잔재가 많이 남아 있어 군대식이었다. 상급생에게 세숫물은 물론 발 씻는 물까지 갖다 바쳐야 하고, 기숙사 청소와 식사 당번뿐만 아니라 상급생의 개인적 심부름까지도 해야 했다. 겨울에는 난방이 제대로 되지 않고 더운 물도 없어 찬물로 청소하다가 손에 동상이 걸리기도 했다. 식사는 누런 현미 잡곡밥과 시래기 소금국에 맛없는 김치뿐이었다.

집에서 가져오는 반찬이란 것도 참기름을 몇 방울 떨어뜨린 소금이 전부였다. 1947년에는 기근이 심해 콩깻묵(대두박)을 주로 먹었으며, 아사자가 대량 발생했다. 지금 북한의 식량난을 보노라면 그때의 어려웠던 생활이 생각난다. 기근이 들면 병에 걸리기 쉬운 데다, 옷에는 이는 물론이고 옴까지 번져서 옴쟁이들이 사방팔방에 있었다. 특히 단체생활을 하는 기숙사에는 옴이 더 성했다.

그전까지만 해도 옴은 타르 연고tar & sulfa를 발라 치료했다. 그러나 간호사로 독립군을 치료하기도 했던 큰고모가 가르쳐 주신 처방은 송탄유松炭油와 유황을 섞어 바르는 것이었다. 일제 말기에 기름을 얻기 위해 일본이 우리나라 산야의 소나무를 모두 베어 송탄유를 만들던 곳이 흔했기에 송탄유는 쉽게 구할 수 있었다. 우리 집은 과수원을 했으므로 사과나무 소독용으로 유황이 이삿짐에 섞여 온 탓에 얼마든지 있었다. 나는 거기에 돼지기름을 적당히 배합하여 타르 연고를 만들어서는 조개껍질에 담아 팔았다. 열세 살에 차린 제약회사(?)는 잘되어 용돈을 제법 벌었다. 이때부터 생활의 지혜와 요령을 터득하여 일종의 생존의 법칙을 배우지 않았나 싶다.

중학교에서는 영어가 아닌 러시아어를 배웠다. 하지만 러시아어 교사는 몇 주간 단기 교육을 마친 선생들이어서 엉터리였다. 영어는 대수와 기하학을 공부하는 데 필요한 알파벳 정도만 배웠다. 나는 지독한 음치라 노래가 배우고 싶어 합창단에 지원했다. 그러자 음악 선생님이 제발 좀 나가 달라고 사정했다. 음악 시험을 노래가 아닌 필기 시험으로 치르자고 우겨서 관철시키기도 했다. 음악 실기시험 때문에 전 과목 5계단(그때는 5점 만점 제도였다) 만점을 받을 수가 없었기 때문이다.

누님이 해주의학전문학교에 진학하자 나도 기숙사 생활을 끝내고 해주2중학교로 전학을 갔다. 그때부터 식구들이 하나 둘 해주에 모여 살게 되었다.

제 2 장

운명의 시간들

1950년 6월 25일 새벽 4시, 잠을 자고 있던 우리는 심상치 않은 대포 소리에
잠이 깼다. "이제야 통탕 하고 터지는구나" 싶어 자리를 박차고 남산으로 뛰어올라
갔다. 벽성군 추야, 옹진반도 강녕 등 38선 일대는 이미 불바다가 되어 있었다.

"퉁탕만 해봐라"

해주2중학교로 전학한 뒤 이듬
해 어머니가 오실 때까지 누님과 둘이서 자취를 했다. 해주는 바로 38
선 경계로, 서부 조선(평안남북도·평양·황해도 등)에서 이남으로 가는 길목에
있었다. 해방 후 신의주학생사건으로 체포 명령이 내려졌던 학생들
이 해주를 통하여 남한으로 도망치기도 했다. 1948년까지는 옹진으
로 가는 미군이 개성에서 육로로 일주일에 한 번씩 지나가서 수요일
이면 미군 지프차를 구경할 수 있는 재미있는 날이었다.

남북관계는 점점 더 나빠지고 있었다. 소련군은 철수했는데 미군
은 왜 안 나가느냐고 통행을 금지시키면서 38선의 긴장은 더욱 높아
졌다. 옹진에는 국군 18연대인 백골부대가, 북쪽 벽성군 추야에는 인
민군 정예부대가 대치하고 있어 충돌도 자주 일어났다. 그런가 하면
개성 송악산에서는 육탄 3용사가 나오는 사건이 계속해서 일어났다.

이런 사건들은 신문이나 라디오에 정식으로 보도되는 것이 아니고, 모두 목격자들에 의해 풍문으로 전해지고 있었다.

해주에서는 1949년 늦여름부터 인민군이 전쟁을 준비하는 상황을 목격할 수 있었다. 해주에 있는 남산에 오르면 옹진반도가 보이고 38선이 있는 강녕이 한눈에 바라다보였다. 38선에서 총격전이 벌어지면 총성과 대포 소리를 직접 들을 수 있을 정도였다. 특히 야간에는 예광탄을 쏘아 올려 유탄이 날아가는 모습을 선명하게 볼 수 있었다.

해주에는 아름다운 명산인 수양산이 북쪽에 있다. 산이 깊어 가을이면 머루와 다래, 야생 밤이 우리를 유혹하곤 했다. 그러나 1949년 가을부터는 입산금지구역이 늘어나면서 먼 길을 돌아가야 했다. 이때 북한은 이미 전쟁 준비를 위해 우리가 '노적가리'라고 부르는 군량미를 산골 구석구석 쌓아 놓고 나뭇가지로 은폐해 놓거나 급조한 방공호나 교통호에 탄약과 무기를 감추어 놓았다.

어린 중학생인 우리 눈에도 전쟁이 임박했다는 것을 알 수 있었다. 당시 우리 사이에서 유행한 말이 "통탕만 해봐라"였다. 통탕 하고 전쟁이 일어나면 마음에 안 드는 밀때쟁이(다른 학생들의 행동을 고발하는 학생들)들을 처치해 버리겠다는 유행어였다.

이듬해인 1950년 2월부터 본격적인 인민군 이동이 시작되어 산속 여기저기에 병영이 설치되었다. 5월 초부터는 밤중에 탱크가 대규모로 이동하여 길가에 있는 집들은 잠을 잘 수 없을 지경이었다.

이처럼 나는 전쟁 준비 과정을 직접 목격한 사람이다. 해주 사람이면 누구나 다 아는 사실로, 전쟁이 오늘 일어날지 내일 일어날지만을 지켜보던 상황이었다. 얼마 전 미국의 어떤 좌파 학자가 당시 국군이 6월 25일에 해주를 점령했고, 이에 북한이 반격했다는 기록이 있다고 말했는데, 이런 잘못된 문헌을 보고 소위 남한의 좌파들이 6·25 전쟁이 북침에서 시작되었다고 주장하는 것을 보면 어처구니가 없다. 사실을 목격한 증인으로서 이들에게 증언할 기회가 있기를 바랄 뿐이다.

1950년 6월 25일 새벽 4시, 잠을 자고 있던 우리는 심상치 않은 대포 소리에 잠이 깼다. "이제야 통탕 하고 터지는구나" 싶어 자리를 박차고 남산으로 뛰어올라갔다. 벽성군 추야, 옹진반도 강녕 등 38선 일대는 이미 불바다가 되어 있었다. 야포와 기관총의 야광 유도탄은 계속 한 방향, 남쪽으로 날아가고 있었다.

해가 뜰 무렵이 되자, 총성이 차츰차츰 멀어져 갔다. 조선중앙방송이 "우리의 영명한 인민군대는 남조선 괴뢰 국방군의 도발 침략 행위를 격퇴하고 남쪽으로 반격을 가하여 전진하고 있다. 옹진과 개성을 해방하고 서울을 향하여 계속 진격 중"이라고 보도했다. 학교에 가니 이제부터는 폭격에 대비하여 수업은 야외 나무 밑에서 실시한다고 했다.

며칠 후 우리 학생들은 옹진반도에서 백골부대와 싸우고 중부전선으로 향하는 인민군 장병들을 환송하느라고 공화국 기를 들고 인민군 만세를 부르러 기찻길(이 철도는 그동안 해주에서 옹진까지 가는 협궤 열차 철로였다) 연도로 나갔다. 당시 국군 최정예 부대인 백골부대에 대항해서 투입된 인민군이 옹진이 해방되자 주력 전선인 중부전선으로 재배치되어 가는 것이었다. 시내 곳곳에 우리나라 지도를 걸어놓고 서울 해방, 수원 해방, 대전 해방 식으로 인민공화국 기를 하나하나 꽂아 나갔다. 남조선 국방군이 언젠가는 우리를 자유롭게 해주고 우리를 괴롭히던 공산당들을 쫓아 버릴 것이라는 기대는 무너졌다. 그래도 운동 경기에서 우리 학교가 이기고 있다는 식의, 약간은 흥분되어 신이 나기도 했다.

서울이 함락되자, 학교에서는 소위 고급 당원의 아이들과 열성분자 밑때쟁이들을 차출하여 서울 해방지구 위문단으로 보냈다. 이들이 돌아오면서 가져오는 공책·연필·지우개·크레용들은 감히 북한에서는 구경도 못하던 고급품이었다.

그러나 전쟁은 점점 더 치열해지고 낙동강 전선의 소강상태가 지속되면서 북한에는 또다시 심각한 식량난이 닥쳤다. 모든 물자가 전장에 투입되면서 일반 시민들에 대한 배급이 지연되고. 항공기 공습 때문에 수송이 원활하지 못했기 때문이다. 산에 가면 전쟁 준비로 쌓아놓은 곡식 노적가리는 있었지만 그곳은 인민군이 지키고 있었다.

그러나 이때만 해도 지금의 북한과 같은 철저한 피압박 상황은 아니어서 아낙네들이 양식을 달라고 시위를 하기 시작했다. 시위는 점점 과격해져서 마침내 인민군 병영에 쌓아놓은 노적가리에 대한 약탈이 시작되었다. 남자들은 용기가 없어 감히 가담하지 못하고, 흥분한 아낙네들이 노적가리를 지키던 인민군에게 달려들어 쌀과 밀을 가져갈 수 있을 만큼 머리에 이고 나오니 병사들은 속수무책이었다. 사태는 계속해서 번져 해주 시내의 아낙네와 아이들, 나중에는 남자들까지 합세하여 누구든지 더 많이 지고 이고 나오려고 온 시내가 아수

라장이 되었다. 이때 부녀자들의 힘이 얼마나 강한지 보고 놀랐다. 약해 보이는 아주머니가 쌀 한 가마, 밀 한 가마를 머리 위로 번쩍 들어 올리고 뛰는 모습은 당시의 식량난이 얼마나 처절했는지 말해 준다.

물론 나도 누이, 어머니와 같이 나갔다. 그러나 가마니째 들 수가 없어서 어머니가 입고 있던 치마를 찢어서는 그 안에 덜어서 날랐다. 그 덕택에 몇 달 동안은 굶지 않을 수 있었다.

폭격이 심해지자, 학교가 문을 닫았다. 우리는 더 산골인 나덕면으로 피란을 가지 않을 수 없었다. 아버지는 직장 동원으로 보국대에 나가시고 어머니는 해주에 남아 있어야 했으므로 나와 누나가 동생 넷을 데리고 폭격을 피해 산간지대로 소개된 것이다.

초가을로 접어들자 '쌕쌕이' 비행기는 더욱 기승을 부렸다. 능선과 계곡을 타고 다니며 폭격과 기총소사를 끊임없이 해댔다. 계속 쫓기다 보니 비행기의 총격을 피하는 방법을 웬만큼 터득하게 되어 사슴처럼 산을 뛰어다니며 기총소사로 떨어지는 탄피를 줍는 것이 우리 또래들의 재밋거리였다.

라디오나 신문이 있는 것도 아니어서 전황을 정확히 알 수는 없었지만, 비행기의 빈도와 인민군 이동 상황을 보고 이들이 불리하다는 것을 눈치챌 수 있었다. B-29기가 와서 융단폭격을 하면 전쟁은 멀리서 일어나고 있었다. 구라망(구식 함재기) 전투기가 오면 전투가 한참 먼 데서 벌어지고 있다고 추측했다. 반면 쌕쌕이 비행기가 오면 가까이서 전투가 벌어지고 있다고 판단했다. 더욱이 L-19 정찰기가 오면 바로 코앞에서 전투가 벌어지고 있다는, 우리 나름의 판단 기준이 있었다.

가을이 깊어져 시골 동네의 감이 누렇게 변하기 시작할 무렵이었다. 여기저기 면사무소와 군인들이 주둔하고 있던 학교에서 불길이 치솟더니 이날부터는 군복이 아닌 일반 열성당원들까지 황급히 후퇴하는 모습이 보였다. 어디로 가느냐고 물어도 핀잔만 줄 뿐 아무도 말해 주지 않았다. 산길 고개를 하나 넘어가면 신천군 '돌무지'(황석영의 실화소설 「손님」에 나오는 배경)* 동네를 지나서 구월산으로 들어가는 길이었다.

아무래도 전황이 심상치 않은 것 같아 누나와 의논하여 내가 해주에 다녀오기로 했다. 해주까지는 걸어서 두 시간쯤 걸리는 거리였다. 산골길을 따라 해주로 가는 길에는 당 간부, 고급 당원들과 그들의 가족들이 후퇴하느라고 바쁜 걸음을 재촉하고 있었다. 나는 나이에 비해 체격이 작았던 터라 어린아이로 보았기 때문인지 별 탈 없이 지나칠 수가 있었다. 서해주를 지나 해주 시내로 들어오는 언덕 위 주막집에 도착하니, 놀랍게도 그곳에는 미군들이 이미 진주하여 텐트를 치고 있었다. 미군들은 자기들끼리 떠들며 뭔가를 손쟁개비(군용컵)에

---

* 돌무지 : 황해도 신천군에 있는 고을로, 이곳 사람들은 부지런하고 우직하여 자기주장이 아주 강하다는 특성이 있다. 자작농이 대부분이지만, 머슴을 두고 농사를 짓는 부농도 있었다. 황해도에서는 우직하고 과격한 사람을 '돌무지 경우'라고 할 정도다. 해방 후 실시된 토지개혁으로 땅을 뺏기고 머슴들이 출세해서 행세하는 바람에 정부에 대한 반감이 많아 북한의 전세가 불리해지자 인민위원회와 내무서를 습격하여 무기를 탈취해서는 유엔군이 진주하기도 전에 빨갱이들을 모두 소탕했으며 구월산으로 후퇴하는 인민군과 공산당원들도 모두 죽였다. 또 구월산으로 숨어든 정규군과 전투했는데, 희생이 커서 이쪽저쪽으로 3만 5천여 명의 희생자가 생겼다. 이를 북한은 미국의 해리슨 중령이 인민을 학살했다고 하여 신천박물관을 만들어 전시하고 있다. 황석영의 소설 『손님』은 이 사건을 배경으로 한 것이다.

담아 마시고 있었다. 바로 이날이 1950년 10월 17일로, 미군이 별다른 저항을 받지 않고 해주에 진주한 날이었다.

해주 장춘동 집에 도착하니 아버지도 보국대 노력동원에서 어렵게 도망쳐 막 돌아오신 상태였다. 남자 어른이 다니기에는 아직 위험했던 때라 어머니와 내가 그 길로 밤길을 더듬어 누나와 동생들이 있는 산골로 가서 다음 날 새벽에 모두 데리고 해주로 돌아왔다. 오랜만에 온 가족이 함께 모이게 되었다.

토지개혁을 겪고 친일파 또는 모리간상배로 몰려 숨죽이고 살던 사람들이 국군이 들어오자 저마다 한 자리씩 하겠다고 설치고 다녔다. 이곳은 해방이 5년 늦게 온 셈이었다. 해방 후 노동당 간부들이 차지하고 살던 적산가옥들이 모두 비워졌다. 남한에서 이미 5년 전 일본인의 적산가옥들을 점유하여 불하받은 경험이 있던 약삭빠른 사람들은 저마다 집 한 채라도 먼저 차지하기 위해 부엌에 솥을 걸고 냄비와 이불 짐을 가져다 놓고는 대문을 잠그고 급조된 문패를 내걸고 들어앉았다.

해주시 인민위원회에도 해주시청이라는 새 간판이 걸렸다. 며칠 전까지만 해도 국가 재산이었던 공공시설들은 남한으로 넘어갔던 사람들이 유엔군과 같이 들어와 약삭빠르게 선점했다. 짧은 기간에 해주에서는 이 모든 상황이 너무나 빠르게 진행되었다.

아버지도 그 길로 해주시청에 나가 산업과장이 되면서 몹시 바빠졌다. 월남했던 아버지 친구와 지기들이 국군 복장을 하고 돌아오자, 이들과 함께 이른바 적산가옥을 접수하고 공화국 시기에 국가 소유였던 종축장과 목장을 접수하여 하루아침에 돼지가 수백 마리, 소가 수십 마리 되는 농장을 직접 관리하게 된 것이다. 아버지는 그동안 몰래 서울을 몇 번 다녀오신 터라 남한 사정을 조금은 알고 있어 사촌들까지 동원해 당 간부들이 살던 적산가옥의 선주권을 얻기 위해 보따리 하나에 냄비 몇 개 가져다 놓고 밥은 집에서 먹고 잠은 적산가옥에서 자는 식으로 생활하셨다.

우리 학교에는 미군이 주둔하고 있어 들어갈 수가 없었다. 주위에는 철조망이 두 겹으로 둘러쳐졌다. 가끔 철조망 너머로 미군들이 초콜릿을 던져주곤 했는데, 미군 부대에는 줄인 군복을 입고 경상도 사투리를 쓰는 내 나이 또래의 하우스보이들이 자기들이 마치 전승자인 양 꼴사납게 거들먹거리고 있었다.

학교를 다시 해주서중海州西中으로 옮겼는데, 그 무렵 학도호국단이 조직되었다. 서울에서 온 학도호국단 간부들이 우리에게 제식 훈련을 가르쳤다. 학교에 갔으나 수업은 없었다. 이 짧은 두 달 반 동안(10월 17일부터 12월 23일까지) 너무나 많은 일들이 일어났다. 지금 생각하면 그 짧은 기간에 그렇게 많은 일들이 정말 일어났던 것일까 믿어지지 않는다. 국군은 압록강까지 진격했다는데, 수양산과 구월산에 들어간 인민군 부대는 수시로 공격해 왔다. 미처 도망가지 못한 빨갱이들은 노끈으로 한 줄로 길게 묶어 도청 앞에 세워 놓았다. 저녁에는 어디론가 끌고 가 처단해 버린다고 했다.

그런데 어느 날부터인가 군복을 입고 돌아왔던 아버지 친구들은 하나둘 없어지고, 순진하고 상황에 어두운 사람들만이 남아서 해주를 사수한다고 확성기로 방송하고 있었다.

"우리는 해주를 끝까지 사수할 것입니다."

12월 23일, 마침내 운명의 날이 왔다.

운명의 날

　　중공군의 개입으로 전선이 다시 밀리면서 평양·개성·서울의 중부전선 간선도로는 군인들의 빠른 후퇴를 위하여 막혔다. 그로 인해 중부전선에서 서쪽으로 빠져 있던 해주는 아주 소외된 도시가 되었다. 육로로 연백·청단·개성 방향의 도로는 주력부대의 후퇴로 서울로 가는 민간인 피란 행렬은 거의 차단된 상태였다. 시청에 설치된 확성기에서 "우리는 시를 사수할 것이니 시민들은 동요하지 말라"고 계속 방송하던 사람들의 목소리도 더 이상 들리지 않았다. 날이 어두워지며 들리기 시작한 총성은 점점 더 시내와 가까워졌다. 시민들은 두려워서 밖에 나오지도 못하고 집 안에서 숨을 죽인 채 떨고만 있었다.

　　뛰어가는 다급한 발짝 소리와 총성과 같이 들리던 비명 소리는 이 세상에 마치 종말이 오는 것 같았다. 그렇게 공포의 밤은 지나가고 있었다. 중화기의 전투는 없는 듯 대포나 전차 소리는 들리지 않았다. 수양산에 들어가 잠복하고 있던 공산군이 양식을 구하러 내려온 것이라고 생각들을 하였으나 인민군 주력부대가 해주를 다시 점령한 것이었다. 날이 밝아지자, 총성도 멎고 조용해졌다.

그러나 밤이 되자 총소리와 비명 소리가 다시 들리더니 동이 훤해질 무렵에야 조용해졌다. 잠 한숨 못 자고 숨죽인 채 공포에 떨던 사람들은 밖에서 어떤 상황이 벌어지고 있는지를 알 수가 없었다. 해방의 기쁨과 흥분도 잠시, 짧은 두 달 동안의 자유 세상이 끝난 것이다.

아침이 되어 시내에 나가 보니 인민군이 승리한 흔적들뿐이었다. 아직 치우지 못한 치안대·방위대·민병대의 시체가 거리 여기저기 흩어져 있었다. 흰 천으로 만든 겨울 위장용 망토를 쓰고 있는 인민군들만이 바쁘게 움직이고 있었다. 세상이 하룻밤 사이에 바뀐 것이었다.

수복 기간에 들어왔던 남한 사람들은 어느새 다 빠져나가고, 한자리 하겠다고 나섰던 사람, 자위대로 나가 치안을 담당하던 사람, 전황 뉴스에 어두워 전선이 어떻게 돌아가고 있는지 몰랐던 사람들만이 남았다. 그들은 수복 지구에서 발행받았던 여러 개의 도장이 찍힌 신분증과 치안대 완장을 없애고 보따리를 간단히 챙겨 해주를 빠져나가야만 했다.

아버지도 그중 한 사람이었다. 해주시청 산업과장을 하시며 인민군이 버리고 간 양돈장을 접수해 관리하고 계셨던 것이다. 아버지는 그날 밤 비상이라고 시청 숙직실에서 대기하다 인민군이 입성하자 간신히 도망쳐 집에 오셨다. 급한 대로 어디로든 피해야만 했다. 가족이 다

같이 떠나기에는 상황이 너무나 급박했다. 아버지가 어디로 가시는지 행방을 알아야 했으므로 겨울 코트 하나만을 입은 채 내가 따라가기로 했다. 서해주 쪽으로 빠져나가는데 아직 정돈이 덜 된 인민군 경비원들이 검문을 하고 있었다. 비상 식량으로 준비해 가지고 가던 흰떡과 고기 장조림 한 덩어리를 나누어 주니 굶주리고 배고픈 인민군 병사들이 먹을 것에 정신이 팔려 별로 까다롭지 않게 검문하고 통과시켜 주었다. "시골에서 이곳으로 피란 왔다가 이제 다시 해방되어 집으로 돌아갑니다"라고 둘러댔는데 다행히 별말 없이 통과시켜 준 것이다.

눈 덮인 들판과 산길을 돌아 한참을 걸어가니 한 무리의 피란민이 남쪽을 향해 걸어가고 있었다. 아직 자위대 완장을 찬 사람이 동리 사람들을 인솔해 가고 있었다. 아직 인민군이 점령하지 못한 곳이었다. 서둘러 이들 무리 속에 섞여 남쪽 옹진을 향해 발걸음을 재촉했다. 사람들은 서로 별말 없이 걸음만 재촉했다.

하루 종일 걸어 저녁 해가 뉘엿뉘엿 넘어갈 무렵에 장둔長屯이라는 조그만 옛 기차역이 있는 마을에 도착했다. 개성에서 장단, 연백을 거쳐 옹진으로 가는 협궤 열차가 있던 간이역 마을이었다. 기적 소리가 끊어진 지 오래됐으나, 인민군이 옹진을 점령한 뒤 잠시 군용 열차로 군인들과 군수물자를 수송하다가 다시 기적 소리가 끊어진 곳이었다. 전쟁 전만 해도 옹진군의 일부로 38선 남쪽에 속해 있었던 곳이었다. 공산군에게 점령당하여 공산군에 대한 반감이 아주 높은 지역이라 북한에서 오는 피란민을 환영하지도 않고 북한 출신은 모두 빨갱이고 이들의 척후라고 생각하는 사람들이었다.

이곳은 소위 '청년방위대'라는 민병대가 지키고 있었는데, 38선 이북에서 오는 사람들은 모두 잡아다 동네 곳간 같은 임시 감옥에 가두어 놓았다. 나이든 어른들은 인민군이 보낸 첩자라면서 나무 몽둥이로 사정없이 마구 두들겨팼다. 여자와 아이들도 가두어 놓고 밤잠도 안 재우고 밥도 안 주고 굶겼다.

전황은 시시각각 변했다. 인민군은 벌써 우리가 있던 곳 근처까지 진격해 왔다. 윗동리 사람들이 후퇴하면서 전한 전황을 듣고는 청년방위대원이나 자위대원들도 후퇴하지 않을 수 없었다.

그런데 이들은 가두어 놓았던 이북 피란민을 데리고 후퇴할 수도 없고, 놓아 보내기에는 자신들이 한 가혹 행위도 있는 터라 처리하기 곤란했던 것 같다. 전쟁 중의 사람 목숨은 문자 그대로 파리 목숨이나 다름없었다.

그날은 산과 들에 눈이 하얗게 덮이고, 보름도 가까워 달이 몹시 밝은 밤이었다. 그들은 갇혀 있던 피란민 모두를 나오게 하여 한 줄로 정렬시키고는 총을 멘 대원이 맨 앞과 뒤에 서서 산골짜기 어딘가로 이들을 데리고 갔다. 눈 덮인 오솔길을 한참 가다 산모퉁이를 도는데 산등성이에서 총소리가 나며 맨 앞에 가던 대원이 "억!" 하면서 쓰러졌다. 인민군이 이미 그곳까지 온 것이었다. 죽이려고 끌고 가던 자들이나 죽임을 당하려 끌려가던 자들이나 모두 한 방향으로 도망을 쳤다. 눈 덮인 강산, 희미한 달빛에 비추어졌던 이들 피란민의 모습이 잠복해 있던 인민군에게는 모두 같은 적군으로 보였을 것이다.

얼마나 멀리 달려왔는지 알 수는 없으나 날이 밝아 오자, 인가가 보이고 폐허가 된 옛 옹진비행장이 나타났다. 그제야 겨우 방향감각이 생겨 우리가 어디 있는지 알 수 있었다. 달려오는 동안 사람들은 뿔뿔이 흩어져 우리 근처에는 겨우 네 사람만이 보였다. 다행히 이쪽 지방의 방향에 익숙한 이가 있어 그가 가리키는 대로 걸어 겨우 옹진 시내로 들어갈 수가 있었다. 우리는 그곳에서 헤어져 각자 제 갈 길로 갔다. 친척 할아버지 집을 찾아 들어가니 전황이 다급하여 할아버지와 친척들이 막 피란을 떠나려던 참이었다. 나와 아버지는 집 안에 들어가지도 못하고 그 길로 같이 떠나야 했다.

아버지와의 이별

    아버지와 나는 몇 시간 전에 처형장에서 간신히 목숨을 건지고 혼비백산 공포에 질려 도망쳐 온 터였다. 그때 아버지가 결단을 내리셨다.

    "내가 너를 데리고 다니다가 너까지 죽이겠구나. 너는 여기 할아버지 집에 남아서 정세를 더 살펴보는 것이 좋겠다."

    앞으로 어떻게 전세가 전개될지 아무도 예측할 수 없는 상황이었다. 아버지와 친척 할아버지는 나와 할아버지의 열 살 난 손자, 그리고 80세 노모를 집에 남겨둔 채 젊은이들과 함께 피난길을 떠났다.

    이렇게 해서 나는 언제 끝날지도 모르는 전쟁의 한복판에 남겨지게 되었다. 며칠이 지나자 인민군이 옹진까지 진격하여 해변 마을에 도달했다. 옹진반도는 완전히 그들의 치하에 놓이게 되었다.

    나는 친척 할아버지의 과수원에서 살게 되었는데, 근처에는 폐광이 된 옹진광산과 광산 노동자들이 살던 사택촌이 있었다. 또 중국 산둥성에서 온 중국인들이 농사를 짓고 사는 마을도 있었다.

그런데 광산촌 아이들과 중국인 아이들은 서로 앙숙이어서 가끔씩 패싸움이 벌어지곤 했다. 희한한 것은 돌팔매로 싸우지, 서로 엉켜서 싸우는 일은 거의 없었다는 것이다.

친척 할아버지는 그곳 중국인들과 가까이 지내셨던 모양이다. 중국사람 정程 서방은 사람 좋은 호인으로, 그의 아들 뎀바우는 나와 친구가 되었다. 주周 서방과 그 아들 후쳉厚晴, 열두 살짜리 예쁜 딸도 나에게 아주 친절했다. 동董 서방은 원로인 듯 보였다. 모두 선량한 사람들이었다. 전쟁 중에는 이발소가 문을 닫아 이발을 하지 못했는데, 정 서방이 바리캉(이발기)을 가지고 와서 내 머리도 박박 깎아 주었다. 그러나 중국식으로 앞이마 윗부분을 남겨놓은 변발을 해놓아 나는 영락없이 중국 애처럼 보였다. 중국 애들과 어울려 시내 장마당에 가면 아주머니들이 "중국 애가 조선말을 참 잘한다"고 할 정도였다.

해주에서 나올 때 가져온 빨간 돈(북조선 화폐)은 이곳에서도 통용되었다. 시내 상점들이 모두 닫았으나 중공군이 몰려온다는 소문에 중국 식당들은 영업을 했다. 그때 중국 식당에서 사먹었던 볶음밥은 정말로 맛이 있었다. 그 후로 나는 중국 음식점에 가면 항상 볶음밥을 시켜먹는다.

해주에서 왔다는 것이 알려지면 여러 가지 어려운 일이 생길 것 같아 될수록 중국인 행세를 하기로 했다. 그러나 중국말을 못하니 들통이 날까 봐 몹시 걱정되었다. 동 서방이 걱정 말라며 안심시켜 주었다.

중국은 하도 커서 같은 중국 사람이라도 말이 다 다르다는 것이다. 처음에는 이해가 잘 안 되었으나 베이징 말과 광둥 말이 달라 같은 중국사람끼리도 말을 못 알아듣는 경우가 많다는 것을 훨씬 뒤에 알게 되었다. 조선 애들이 되놈, 땅갈놈, 짱꼴라라고 놀리면서 잘 놀아 주지도 않고 무시하니 중국 애들도 "꼬레 방즈 삐양", "마나 쪼 삐양" 하고 욕을 하곤 했다. 정 서방에게 무슨 소리냐고 했더니 나쁜 말이니까 배우지도 말고 쓰지도 말라고 했다.

한국의 전통놀이도 가르쳐 주고 아무 차별 없이 같이 잘 놀았더니 중국 애들이 나를 참 좋아했다. 특히 주 서방의 귀여운 딸은 나를 무척 좋아하고 따랐다. 먹을 것이 귀한 때였는데 먹을 것이 있으면 조금씩 싸가지고 와서 같이 먹자고 했다.

이들 중국 사람은 여름에 열심히 채소 농사를 짓고 겨울철 농한기에는 서로 돌아가며 음식을 만들어 나누어 먹었다. 큰 가마솥에 커다란 밀가루 빵을 하나 만들어서는 여럿이 돌아가며 뜯어서 먹는가 하면, 김치·콩나물·두부·돼지고기를 넣고 국을 끓여 먹었다. 돼지를 잡아서 겨울에 곳간에 매달아 놓고 관솔을 태워 그을음으로 덮어 놓고 한 칼씩 베어 먹은 다음, 그 자리를 다시 관솔 불로 그을음을 피워 다시 메워 놓곤 했다. 우리에게는 익숙지 않은 음식물 저장 방법이었다. 봄이 되어 눈이 녹으니 동리 개들이 산에서 죽은 시체를 물어 와서 사람들을 놀라게 하는 일도 가끔 있었다.

지방에 인민위원회가 생기고 소년단·민주청년단·여성동맹이 조직되면서 회의가 잦아지고 동원령도 자주 내려졌다. 다행히 나는 아는 사람도 없고 중국 애들과 어울리다 보니 의심 없이 중국 애로 알아서 여기서의 동원은 모두 빠져도 되었다.

낯선 옹진에서 이렇게 지내기보다 어머니와 형제들이 있는 해주로 돌아가려 해도 전쟁 전에는 남쪽이었던 옹진 사람들을 믿지 못해 옛 38선을 그대로 유지하고 일반 사람들의 왕래를 제한해 갈 수가 없었다. 돌아갈 수 있는 방법을 찾기 위해 동리 사람들이 하는 소금 장사를 하며 38선을 넘어가긴 했으나 장마당에서 막혀 더 이상 갈 수가 없었다.

옹진에 있는 옛 철광산 갱도에서는 전쟁 중에 청년방위대에게 빨갱이로 몰려 학살당한 사람들의 시체가 수십 구 나왔다. 그곳에서 멀지 않은 장둔 골짜기에서도 100여 구의 시체가 나왔다. 우리가 끌려가다 도망친 곳이어었다. 그때 인민군의 총격이 아니었더라면 아버지와 나도 그 시체 중 하나가 되었을 것이다.

동네 인민위원장은 친척 할아버지의 도움을 많이 받았던지 여러 가지 편리를 많이 봐주었다. 농사철이 되니 여러 가지로 도움도 많이 주고 지도도 해주었다. 그는 나를 서울에서 유학하던 할아버지의 친손자가 어쩌다 남게 된 것으로 생각한 듯했다.

"내레 빤쯔도 안 입고 내려왔쐬다"

남한으로 넘어오던 날, 쓰다 남은
북한 돈을 전부 인민위원장에게 주고 트레이닝복 바지에 셔츠 하나
만 걸치고는 썰물 때 남쪽의 청년방위대와 민병대 군인들이 주둔하
고 있는 갯벌 건너의 작은 섬을 향해 건너갔다. 5월의 새벽, 풀밭에는
찬이슬이 맺혀 있었다. 봄 햇살이 나오기는 아직 이른 아침이었다. 밭
고랑 사이를 숨죽여 가며 인민위원장이 가르쳐 준 길을 따라 걸어가
노라니 등에서 식은땀이 흘렀다.

인민위원장이 알려준 대로 드디어 외딴 초가집이 눈앞에 나타났다.
가까이 다가가서 살피니 쥐죽은 듯이 조용했다. 사람의 인기척이라
곤 없었다. 조심스럽게 사립문을 밀치고 들어가자, 남자와 여자 5~6
명이 겁먹은 눈으로 나를 바라보았다. 어린애가 들어오니 그제야 마
음을 놓는 것 같았다.

"아저씨, 동부 리 이장님이 보냈어요."

제일 나이 들어 보이는 남자에게 다가가서 말했다.

"아, 네가 광산촌에서 왔니?"

"네."

마을 이장이란 동부 리 인민위원장을 말하는 것이었다.

옹진은 원래 38선 이남 지역이었다. 6·25 전쟁이 일어난 날, 제일 먼저 점령당한 소위 '해방지구'였다. 당시 옹진에는 국군 18연대 백골부대가 주둔하고 있었다. 38선 일대에서는 제일 막강한 부대였다. 인민군은 옹진과 추야 지구 전선에 중부와 동부 전선인 화천·금화·양양 지역과 맞먹는 병력을 투입하여 속전속결로 해방시켰다.

인천상륙작전으로 서울이 수복되면서 옹진도 수복되었다. 그러나 중공군의 개입으로 전황이 다시 뒤집혀 중공군과 인민군에게 다시 점령당했다. 가난하고 선량한 농사꾼이던 이장은 인민군이 다시 들어온 뒤에도 글줄이나 읽는다고 소위 인민위원장이 된 것이었다.

인민군이 다시 들어오자 많은 사람들이 옹진 주위의, 지금은 북한 땅이 된 어화도·용호도·순이도·기린도 등 가까운 섬으로 일시 피란을 가서 다시 국군이 수복하기를 기다리고 있었다. 며칠 만에 돌아갈 수 있다고 생각했던 피난살이는 한 달 두 달 길어져 준비해 간 식량이 다 떨어지고 말았다. 사람들은 할 수 없이 썰물 때 육지의 자기 집으로 몰래 들어가 감추어 놓았던 식량을 가지고 다시 나오곤 했다.

수시로 내려오는 농사 지시 사항을 전달하러 온 이장은 나를 서울 가서 살던 할아버지의 손자가 어쩌다가 혼자 남게 된 것으로 생각했다. 친척 할아버지가 옛날 면장을 하며 인심을 잃지 않은 덕에 이장은 나를 잘 보살펴 주었다. 그리고 할아버지와 합류할 수 있도록 양식을 구하러 온 동네 사람들이 다니는 길을 알려주고 이들과 동행하게 해준 것이었다.

썰물 시간이 되자 남자들은 쌀자루와 여러 가지 식료품과 물건을 등에 지고, 아낙들은 머리에 보따리를 이고는 떠날 준비들을 했다. 여자들은 치마를 걷어 올리고, 남자들은 바지를 무릎 위까지 걷어 올렸다. 나도 윗도리와 바지를 벗어 허리띠에 같이 묶고는 갯벌의 물골을 따라 건너기 시작했다. 어느새 밀물이 들어오고 있었다. 무릎 밑에 있던 바닷물이 허리까지 차오르더니 얼마 안 되어 가슴까지 차올랐다. 물때를 아무래도 잘못 맞춘 모양이었다. 밀물이 빠른 속도로 밀려들어왔다.

사람들이 당황하여 들고 있던 짐을 하나둘 놓쳤다. 섬(신도)까지의 거리는 아직도 100미터나 남았는데 바닷물은 계속 불어났다. 그렇다고 돌아갈 수도 없었다. 돌아간다면 북한 경비병에게 붙잡힐 게 뻔했다. 앞으로 나아가는 수밖에 없었다. 발이 더 이상 땅에 닿지 않았다. 서툰 개구리헤엄으로 섬을 향해 나아갔다. 어른들도 짐을 하나둘 버리고 가슴 위까지 차오른 물을 헤치며 섬을 향해 나아갔다. 섬에서 이 광경을 바라보는 가족들은 발만 동동 굴렀다.

청년방위대가 우리를 구출하기 위해 작은 배를 보냈다. 몇 분만 더 물에 떠 있으면 구출될 것이다. 그때 허리띠에 묶어 놓은 바지와 셔츠가 거센 물살에 떠내려갔다. 배가 앞 사람부터 한 사람 한 사람 구해

올렸다. 마침내 내 차례가 되었다. 나를 보트에 건져 올려놓으니 실오라기 하나 걸치지 않은 알몸이었다. 청년방위대원 하나가 입고 있던 군복 윗도리를 벗어 걸쳐 주었다. 내겐 너무나 커서 무릎까지 내려왔다. 같이 구조된 사람들은 대개 이 섬에 가족이 있는 사람들이었으므로 각기 제 갈 길로 갔다. 한 방위대원이 물었다.

"너는 어디로 가니?"

"아무데도 갈 데가 없습니다."

"여기 아는 사람 없니?"

"네, 아무도 없어요. 육지에 가면 있을지도 몰라요."

민병대의 소개로 한 집을 찾아갔다. 섬에 임시로 가설된 장마당 옆의 떡집이었다. 옹진에서 피란 와 떡과 팥죽을 만들어 파는 집이었다. 새벽부터 주인과 딸들이 떡을 만들고 팥죽도 쑤었다. 이 작은 섬에는 옹진에서 피란 온 수백 명의 사람들이 북적거리고 있었다. 모두 이제 나저제나 하며 옹진에 있는 집으로 돌아갈 날만을 기다리고 있었다. 농사꾼들이라 파종 시기를 놓쳤다고 다들 울상이었다.

그러나 돌아갈 날이 언제가 될지는 아무도 몰랐다. 라디오도 없고 가끔 육지에서 들어오는 보급선이 확실치 않은 소식을 전해 줄 뿐이었다. 미군 함정들이 연평도 앞바다에서 함포 사격을 하면 돌아갈 때가 되었다고 보따리를 챙기기도 했지만, 전쟁이 계속되다 보니 사람들은 점점 불안해하기 시작했다. 바다 접경에 있는 인민군들의 경계가 갈수록 심해지면서 양곡을 운반하기도 힘들어졌다.

떡집 아주머니에게 몇 끼니는 얻어먹었으나, 그 후로는 밥값 대신 눈치껏 잔심부름을 해주고 떡을 만들고 배달해야 했다. 장마당에 가서 파는 일도 거들며 하루하루 버텼다. 썰물 때가 되면 언제든지 육지의 인민군이 쳐들어올 수 있는 곳이어서 늘 불안했다.

신도는 아주 작은 섬으로 바로 옆에 용호도가 있고, 근처에 그보다 좀 더 큰 섬인 어화도·순위도·기린도가 있다. 이들 섬의 사정은 거의 비슷했다. 수백 수천 명이 좁은 섬에서 득실거리며 국군이 옹진에 상륙할 날만을 기다리고 있었다. 나는 아침에 떡을 가지고 용호도와 어화도, 순위도까지 격일제로 가서 팔고 저녁에 떡값과 팥죽값을 갚았다.

"오늘 얼마 팔았니?"

"가져간 건 다 팔았어요."

"내일은 조금 더 가져가거라. 너 장사 잘하는구나."

어화도에는 라디오를 가지고 있는 사람이 있어 육지 소식이나 전황도 좀 더 알 수 있었다. 용호도와 순위도에는 백령도에서 보급선이 오기 때문에 육지 소식을 더 잘 들을 수 있었다. 이 입소문들은 이름도 없는 작은 섬에서 급속히 퍼졌다. 나는 이제 섬에서 소식을 전하는 전령이 된 것이었다.

전황은 별다른 진전이 없었다. 사람들은 점점 불안해하며 기회만 있으면 인천이나 백령도, 소청도, 대청도, 연평도 같은 좀 더 큰 섬으로 가려고 했다. 매주 오는 보급선에 편승만 잘하면 육지인 인천이나 큰 섬으로 갈 수 있었다.

하루는 가져간 떡이 아직 많이 남아 여기저기 늦게까지 돌아다니다 용호도 선착장에 갔더니 인천 가는 배가 막 떠나려 하고 있었다. 어부가 닻을 올리고 부두에 매놓은 로프를 푸는 순간, 배에 잽싸게 뛰어 올랐다.

"야, 너 뭐야!"

"아저씨 미안합니다."

이미 로프를 푼 터라 배는 방향을 돌리기 힘든 상황이었다. 40자도 안 되는 작은 돛단배 어선이었다. 피란민이 여럿 타고 있었다. 배는 작은데 짐을 많이 실었는지 물이 뱃전 바로 밑까지 올라왔다. 파도가 그리 거세지 않았는데도 벌써 멀미 하는 사람이 나오기 시작했다. 아무도 말하는 이가 없었고 모두 긴장한 빛이 역력했다. 다들 착잡한 얼굴로 서로를 살피며 사라져 가는 고향을 두고 멀리 떠나가는 설움을 가슴에 새기고 있는 듯했다.

다행히 팔다 남은 떡으로 허기를 채우고 물도 좀 얻어 마시면서 저 멀리 사라져 가는 해주 수양산을 바라보며 예측할 수도 없고 알 수도 없는 미래를 걱정하며 나를 기다릴 어머니와 형제들을 그리워하며 배에 몸을 맡기고 있었다. 밤이 지나고 다시 낮이 찾아왔다. 그리고 다시 밤이 되었을 때 드디어 육지가 보였다.

배에는 나보다 서너 살 많아 보이는 학생이 자신보다 몇 살 위인 듯한 여인과 동행하고 있었다. 누나인가 했더니 "도련님" 하고 부르는 것으로 보아 형수인 것 같았다. 그들은 형과 남편을 찾아 인천으로 가는 길이었다. 형은 옹진 후퇴시 LST를 타고 먼저 빠져나갔다고 했다. 그때 LST를 타려는 사람들이 너무 많아 피난선을 놓쳤다며 지금 어디에 있는지도 모르는 형과 남편을 찾아 나선 것이었다.

배가 한 섬에 정박하더니 물을 실었다. 난생처음 들어 보는 섬이었다. 사람들이 강화도라고 했다. 옆에서 작은 어선들이 새우를 잡아 올리고 있었다. 여기서 한나절을 더 가서 닿은 곳이 인천 만석동 부두였다. 크고 작은 무동력 어선들이 물 빠진 갯벌에 무질서하게 정박해 있었다. 선장과 남방(어선에서 밥 짓는 사람)에게 고맙다고 인사하고 배에서 내렸다.

옹진 사람들은 전쟁 전에는 38선 이남이었으므로 인천 왕래가 잦았다. 부모들은 아이들을 서울과 인천으로 유학을 많이 보냈다. 배에서 형수와 같이 만난 학생도 인천이 낯설지 않은 듯했다.

그러나 해방 후 5년 동안 공산주의 체제에서 살아온 나는 그곳 광경이 너무나도 생소했다. 부둣가에는 내 또래의 아이들이 남루한 옷을 걸치고 검정칠이 묻은 손과 낚시통 같은 것을 메고 "슈-샨" 하고 소리 지르며 다니고 있었다. 어떤 애들은 그보다 더 큰 네모난 상자를 메고 "아~이~스께~끼~" 외치며 다녔다. 더욱이 사람들은 거리에서 무질서하게 걸어 다녔다. 북한에서와 같이 질서 있게 좌측 통행을 하지 않고 제멋대로 길을 건너다녔다. 시장의 노점 상인들도 소리소리 지르고 북적댔다. 북한에서는 보지 못하던 광경이었다.

"넌 어디로 갈 거니?"

"몰라! 갈 데가 없는데, 형은 어디로 가?"

"우리도 갈 데가 없어. 우리 형이 어디에 있는지 모르거든."

"나도 형과 같이 가면 안 돼?"

"우선 시내로 들어가자. 어디 잘 곳을 만들어 놓고 생각해 보자."

팔다 남은 떡을 배에서 나눠 먹으며 좀 친해진 우리는 인천 시내로 같이 들어갔다. 인천상륙작전 때 미군의 함포 사격과 폭격으로 바다에 면한 부분은 완전히 폐허로 변해 있었다. 남은 것이라고는 아무것도 없었다. 오직 부서진 벽돌과 흐트러진 지붕의 잔해들만이 무질서하게 널려 있었다. 이제부터의 몇 년은 내 생애에서 잊어버리고 싶은 고난의 기억들뿐이다.

거리의 구두닦이

피란민들이 파괴된 건물의 잔해에 가마니와 거적을 치고 골판지 상자를 덮어 겨우 비바람만 가리고 노숙하고 있었다. 우리도 포격을 맞아 부서진 건물 한구석에 자리 잡기로 했다. 폐허에서 깨진 벽돌과 나무판자를 모아 지붕과 벽을 만들고 생철과 가마니와 거적을 주워 둘러치니 우선 바람막이가 만들어졌다. 벽돌 조각을 모아 불을 지필 아궁이를 만들고, 부서진 건물에서 나무 조각을 주워다 땔감도 마련했다. 몇 시간 안에 집(?) 두 채를 지은 셈이다.

같이 온 형이 나갔다 들어오면서 내가 궁금하게 여기던 낚시통 같은 것을 두 개 가지고 돌아왔다. 열어 보니 생전 처음 보는 구두닦이 통이었다.

"야, 이젠 우리도 벌어먹고 살아야 하니 나하고 구두닦이 나가자."

"어떻게 하는 건데?"

"미군한테 가서 '슈-샨?' 하는 거야. '오케이' 하면 이렇게 하는 거지."

그러고는 구두 닦는 요령을 친절하게 가르쳐 주었다. 형과 같이 구두통을 메고 거리로 나갔다. 서로 보일 만큼 조금 간격을 두고 구두를 닦으라고 소리쳤다. 길거리에서 미군을 만날 때마다 "할로 슈샨", "헤이! 슈샨" 하며 외쳤다. 미군이 많이 있는 데를 찾아다니다 보니 술집과 창녀촌에 제일 많았다. 창녀촌에서는 미군이 여자와 방으로 들어가면 창녀나 마담이 "야! 이리 와 이것 닦아라" 하며 군화를 던져 주곤 했다.

신고 있는 군화를 닦는 것보다 벗은 군화를 닦기가 더 힘들었다. 형과 서로 군화를 붙잡아 주며 동업했다. 서로 한 짝씩 나눠 닦기도 했다. '사람이 네 발로 다닌다면 군화가 네 개나 될 텐데' 하고 생각한 적도 있었다. 첫날 수입으로 많은 돈은 아니지만 굶지는 않을 수 있었다. 쌀가게에 가서 보리쌀 한 됫박과 소금에 절인 자반고등어 한 손을 사들고 오늘 막 지어 놓은 집으로 찾아들어갔다. 밥을 짓고 고등어도 구워 물에 말아 먹었다. 오랜만에 먹은 통보리밥과 자반고등어의 맛이 지금도 기억난다.

창녀촌을 돌아다니며 구두 닦으면서 내 나이에 보아서는 안 될 장면도 너무나 많이 보았다.

"야, 이 애 좀 잠깐만 봐줄래. 애 데리고 이것 좀 닦아 놓아라."

전쟁으로 지친 엄마가 서너 살짜리 딸을 데리고 창녀가 되어 있었다. 엄마가 미군하고 돈 버는 사이 애를 옆에 둘 수 없어 그사이에 나보고 딸 좀 데리고 있으라는 것이었다. 이런 슬픈 장면을 전쟁 때가 아니고 어디서 또다시 볼 수 있단 말인가? 이 어린 딸은 자라면서 어렴풋이나마 엄마가 하던 일을 기억할 것이다. 어떻게 이런 아픈 기억들을 지워 버리고 삶을 감당할 수 있을까. 나도 네다섯 살 때의 일을 어렴풋이나마 기억하는데……. 전쟁의 비극을 죽음보다도 더 소름 끼치게 느꼈을지도 모를 일이다.

당시 중부와 동부 전선에서는 중공군의 인해전술로 전투가 한창 치열하게 벌어지고 있었다. 학교는 모두 군부대로 사용하고 있었다. 그중에서 인천여중은 미군의 신병 보충대가 되어 새로 온 미군들이 주둔하고 있었다.

시간이 흐르면서 슈샨 보이로 점차 이력과 요령이 생기기 시작했다. 부대 앞에서 얼쩡거리고 있으면 철조망 안에서 구두를 넘겨주며 닦으라고 했다. 가끔 부대 안으로 불려 들어가 구두를 닦기도 했는데, 그날은 대박 나는 날이었다. 내 또래로 군복을 줄여 입고 영내에서 심부름하는 하우스보이들의 권력은 대단해서 그들을 몹시 부러워했던 기억도 난다. 이때 내게 소원이 무엇이냐고 물었다면 영내에서 군복 입고 거들먹거리는 하우스보이가 되는 것이라고 대답했을 것이다.

여기에도 텃세가 있어 어설픈 이북 출신 애들은 발붙이기가 힘들었다. 구두 닦은 돈을 삥땅 뜯어 가는 깡패들도 있었고, 도둑질을 강요당하기도 했다. 할 수 없이 다시 시내로 들어가 거리의 구두닦이가 되었다. 그것이 오히려 편했다.

가끔 아는 사람을 만나기도 했다. "아저씨 구두 닦으세요. 구-두-닦-으세요. 할로우 슈-샨-" 하고 외치며 인천 시내를 돌아다니던 어느 날이었다.

"야! 이거 기선이 아니가?"

"어!? 김재권!"

해주중학교 때 단짝이었던, 별명이 '호박'이었던 친구였다. 얼굴이 둥글넓적하고, 머리는 앞뒤 짱구이고, 마음씨 착하고, 그림 잘 그리고, 글씨도 아주 예쁘게 쓰는 재주 있는 친구였다. 성적이 나와 늘 일이 등을 다투던 친구였다. 아주 부잡스러워 '범벅'이라는 별명을 가진 경진이와 나 '발발이 땅개', 그리고 '호박' 재권이는 개구쟁이 3총사였다.

"어! 야, 너 어떻게 된 거니?"

"응, 난 혼자 내려왔어. 너는?"

내 꼴은 그야말로 초라하기 그지없었다. 손이며 여름 셔츠에는 구두약이 묻어 있고, 아마 얼굴에도 묻어 있었을 것이다.

"우리 식구는 다 왔는데 배다리시장 옆에서 아이스케키 집을 해."

"넌 학교 들어갔구나."

재권이는 중학교 교복을 입고 있었다.

"인천중학교 3학년에 들어갔어. 너 어디 사니?"

"저~어~기."

나는 대강 인천공원 쪽을 턱으로 가리켰다.

"배다리시장 입구에 있는 청량 빙과점이 우리 집이야. 우리 집에 가자."

"응, 다음에 갈게."

이 꼴을 하고 재권이 집에 가기에는 너무 창피해서 더 이상 그곳에서 있을 수가 없었다. 나는 도망치듯 그 자리를 빠져나왔다.

그 후 보고 싶고 그리워하면서도 소식조차 듣지 못하고 늙고 말았다. 혼자서 살아가기에는 너무나 힘이 들고 외로웠다. 외로울수록 가족이 더 그리워졌다. 아버지, 어머니, 누나, 동생들이 너무나 보고 싶었다. 내 곁에 단 한 명의 형제라도 있었다면 아무리 힘든 전쟁 때라지만 서로 보살피며 의지할 수 있었을 텐데. 그날 있었던 크고 작은 일들도 자랑할 수 있고, 돈을 많이 벌어 온 날은 으스댈 수도 있었을 것이다. 집에 돌아왔을 때 밥이라도 챙겨 주는 사람이 있었다면 견디기가 한결 나았을 것이다.

어머니와 누나, 동생 기란이, 촌티 흐르던 정님이, 하나밖에 없는 남동생 그리고 제일 어려운 시기에 태어난 불쌍한 막내 기명이가 눈앞에 아른거렸다. 이제는 아무리 돌아가고 싶어도 갈 수 없는 해주에 남겨놓고 나왔지만, 아버지만은 분명 남쪽 어딘가로 내려가셨을 것이라고 생각하고 우선 아버지를 찾기로 했다.

부산 달동네 판잣집

나도 학교 가야 할 나이인데 언제까지 구두닦이나 하고 하우스보이만 부러워하며 살 수는 없었다. 몸이 고단하고 힘들었음에도 잠 못 이루는 밤이 많았다. 아버지는 분명 남쪽으로 내려가셨으니 남한 어딘가에 계실 것이다. 피란민들이 부산에 많이 몰려 있다는 소문을 들은 나는 어떻게든 부산으로 내려가서 아버지를 찾기로 마음먹었다.

'부산으로 갈 방법을 찾아보자.'

그러나 남한 사정에 어두운 나는 어떻게 부산까지 가야 할지 알지 못했고, 또 물어 볼 만한 마땅한 사람도 없었다.

그런 와중에 인천에 해군 경비부가 있는데, 해군 함정이 자주 부산에 간다는 소문을 듣게 되었다. 당장 경비부가 있는 부둣가에 가서 매일 구두를 닦았다. 해군들의 구두도 공짜로 닦아 주고, 특히 정문에 있는 경비 헌병의 구두는 매일 거저 닦아 주다시피 했다. 환심을 사기 위해서였다.

마침내 경비부 안으로 들어가 구두를 닦을 수 있는 허가를 받았다. 장교들은 너무 높은 사람들이라 감히 가까이 못하고 해군 하사관들과 먼저 친해졌다.

"병조장님, 언제 부산 가요?"

"나는 못 가고 신 병조가 곧 갈걸."

"신 병조님이 누구야요? 어디 계셔요?"

신 병조님은 해군 72함의 위생 하사관이었다. 나는 부산에 따라가기 위해 매일 그의 구두를 공짜로 닦아 주고 잔심부름도 해주며 공을 들였다. 노력이 헛되지 않아 마침내 해군 72함 의무실 쑈리(하우스보이)로 따라갈 수 있게 되었다.

그동안 신세지고 연평도에서부터 같이 고생했던 형과 그 형수에게 작별을 고하고 배를 탔다. 구두통도 돌려주었다. 이들은 섬에서 갑자기 나오는 바람에 의지할 데도 없고 남한에 대해 아무것도 몰랐던 나에게 너무나 큰 도움을 주었다.

인천 부두에서 상륙정에 올라 외항에 정박 중인 72함에 승선했다. 신 병조님과 같이 의무실에 가서 군의관에게 인사를 드렸다. 군의관이 너무 어려워 말도 제대로 못하고 허리를 구부려 절만 했다. 해군식 쑈리 복장을 얻어 입은 나는 잠시도 쉬지 않고 의무실 위생병들의 잔심부름을 했다. 잠은 의무실 옆에 군용 간이침대를 놓고 잤다.

72함은 서해 작전지에서 동해로 가는 길이었다. 함정은 훈련과 작전을 하며 여기저기 섬에 들렀다. 진해에서는 한 무리의 해군사관학교 생도들이 승선을 했다. 그들을 훈련시키는 임무를 부여받았던 것이다. 젊은 사관생도들의 생기 넘치는 모습을 보니 부럽기 짝이 없었다. 그들이 마치 딴 세상 사람들같이 느껴졌다.

"수병총 병사 떠나" 하는 구령으로 시작하는 토요일 점검 시간이 되면 함정 내 모든 수병은 물론이고, 하사관 장교들까지 긴장했다. 해군사관생도들은 담배를 피워서는 안 되었는지 매주 말에 실시되는 검열에 대비하여 손에 묻은 노란 담배진을 지우느라 손가락을 마룻바닥에 비벼 씻곤 했다. 의무실에 있는 아세톤을 솜에 묻혀 가져다주니 쉽게 지울 수 있었다. 이 생도들에게도 의무실의 쏘리는 인기가 있었다.

이름도 모르는 섬에서 하선한 적도 있었다. 그 섬의 백사장에는 하얀 세모래가 있었다. 황해도 장연에 있는 몽금포해수욕장의 모래알 같아 지금도 가끔 생각나는데, 그곳 이름을 알 수 없어 한번 찾아가 볼 수도 없었다.

이렇게 몇 주를 항해한 끝에 마침내 부산항에 도착했다. 이제 함정 의무실과 작별을 해야 했다. 함정은 최전방이라 할 수 있는 동해로 가므로 나 같은 민간인 쏘리는 동행할 수 없었다. 신 병조님이 당시 무척 귀하던 닭털 침낭과 먹을 것을 싸주었다. 나를 내려준 곳은 부산 대교동 부둣가였다.

나는 다시 오갈 데 없는 외톨이가 되었다. 날이 저물자, 노숙을 하기 위해 골목어귀에 자리를 잡았다. 피란 시절의 노숙자는 그리 낯선 풍경이 아니었다. 더욱이 부산은 기후가 온화하여 노숙하기 그다지 어렵지 않았다. 부산에는 눈이 거의 오지 않았다는데 그해에는 눈이 참 많이 내렸다. 아침에 눈을 뜨니 닭털 침낭 위로 하얀 눈이 소복히 쌓여 있었다.

피란민이 많이 모인다는 국제시장을 이리저리 돌아다니며 두리번거렸지만 아는 사람이 하나도 없었다. 당시 국제시장의 장사치는 대부분 함경도·평안도·서울에서 온 피란민들이었다. 아무나 붙잡고 "어디서 오셨어요?", "혹시 황해도에서 온 사람 없어요?" 물으며 수소문한 끝에 간신히 실마리 하나를 찾을 수 있었다. 황해도 곡산에서 온 사람이 있다는 것이었다. 곡산에서 온 사람이라면 삼촌을 알 것이다. 간신히 찾은 사람은 삼촌과 사리원농업학교 동창인 김창후 씨였다. 당면 공장을 하는 그분은 나를 동대신동 공설운동장 뒤 구덕 산골짜기에 위치한 공장으로 데려가서 가마니로 둘러친 숙소와 일자리를 마련해 주었다. 일자리라야 잠자고 밥먹여 주는 것이 고작이었다. 월급 같은 것은 바랄 수도 없었다. 그분에게는 내 또래의 아들 제양이와 형인 선양이가 있었다.

나는 이들과 같이 당면 만드는 일을 했다. 녹말가루에 명반을 적당량 넣고 반죽이 찰질 때까지 손으로 주물렀다. 그리고 물이 펄펄 끓는 가마솥에 큰 구멍이 뚫린 냄비를 매단 다음, 반죽을 담고 손바닥으로 두드리면 큰 구멍으로 내려오며 면발이 차차 가늘어졌다. 면발을 끓는 물에 삶은 다음 건져 올려 찬물에 씻어서 대나무에 걸어 밖에 내다걸면 구덕산 찬바람에 얼어서 자연 냉동 건조가 되었다. 찬물을 길어 오고 당면을 나르는 것이 내 일이었다.

잠은 가마니로 둘러쳐 임시로 지은 공장 숙소에서 잤는데, 그때에도 나의 재산 목록 1호인 닭털 침낭이 추위를 견디는 데 큰 도움이 되었다. 중국에서 배워 왔다는 소위 당면 기술자에게 야단맞아가며 고되게 일했다. 그는 같이 일하는 제양이와 선양이는 사장 아들이라고 쉬운 일 시키고, 어렵고 힘든 일은 모두 내게 시켰다. 이 일을 거의 반년간 한 것 같다.

그러다가 육군 839부대에 부식을 납품하는 사장을 만나 그 회사로 옮겼다. 시장에서 부식물을 사서 주면 자전거로 실어 나르고, 사장집 잔심부름도 했다. 그래도 저녁에는 사장집 골방에서 잠잘 수 있고 밥도 얻어먹을 수 있었으니 피란 온 후로 최고의 호화로운 생활을 한 셈이다.

하지만 그 생활도 그리 오래가지는 못했다. 사장이 군부대 부식 납품 사업 계약을 다른 사람에게 빼앗겨 일거리가 없어진 것이다. 사장은 밀린 월급과 퇴직금 대신 심부름할 때 타던 자전거를 주었다. 남한에 와서 해본 일이라고는 구두닦이와 당면 만드는 것밖에 없었는데, 그래도 몇 달 동안 시장 바닥에서 일하다 보니 보고 배운 것이 많아졌다.

유일한 재산인 자전거로 그동안 단골로 다니던 어묵·생선튀김·유부 공장에서 이것들을 받아 피란민들이 많이 살고 있는 판잣집 식당에 배달하는 사업(?)을 시작했다. 잠은 창고 한구석에 있는 쪽방에서 상어기름 짜는 아저씨와 같이 잤다. 상어 뱃속에서 나오는 내장을 끓이면 기름이 나오는데, 이를 튀김 공장에 배달해 주는 아저씨였다. 아침밥은 아무것으로나 요기하고, 점심은 잔심부름해 주고 공장에서 얻어먹고, 저녁은 팔다 남은 어묵이나 생선튀김으로 대강 허기만을 면하며 살았다.

나의 모토는 "부지런히 네 몸 움직여라"였다. 그것만이 내가 살 길이었다. 새벽 일찍 일어나 공장 청소하고 튀김 만드는 일을 도왔다. 식용유가 아주 귀했던 때라 어묵이나 튀김은 상어기름으로 튀겼다. 지금이야 오메가3 상어기름이 아주 귀하지만 그때는 그랬다.

생선튀김이 나오면 자전거에 싣고 우동 공장으로 가서 우동 몇 박스를 함께 싣고 아침 배달을 나갔다. 주로 함경도 또순이 아주머니들이 장사하고 있는 영도다리 옆 부둣가 판잣집 식당으로 갔다. 때로는 멀리 초량동과 범일동까지 배달 가기도 했다. 정식 직공은 아니었지만 공장 일꾼들이 먹는 점심을 얻어먹을 때도 있고, 식당에서 맘씨 좋은 아주머니가 우동 한 그릇 말아 줄 때도 있었다. 모두 어려웠던 때라 인심이 그리 후하지는 않았다. 남을 돕거나 선심 쓰는 일은 매우 드물었다.

오후에는 아침에 외상을 준 식당으로 수금을 나갔다. 지독한 또순이 아줌마들은 외상값 주는 것에 몹시 인색했다. 이런 핑계 저런 트집 잡으며 끈질긴 데는 함경도 또순이 아줌마들을 따라갈 사람이 없을 것이다. 몇 달 동안 장사를 했으나 외상값은 안 걷히고 공장에서 받아온 물건 값을 갚으려니 빚만 늘어서 더 이상 계속할 수가 없었다.

고민 끝에 유일한 재산인 자전거를 팔아 빚을 갚고 취직하기로 했다. 이제는 공장에서 잘 수도 없었다. 부산에 연고가 있거나 돈이 있

내가 살던 부산 달동네 판잣촌.

는 사람들은 셋집이라도 구해 들어갈 수가 있었으나 이북에서 온 피란민들은 아무런 연고가 없었기 때문에 영주동이나 보수동 산비탈에 땅을 고르고는 판잣집을 지어 살았다. 보수동 산비탈에 터를 잡고 3부 널판자와 미군 부대에서 나오는 종이상자를 가져다 겨우 누울 수 있는 조그만 판잣집을 지었다. 곧 겨울이 닥칠 터라 온돌을 놓아야 했으나 돈을 주고 미장이에게 시킬 형편이 못 되었다. 할 수 없이 구들장 놓는 사람들을 따라다니며 일을 거들고 기술을 배웠다. 불길이 구들장에 직접 닿으면 화력이 좋을 것 같아 깡통으로 만든 파이프로 연탄난로에서 구들장 바닥까지 직접 닿도록 나름대로 아이디어를 짜내어 시공했더니 나의 집은 판잣집 달동네에서 제일 따뜻한 방이 되었다. 인천에 이어 나의 두 번째 집이 완성된 것이다. 물은 아주 귀해서 새벽 4~5시에 산 아래 동네 우물에서 5갤론짜리 휘발유 통으로 한번 담아 가져오면 일주일 동안 그것으로 살아야 했다.

새로 취직한 곳은 인쇄소로, 등사하고 제본을 하는 심부름꾼이었다. 등사 원지를 가리방(쇠판)에 긁어 등사판에 넣고 잉크 묻은 롤러로 민 다음, 왼손으로 종이를 빼내는 일이었다. 몇 달 동안 하다 보니 나의 종이 빼내는 속도는 거의 달인의 경지에 이르렀다. 보통 9절 갱지 4500장을 쌓아놓고 한 번에 100장씩 등사판에 올려놓는데, 한번 집으면 헤아리지 않아도 꼭 100장씩 집혔다. 빠른 손놀림으로 등사를 하면 지나가던 사람들이 한참을 구경하고 갔다.

한번은 해병대 사령부 작전과에서 그 유명한 해병 전사戰史인 〈토솔산 작전상보〉를 인쇄한다고 하여 당시 용두산에 있던 해병대 사령부로 갔다. 1급 비밀 서류였기 때문에 사령부에서 먹고 자면서 인쇄하고 제본을 했다. 도중에 밖으로 나갈 수는 없었다. 다만 일요일에 영내 교회에 갈 수 있었다. 어렸을 때 할머니를 따라 교회에 나가 본 후 참으로 오래간만에 교회에 갔다. 북한에 공산정권이 들어서면서 교회를 모두 없애 버려 갈 수 없었고, 전쟁통에는 교회에 나갈 기회가 전혀 없었기 때문이다.

잊지 못할 해병대 은인들

이 일이 끝날 무렵 해병대 재무
감실의 문관이 내 인쇄 솜씨를 보고는 같이 일하자는 제안을 해왔다.
재무감실은 사령부 영내가 아닌 여수 뱃머리 부둣가에 있었다. 일반
사무실과 같아서 일과가 끝나면 해병들과 난롯가에 둘러앉아 잡담을
하곤 했다. 일부는 책을 보거나 공부하고, 일부는 고향 이야기, 여자
자랑, 힘 자랑 등을 하는 군대 내무반 생활 그 자체였다.

재무감실의 하사관들은 예하 부대의 돈줄이라 돈도 잘 쓰고 멋도
잘 부리고, 해병대 특유의 쌈질도 잘했다. 하사관 중에는 학도병으로
들어온 사람도 많아 공부에 대한 열정 또한 대단했다. 공부하는 하사
관들의 도움으로 책도 보고 중학교 헌 교과서도 사다 보았다. 군인도
아니고 문관도 아닌 나에 대한 대우는 각양각색이었다.

식사를 담당하는 하사관이었던 주 계장은 일찌감치 군에 들어와

계급은 높지만 무식하고 대책 없는 사람이었고, 현 하사관은 성격이 아주 못된 사람이었다. 사사건건 시비하고 남을 못 살게 구는 인간으로, 사병 식당에서 밥을 얻어먹는 내게 시비 걸고 깐죽대기 일쑤였다. 진 병조는 나이 많은 식당 아줌마의 치마폭에 싸여 놀아나고 있었다.

반면 학도병 출신인 김재준·오기병·김동규 하사관은 평생 잊지 못할 은인들이다. 이들은 진해 해병학교에 연락하여 내가 현지 입대할 수 있도록 주선해 주기까지 했다. 신병훈련이 끝날 때 맨 뒤에 서게 하여 같이 졸업시켜 현역병으로 만든 것이다.

사병들이 한 줄로 엎드려 빳다를 맞을 때에는 제일 나이가 어리다고 "황기선, 너는 열외" 하고 빼주기도 했다. 이제 밥을 얻어먹을 때 시비하는 사람이 없었다.

제 3 장

건빵 먹고 물 마시며

흔히 공부는 돈이 있어야 할 수 있다고 하지만 의지와 끈기로도 할 수 있다고
생각한다. 돈이 없어 학교를 못 다녔다기보다는 돈이 없어 학교 다닐 때 힘들었다고
하는 것이 맞을 것이다.

주경야독

일과가 끝난 어느 날, 난롯가에 둘러앉아서 공부하던 한 수병(그때는 해병을 해군식 수병이라고 불렀다)이 "이게 무슨 자입니까?" 하고 '賀'자를 들이댔다.

"아, 그거 '가'자야."

그러자, 학도병 출신 하사관 한 명이 대답했다. 나는 아니다 싶어 얼른 덧붙였다.

"아닌데요? '하'로 읽는데요."

내 말에 옥편을 찾아 확인하니 '하'가 맞았다. 평소 내게 호감을 가지고 친절히 도와주시던 하사관 한 분이 말했다.

"야, 너는 여기서 썩을 놈이 아니다. 여기서 썩지 말고 학교로 가라."

이들 하사관이 주선하여 마침내 피란 학교 야간부에 들어가게 되었다. 이들은 돈을 모아 해병대 재무감실에서 그리 멀지 않은 곳에 판잣집을 하나 얻어 주고 튜가리스 손목시계까지 사주었다.

해병대를 그만두었으니 밥 먹고 살 방도를 찾아야 했다. 할 줄 아는 것이 인쇄하는 일이었다. 나의 등사 실력은 알아주는 정도여서 선적된 수입 화물의 적하積荷 목록을 인쇄하는 곳에 취직했다. 사장과 급사인 나, 둘만 있는 회사였다. 일본이나 미국에서 선박에 실은 화물 목록을 텔렉스로 이곳 선박회사로 보내면 이것을 인쇄해 두었다가 선박이 부산에 입항하면 화주와 통관회사, 하역회사 등에 배부했다.

국내 생산품이 없던 때라 어떤 물건이 얼마나 들어오는가에 따라 시장가격이 형성되던 시대였다. 화물이 도착하기 3~4일 전, 어떨 때에는 일주일이나 10일 전, 미국 화물은 약 한 달 전에 어떤 물건이 얼마나 실려 들어온다는 것을 알게 된다면 시장가격의 변동을 미리 예측할 수 있었다. 수입품 정보의 첨단에 있었던 것이다.

삼성이 아직 크기 전에 삼성물산 부산지사장으로 계시던 김형직 씨라는 분은 적하 목록을 배달하고 일주일에 한 번 대금을 받으러 가면 "수고한다. 공부하기 힘들지? 연필이나 사서 써라"며 항상 용돈을 주셨다. 나는 너무나 고마워서 그에 보답하기 위해 적하 목록이 인쇄되면 한 장 슬쩍 감춰 가지고 가서 학교 가는 길에 지사장에게 먼저 드렸다.

부산으로 피란 온 서울사대부속고등학교에서는 한필하 선생이 쓴 수학 과외 교재인 〈수학주보〉를 발행했는데, 그것도 우리가 매주 인쇄했다. 수학 부교재는 일주일간 공부할 문제가 나오고 다음 주에 해설과 함께 답을 풀어 주는 식으로 발행되었다.

그런데 내가 먼저 문제를 풀고 나서 인쇄된 〈수학주보〉와 같이 한필하 선생에게 가져가면 채점해 주고 틀린 것을 고쳐 주기까지 해 공짜로 개인 과외 수업을 받는 셈이 되었다.

고등학교에 진학하게 되었을 때 한필하 선생은 사대부고로 오라고 권하셨다. 하지만 사대부고에는 야간부가 없어 가고 싶어도 갈 수가 없었다. 할 수 없이 부산 피란 학교인 한영고등학교 야간부에 진학했다.

회사에서 일하는 급사들에게도 계급이 있었다. 무역회사 사환은 상류이고, 다음은 은행, 선박회사, 통관사, 하역회사 순이었다. 나같이 프린트나 하는 급사는 대접을 못 받는 최하위 계급이었다. 그런 나에게 그렇게 부러워하던 통관회사에 급사로 들어갈 수 있는 기회가 왔다. 재무부장관이었던 인태식 씨가 조카인 투포환 올림픽 선수인 인강환 씨에게 통관사 허가를 새로 내주었는데, 그 신입사원 모집에 사환으로 추천받은 것이다. 비로소 직장다운 직장에서 일할 수 있게 된 것이다. 학생복 입고 모자 쓰고 이름표 달고 다니는 소위 고학생 직장인이었다. 회사의 양해 하에 저녁 5시가 되면 퇴근과 동시에 야간학교로 달려갔다.

학교라야 숲 속에 임시로 지은 교사에서 나무판자로 아무렇게나 만든 책상과 걸상이 고작이었다. 게다가 한 교실에 무려 100명이 넘는 학생들이 공부했다. 학생들 중에는 국제시장 장사치, 내가 그전에 했던 어묵 배달꾼, 만화가게 주인, 만년필 장사꾼에 각종 회사의 급사들, 심지어 소매치기까지 있었다. 그중에는 나중에 패션디자이너로 유명해진 김복남(앙드레 김)도 있었고, 민주당 국회의원을 지낸 김상현

의원도 있었다. 자기 직업을 솔직히 밝히고 열심히 공부하는 학생도 있었지만, 공부엔 별로 관심이 없는 날라리 학생들도 많았다. 다들 어렵게 살며 고생하던 시기였지만, 반 분위기는 아주 좋았다. 모두 인정 있고 의리 있는 사나이들이었다.

통행금지가 있을 때라 밤 10시면 학교가 끝나면 서둘러 집으로 와야 했다. 저녁은 대개 길거리에서 파는 풀빵으로 해결했다. 재수 좋으면 녹말가루로 만든 단팥죽을 먹기도 했다.

뒤떨어지고 밀린 학과 공부를 하다 보면 새벽 한두 시가 훌쩍 넘었다. 아무리 늦게 자도 새벽 5시에는 일어나야 했다. 당시 시립도서관에서 고학생들을 위해 서울에서 온 대학생들이 자원봉사로 공부를 가르쳐 주었는데, 그 수업을 듣기 위해서였다. 부족한 수학·영어·문리·화학 등을 배웠는데, 6시부터 7시 반까지 대개 두 과목을 듣고 나면 출근할 시간이 되었다. 이들 대학생은 아무 연고도 없는 고학생들을 위하여 과외비도 안 받고 오히려 제 돈 써가며 봉사한 것이다. 소설 심훈의 『상록수』 주인공 박동혁과 채영신의 농촌계몽운동같이 이들의 숭고한 봉사정신과 따뜻한 교육열이 우리나라를 근대화하는 원동력이 되었을 것이다.

회사에서 가장 지위가 낮은 사환들은 다른 사원들이 출근하기 전에 청소부터 해놓아야 했다. 아침 일이 끝나야만 시장 난장판 싸구려 밥집에서 정구지(부추)나 시래깃국 등 조잡한 아침밥이라도 먹을 수 있었다. 통관회사 급사는 선박회사와 하역회사를 뛰어다니며 D/O Delivery order를 떼오고 하역비를 내는 것뿐만 아니라, 세관에 나가 일하는 직원들의 담배나 커피 심부름까지 온갖 뒤치다꺼리를 다 해야 했다.

부산 말로 "붕알에 요령 소리 나게 뛰어다닌다"는 말이 있다. 하루에 기껏 서너 시간 자고, 제대로 먹지도 못해 영양실조에 걸린 상태였지만 휴식은 엄두도 낼 수 없었다. 그래도 대학엔 꼭 들어가겠다는 각오로 희망을 가지고 최선을 다하며 힘겨운 하루하루를 보냈다.

부산 지방은 유달리 구정과 추석을 요란하게 지냈다. 이런 명절에는 밥집이나 하다못해 풀빵집도 모두 문을 닫아 우리 같은 떠돌이는 2~3일 동안 아무것도 사먹을 수가 없었다. 지금처럼 끓여 먹을 라면도 없는 때라 며칠을 굶고 지낸 경우가 허다했다.

그러나 세월은 잘도 흘러갔다. 마침내 휴전이 되자 환도 열풍이 불면서 서울에서 피란 왔던 학교들과 학생들은 모두 서울로 돌아가고 이북 출신의 연고 없는 가난하고 갈 데 없는 학생들만 남게 되었다.

당시 유행했던 노래가 있다.

서울 가는 12 열차에
기대앉은 젊은 나그네
한 많은 피난살이 설움도 많다

이 노래를 떠날 수 없어 더욱 슬펐던 사람들은 이렇게 바꿔 불렀다.

서울 가는 12 열차에
기대앉은 젊은 나그네
가시거든 떠나시거든 외상값 좀 갚고 가구려

그렇게라도 이북에서 온 피란민들의 설움을 달래며 괴로운 삶을 풍자했던 것이다. 가지 못한 학생들은 부산에 있는 학교에 편입시켜 주었다. 내가 다니던 한영고등학교도 서울로 가버리자, 남은 학생들은 뿔뿔이 흩어져서 부산에 있는 고등학교로 편입했다.

당시 부산에는 야간 고등학교가 별로 많지 않아 나는 항도고등학교로 배정받았다. 항도고등학교는 부산 반대쪽 서면 끝에 있었다. 몇 달 안 남은 졸업시험을 치르고 목총을 메고 교련 훈련을 받은 끝에 마침내 항도고등학교 야간부 졸업장을 타게 되었다.

이렇게 살면서도 대학을 가기 위해 부지런히 저축을 했다. 하지만 쌀가게를 하던 박경수라는 사람한테 '다노모시'라는 계를 들었다가 어렵게 모은 구렁이 알 같은 대학 등록금을 떼이고 말았다.

서울로 환도하여 덕수상고 교사가 된 황종원 선생님은 나를 서울로 데려오려고 가정교사 자리도 몇 차례 소개하고 면접도 보게 했으나, 내가 워낙 고집이 세서 가정교사를 할 성격이 아닌 데다 실력도 모자라는 것 같아 포기했다.

해병대 사령부는 서울로 올라갔지만 의지할 데 없는 나는 해병 선배들과 계속 연락을 주고받았다. 그들은 내게 큰 의지가 되고 힘이 되었다. 나도 부산 생활을 정리할 때가 되었다.

의과대학 입학

고등학교 졸업식을 앞두고 서울도 익힐 겸 대학시험을 보기 위해 서울행 야간 12 열차를 탔다. 서울대나 연세대, 고려대 같은 명문대학은 꿈도 꿀 수 없었다. 한양대 공대 건축과에 가고 싶었으나 그 또한 내 실력으로는 도저히 자신이 없어 당시 새로 생긴 인하공대에 지원했다. 앞으로 먹고살자면 기술이 필요할 것 같아 화학공학과에 원서를 냈던 것이다.

그런데 합격은 했으나 점수가 모자라서 지원했던 화공과가 아닌, 정원 미달 학과인 조선공학과에 붙었다. 그때는 조선공학과가 무엇을 배우는 곳인지조차 몰랐다. 그로부터 30년 후 한국이 세계 제일의 조선 강국이 되리라고는 꿈에도 생각지 못했던 시절이었다.

부산에서 당면 공장을 하시는 삼촌 친구를 통해 삼촌의 소재를 알게 되었다. 삼촌은 사리원농업학교 출신으로 황해도 곡산에서 살다가 국군 수복 후 곡산 치안대장으로 완장 차고 공산당 잔당들을 잡아 혼내 주다가 1·4 후퇴 때 남한으로 내려왔다. 아내와 4남매를 북에 남겨둔 채 홀로 내려온 것이다.

부산에서 만났을 때 나는 무척 반가웠으나 삼촌은 아마도 자기 친자식들 생각이 나서 그런지 나를 보는 눈이 그리 반갑고 달갑지는 않아 보였다. 너무 차갑게 대해서 서먹했던지라 그 후로는 별로 왕래하지 않았다. 그 후 삼촌은 돈 많은 부인과 재혼하고 사업도 잘 되어 그때는 재벌급 부자가 되어 있었다. 양품점에서 시작하여 한국농기구제작회사의 사장으로 당시 최신 자동차인 1956년형 뷰익Buic을 자가용으로 굴리는 부자였다.

인하공대에 합격했을 때 내 딴에는 대학에 들어간 것이 자랑스러워서 인사를 갔다.

"대학은 아무나 가는 줄 아니? 쓸데없는 객기 부리지 말고 운전이나 배워라. 내 차 운전수나 하거라."

"저는 대학 다닐 거예요."

"운전수가 싫으면 내 공장에 와서 철공 기술이나 배워 공장 일을 하거라."

삼촌 말에 몹시 서운했으나 혹시 학비를 보태 달라고 할까 봐 그러는가 싶어 이렇게 말하고 물러나왔다.

"부산에서 저축한 것으로 2~3년은 버틸 수 있고, 또 학교에 다니면서 벌면 됩니다."

그런데 화공과가 아닌 무엇인지도 모르는 조선공학과가 썩 내키지 않아 2차 시험 학교인 성신대학 의학부(지금의 가톨릭대학교 의과대학)에 다시 응시했다. 1차에서 의과대학을 지망했다가 떨어진 학생들이 몰려들어 경쟁률이 아주 높았다. 필기시험이 끝나고 구두시험을 보는데, 면접에서 신부님들과 교수님들이 질문을 했다.

"자네는 왜 의사가 되려고 하나?"

처음에는 뭐라고 대답해야 할지 몰랐으나 이내 그 뜻을 알아차리고 이렇게 말했다.

"아파도 약 한 첩 못 쓰고 병원에도 못 가는 서러움이 얼마나 크다는 것을 저는 압니다. 제가 의사가 되면 가난한 사람을 돕는 일을 하겠습니다."

며칠 후 합격자 명단에 나의 수험번호와 이름이 나붙었다. 너무나 좋아서 단숨에 삼촌에게 달려가서 합격 소식을 전했다. 달리 이 기쁜 소식을 전할 사람이 없었던 것이다.

"삼촌, 저 의과대학에 합격했습니다."

최소한 수고했다는 말 한마디쯤은 들을 줄 알았다.

"너 점점 더 미쳐 가는구나. 어떻게 4년제도 아닌 6년제 대학을 가겠다는 주제넘은 생각을 하니?"

삼촌의 너무나 뜻밖의 반응에 화가 치밀었다.

"삼촌, 제가 돈을 달라고 그랬습니까? 학비를 내달라고 했습니까? 그래도 조카가 고학하며 공부하겠다는데 격려는 못할망정 그걸 말씀이라고 하십니까? 저한테 너무하시지 않습니까?"

그러고는 울면서 삼촌 집을 뛰쳐나왔다. 그리고 오기가 나서 6년

제 의과대학을 가기로 결심했다.

부산에서 고학하며 모은 돈으로 우선 등록을 마치고 대학 생활을 시작했다. 당시 굴레방다리에서 버스를 내려 언덕을 한참 걸어 올라가면 북아현동 달동네가 나왔다. 자전거도 올라가기 힘든 언덕 위를 올라가다 보면 돌로 아무렇게나 쌓아놓은 계단이 있었는데, 힘이 들어 하나 둘 세면서 올라가다 보면 그만 몇 계단을 올라왔는지 잊어버렸다. 적어도 70~80계단은 훨씬 더 되었던 것 같다. 내려오는 사람이라도 만나면 비켜 주어야 하는 좁은 골목길이었다.

그 달동네의 부엌도 없는 판잣집의 방 한 칸을 빌려 자취를 시작했다. 버스비를 아끼기 위해 명동까지 걸어서 다녔다. 굴레방다리, 아현

부엌도 없는 달동네 판잣집의 방 한 칸을 빌려 자취했다.

고개, 서소문, 소공동, 명동, 시공관 앞을 지나 진고개에 있는 명동성당 구내에 성신대학 의학부가 있었다.

고등학교를 졸업한 학생들이 제일 좋아했던 것이 머리를 기를 수 있고 교복을 안 입어도 된다는 것이었다. 하지만 성신대학은 고등학생과 같은 '쯔메에리' 교복을 입어야 했고, 지정된 교실에 들어가 짜인 시간표에 따라 "차렷 경례!" 하고 출석도 불렀다. 그야말로 고등학교와 조금도 다를 바 없이 공부하는 학교였다. 대학생 같은 기분이 전혀 나지 않는 분위기였다. 학생들은 번호 순서대로 지정된 좌석에 앉아야 했다. 좀 게으른 교수는 빈 좌석만을 체크하니 어떤 학생은 자기 의자를 아예 옥상에 올려놓고 다니기도 했다. 그래도 고등학교 같은 교모는 없었다.

많은 학생들이 신사복을 입고 와서는 학교 앞 다방에서 교복으로 갈아입고 학장 신부님(박양우 신부)이 지키는 정문을 통과해서 들어갔다. 2차로 입학시험을 보고 들어온 대학이지만 대부분의 학생들은 서울 명문 고등학교 출신이었다. 이름도 없는 부산의 항도고등학교 야간부를 나온 나로서는 주눅이 들 수밖에 없었다. 아침 일찍 등교하여 아무도 없는 강의실에서 공부하다 보면 다른 학생들과 잘 어울리지도 못했다. 학교에는 도서관도 없었다. 영문 타자기가 흔치 않아 타자학원 새벽반에 가서 타자를 배웠다. 먹고살기 위해서 할 수 있는 기술은 모두 습득하고 딸 수 있는 면허는 다 받아 놓자는 결심이었다. 제대로 먹지도 못하고 군용 건빵 몇 개와 물 한 모금으로 간신히 배를 채우며 밤낮없이 공부했다.

부산에서 정구지(부추)에 시래깃국만 먹으며 생활할 때 얻은 병들이 하나하나 나타나기 시작했다. 병원에 가기에는 돈이 너무 많이 들었다. 배가 아프면서 팔다리가 노곤하고, 피가 섞인 변이 나오고, 긴장성 대장염이 자주 나타났다. 이미 고질이 된 이질은 쉽게 낫지 않았다. 배가 아파 자주 변을 봤는데, 우연히 내려다보니 하얀 우동 같은 것이 꿈틀거리고 있었다. 촌충이었다. 당시에는 촌충약이 거의 없었고, 있어도 값이 몹시 비싸서 나로서는 사먹을 수가 없었다.

흔히 이야기하는 민간요법으로 촌백충에는 휘발유를 마셔야 한다는 말을 들은 적이 있어 제일 값이 안 드는 휘발유를 먹기로 했다. 이때는 차를 가진 사람도 별로 없었으므로 주유소 같은 곳도 없어 휘발유를 구하기도 힘들었다. 노점 라이터 장사에게 가서 휘발유 한 병을 샀다. 학교에는 아직 아무도 등교하지 않았다. 혼자 앉아 도시락 반찬 그릇을 비운 다음, 휘발유를 한 컵 정도 따라 단숨에 마셨다. 잠시 후 어지럽고 가슴이 울렁거리면서 구토증이 나고 고통스러운 것이 이루 형언할 수가 없었다. 등교한 학생들이 나를 보고 깜짝 놀라 물었다.

"야, 너 어디 아프냐?"

"으~음, 몸이 좀 불편해."

내 얼굴은 창백하다 못해 백짓장에 가까웠고 숨을 쉬기도 힘들었다. 할 수 없이 조퇴를 했다. 그 상태로 명동에서 북아현동까지 거의 사경을 헤매다시피 하며 걸어갔다. 집에 도착하자마자 나도 모르게 정신을 잃고 말았다.

그 후 어떻게 되었는지 기억은 없지만 정신이 들고 보니 마루 앞에 쓰러져 있었다. 겨우 물 한 모금을 찾아 마시고 나니 이번에는 배가 아팠다. 설사를 하고 나니 묵 같은 큰 덩어리가 툭 하고 빠져나왔다. 촌충이 휘발유에 녹아서 나온 것이었다. 벌레가 죽어 녹아내렸으니 창자도 많이 상했을 것이다.

그 후 이틀을 학교에도 못 가고 끙끙 앓았다. 요즘 같으면 라면이라도 끓여 먹을 수 있었겠지만, 그때는 쌀로 죽을 끓이는 것밖에 도리가 없었다. 앓고 있는 동안 연탄불도 갈아 넣지 못해 탄불도 꺼진 터라 겨우 석유난로에 죽을 끓여서 먹었다.

학교 다니면서 죽기 살기로 공부해야 했기 때문에 다른 생각은 전혀 할 수 없었다. 대학 생활의 낭만 따위는 꿈도 꿀 수 없었다. 다른 학생들은 당구장에도 가고 다방에도 가고, 저녁에는 빈대떡이나 곱창에 막걸리라도 한 잔씩 했지만 나로서는 감히 엄두도 낼 수 없는 사치였다.

그래도 시간은 흘러 1학년 과정이 마침내 끝났다. 예과 2학년에 올라가니 좌석번호가 성적순으로 매겨졌다. 나는 이름 없는 야간 고등학교 출신이라는 열등의식 때문에 열심히 공부한 덕분인지 10번 안에 들었다.

교과서 살 돈도 없었기에 강의만큼은 빠지지 않고 들었다. 대신 노트 정리를 아주 잘하여 시험 때 큰 도움이 되었다. 노트를 도둑맞은 적도 있을 만큼 주위에서 공부 잘하는 학생으로 알려지면서 가까운 친구들도 한두 명 생겼다. 시험 때 같이 모여서 공부하면 도움이 되어 아예 잘사는 친구 집에 가서 식모가 지어 주는 밥을 얻어먹으면서 시험을 치르기도 했다. 다른 친구들은 시험이 빨리 끝나길 바랐지만, 나는 오히려 시험 기간이 더 길었으면 싶었다. 시험 기간에는 친구 집에서 밥을 얻어먹을 수 있었기 때문이다.

아버지와의 재회

전쟁 중의 옹진은 좀 특별한 지역이었다. 북한으로서는 수복지구였다. 휴전하기 전까지 남쪽에서 점령하고 있던 섬들인 어화도·용호도·순이도·기린도는 휴전협정이 맺어지자, 섬을 지키고 있던 군번 없는 군인들은 눈물의 철수를 해야했다. 백령도·대청도·소청도·연평도는 그나마 휴전선 이남 지역이되어 남쪽이 장악하고 있었다.

옹진에서 처형장으로 끌려가다 죽을 고비를 넘기고 나를 친척 집에 남겨놓고 떠난 아버지는 피란민 대열에 끼어 겨우 배를 탈 수 있었다. 옹진에서 피란민을 태운 LST 수송선은 전라북도 군산에 사람들을 내려놓았다. 사람들은 가족 단위로 산 설고 물선 전라남북도 여기저기로 흩어졌다. 황해도와 전라도는 예전부터 왕래가 거의 없는 지역이었다. 황해도에서는 소위 "그림의 떡"이라는 속담을 "전라도 곡식이지"라고 표현한다. 황해도에는 곡식이 모자라도 풍부한 전라도 곡식을 가져다 먹지 못할 만큼 전라도는 아주 멀고 먼 곳으로 인식되었던 것이다.

친척 할아버지는 남한 지역인 옹진에 사셨기에 남한에 연고가 있었던 터라 아들(서울대 어학연구소장을 지낸 황찬호 교수)을 찾아 떠나가신 뒤였다. 아는 사람이 아무도 없는 군산에 홀로 남겨진 아버지는 부두에서 막노동을 하며 떠돌이 생활을 했다.

많은 황해도 사람들이 전라남북도 여기저기에 흩어져 피란살이를 했다. 호남과 영남은 지방색이 강해서 남북으로 호남과 서울, 영남과 서울은 왕래가 잘 되었으나 동서 교류는 많지 않았다. 내가 부산에서 피란살이하는 동안에도 호남 쪽 소식은 거의 듣지 못했다. 전라도에서도 부산이나 경상도 소식은 거의 듣지 못했다고 한다. 지리산에는 북한으로 도망가지 못한 빨치산들이 아직 남아 있었기 때문에 동서 간의 교통은 거의 두절된 상태였다.

우여곡절 끝에 가톨릭 의대 예과 과정을 간신히 마쳤다. 혼자 살아온 세월이 벌써 8년째였다. 그러던 어느 날, 반가운 소식이 들려왔다. 아버지가 백령도에 계시다는 것이었다.

아버지는 자리도 못 잡고 의욕도 없이 여기저기 떠돌아다니며 이북에 두고 온 가족만을 생각하면서 외롭고 슬픈 나날을 보내고 계셨다. 남들은 그래도 한두 자식이라도 데리고 왔건만, 아버지는 나마저 옹진에 떼어놓고 왔으니 거의 실성한 사람같이 헤매고 다녔던 것이다.

그렇게 맥없이 전전하던 어느 날, 그만 미군 지프차에 치여 다치고 말았다. 미군의 간이병원에 입원하여 1년가량 치료를 받으셨는데, 이때의 지루했던 병상 생활의 아픔과 외로움을 어찌 말로 표현할까. 일주일에 한 번 회진하는 군의관이 오는 시간이 그렇게도 기다려졌다고 한다. 병원에서 퇴원하니 갈 데도 없고 직업도 없는 터라 부두에서 막일꾼으로 일하며 군산 일대를 헤매고 다니셨다고 한다. 돈도 없고 가족도 없으니 우울증까지 걸리셨다. 오죽하면 이북 고향으로 가서 처자식 얼굴이라도 한 번 보고 죽겠다고 결심하셨을까.

그러나 휴전이 되면서 그동안 북한에 몰래라도 왕래할 수 있었던 길이 완전히 끊어지고 말았다. 이북에 갈 수 있는 유일한 길은 '케로 부대(일명 동키 부대)'에 들어가 첩보원으로 파견되는 것밖에는 없어서 스스로 지원하셨다고 한다.

한국에 〈실미도〉란 영화가 나왔지만, 전쟁 직후의 케로 부대는 군번 없는 군인으로 수많은 희생자들을 냈다. 그래도 계속 척후를 보내 정보를 수집했는데, 황해도 구월산에는 남쪽 잔류 부대가 주둔하면서 첩보 활동을 했다. 이른바 '구월산부대'였는데, 이들을 케로 부대에서 지원했다.

당시 아버지는 백령도에서 북한으로 잠입해 들어갈 때를 착잡한 마음으로 기다리고 있었다. 백령도와 연평도에는 해병대 서해부대가 있었는데, 하루는 술집에서 답답한 심사를 달래느라고 혼자 술을 마시다가 해병대 재무 하사관들과 어울리게 되었다. 젊은 해병들이 이 불쌍한 오십대 노인의 신세타령을 들어주고 있었다.

"내게 아들 둘과 딸 넷이 있는데 큰딸은 의사가 되었을 것이고, 큰

놈은 아주 공부를 잘했는데…… 우리 기선이가 어렸을 때…….”

그렇게 넋두리를 하고 있는데, 하사관 중 한 사람이 해병대 재무감실에 근무했던 나를 잘 아는 사람이었다.

“혹시 그 아들 이름이 황기선이요?”

“몸집이 좀 작고 눈이 동그란…….”

“내가 아는 황기선이라는 애가 있는데 나이도 그 정도 비슷하고 황해도 해주에서 단신으로 피란 왔다고 하던데…….”

그때 해병 서해부대 재무 보급 파견대는 동대문 밖 창신동에 있었다. 이곳 재무감실에 있던 김병조 하사관은 물품 보급 담당으로, 내가 해병 재무감실에서 나와서 학교에 갈 때 많이 도와주셨던 분이다. 야간고등학교 입학 선물로 귀한 튜가리스 손목시계를 사주었던 하사관 중 한 사람이었다. 학도병 출신으로 내가 서울 와서 대학에 들어간 후에도 갈 데 없는 나에게 형처럼 몇 번이나 찾아와서 격려해 주던 마음씨 좋고 진실한 하사관이었다.

그는 즉시 나에게 연락해 아버지 이름이 황찬도黃燦濤라는 것을 확인했다. 절차는 잘 모르겠지만 아버지는 53세로 나이가 많고 별로 쓸모도 없었던지 어렵지만 케로 부대에서 탈퇴를 승낙받아 서울로 오시게 되었다.

아버지가 오시게 되니 여기저기 흩어져 있던 아버지 연고들을 찾게 되었다. 나는 북아현동 달동네 판잣집 생활을 접고 아버지와 같이 경기도 시흥에 있는 친척이 운영하는 고아원에서 아이들을 돌봐주고 사무실 일도 도와주며 의식주를 해결하게 되었다. 그곳에서 고

아원을 돕는 세계기독교선명회World Vision와 연락도 하고, 미국 양부모에게 보내는 편지도 대필해 주는 일 등을 했다. 학교는 기차로 서울역까지 통학을 했다.

이때 한국에 가호적법이 생겨 이북 피란민들도 정식으로 남한 국적을 가지게 되었다. 시흥에는 고모가 약방을 경영하고 계셔서 아버지는 임시로 누님과 같이 지내며 약국 옆에 있는 작은 가게를 인수해 장사를 시작하셨다. 오랫동안 월급쟁이만 하셨던 분이라 아버지의 장사 수완은 형편없어 매번 손해만 보았다. 얼마 동안 장사를 하다 결국 때려치우고 말았다.

고모는 당신의 동생을 참으로 잘 보살펴 주셨다. 아버지는 고모가 사준 새끼돼지 다섯 마리를 기르며 서면의 포도농장 관리인으로 일하셨다. 나는 아침 일찍 일어나 자전거로 안양 석수동까지 10리 길을 가서 미군부대에서 나오는 짬빵(음식찌꺼기)을 가져다 돼지들 먹이고, 기차로 서울역까지 간 다음 학교가 있는 명동까지 걸어갔다.

돼지들이 새끼를 낳아 수십 마리가 되었다. 이제 우리가 할 수 있는 일은 돼지를 길러서 파는 것이었다. 대방동의 철로변 공터에 돼지우리를 만들고 그 옆에 무허가 건물을 짓고는 그리로 이사했다. 임시로 지은 집은 흙벽돌로 벽을 쌓고 구들을 놓았는데 엉성하여 흙이 다 나올 지경이었다. 부엌도 가마니와 종이상자로 바람만 겨우 막은, 못사는 나라의 가난한 집보다도 더 엉성하기 짝이 없었다.

새벽마다 영등포에 있는 진로 양조장에서 나오는 모주(술찌꺼기)와 간이식당에서 나오는 음식찌꺼기들을 가져다가 돼지에게 먹였다. 값싼

리어카라도 하나 있었으면 그렇게 힘들지 않았을 텐데 리어카를 살 돈도 없었다. 술찌꺼기는 드럼통에 넣고 마개를 닫은 다음 발로 굴려 집까지 가지고 왔다. 임시로 만든 돼지우리는 엉성해서 가끔 기차 소리에 놀란 돼지들이 우리를 빠져나와 다시 잡으려고 애를 먹은 적도 여러 번 있었다.

작은아버지의 대한농기구 공장은 길 건너 멀지 않은 곳에 있었다. 공장 확장 공사가 끝나 쓰고 남은 자재들이 쓰레기차를 기다리고 있었다. 그 쓰레기 더미에서 쓰다 버린 발판 몇 개만 있으면 도망가는 돼지우리를 막을 수 있겠다고 생각했다. 어렵게 현장 인부에게 부탁하여 나무 조각 두 개를 얻어 나오다 삼촌과 마주쳤다.

"삼촌, 이것으로 돼지우리를 좀 막으려고 합니다."

그랬더니 삼촌은 화난 얼굴로 나를 노려보면서 말했다.

"너 왜 여기까지 와서 개기니?"

"저 사람이 가져가도 된다고 하였습니다."

그러자 삼촌이 소리를 꽥 질렀다.

"거기 놔두고 가라!"

하도 어이가 없어 멍하니 서 있었더니 삼촌이 다시 말했다.

"여기 와서 다시는 얼쩡거리지 마라!"

도둑질해 가는 것도 아닌데 너무나 화가 났다. 나는 나무 조각 두 개를 내던지고 같이 큰 소리로 외쳤다.

"이거 정말 해도 너무하지 않습니까? 아버지는 당신 친형님이십니다. 가난하다고 당신 형님까지 업신여기더니 우리가 뭘 그리 폐를 끼쳤다고 이렇게 하십니까? 아버지가 당신을 어떻게 공부시켰는데, 아버지나 내가 당신에게 무슨 손해를 끼쳤다고 이러시는 겁니까. 제 아버지는 당신을 공부시킨 친형님이십니다. 사람 너무 괄시하지 마세요!"

나는 너무나 화가 나서 엉엉 울고 말았다. 이 광경을 옆에서 보고 있던 숙모가 말했다.

"기선아, 네가 참아라. 삼촌 알지 않니? 어서 필요한 것 다 가져가 거라."

나는 엉엉 울면서 말했다.

"숙모님 죄송합니다. 이런 꼴을 보여 드려서. 다시는 삼촌이라고 부르지 않겠습니다."

그렇게 서럽게 울면서 돌아왔지만 정작 아버지에게는 아무 말도 할 수 없었다. 만일 아버지가 가셔서 이런 꼴을 당하셨다면 얼마나 더 억울하고 화가 나셨을까 생각하니 차라리 내가 당한 것이 다행이라고 생각했다.

그 후로는 삼촌 공장 근처에 얼씬도 하지 않았다. 몇 달 후 삼촌이 폐렴에 걸려 서울역 앞 세브란스병원에 입원했다. 병이 위중하다고 사촌형이 같이 문병을 가자고 했으나 아직도 그때의 화를 삭이지 못하고 있었다. 갈 마음이 없다고 굳이 거절했으나 사촌형이 억지로 데리고 병원에 갔다. 병실 문 앞까지 갔으나 마음의 응어리가 풀리지 않은 탓에 병실에는 들어가지 못했다. 나는 "형 혼자 들어가" 말하고 도망쳐 나오고 말았다.

아버지와 나는 열심히 돼지를 기르면서 겨우 먹고살았다. 등록금은 돼지를 팔아 마련했다. 힘이 들어도 '내가 이겨내야지' 하고 이를 악물었다.

의과대학 본과 1학년에 올라가자 해부학·조직학·생리학·약리학·위생화학 등 공부는 더 어렵고 힘들어지는데 의학 서적은 비싸서 살 엄두를 낼 수가 없었다. 학교에는 최소한의 도서관 시설도 갖춰져 있지 않아 오직 강의 시간에 열심히 듣고 노트하는 수밖에 없었다. 부산에서 가져온 돈은 벌써 바닥이 난 터라, 등록금이 너무도 큰 부담으로 다가왔다.

건빵 세 개 먹고 물 마시고

본과 1학년 2학기 등록금을 이리 저리 맞춰 등록 마감일에 겨우 장만했다. 아버지는 어렵게 마련한 등록금을 당신이 호기 있게 직접 갖다 내고 싶어 하셨다. 귀중한 돈이니만큼 종이상자에 넣고 보자기로 꽁꽁 싼 다음 보자기 끈을 단단히 쥐고 버스를 타셨다. 그런데 버스에서 내리고 보니 보자기만 꼭 쥐고 있을 뿐, 누군가 종이상자 밑을 칼로 째고 돈을 빼간 뒤였다. 그러도록 아버지는 전혀 눈치채지 못하신 것이었다. 소매치기를 당한 것이었다. 하늘이 노랗게 보인다는 말은 이런 때 쓰는 말일 것이다. 한탄해도 소용없는 일. 공부를 계속할 방법이 없었다.

휴학을 하기 위해 학년 지도교수인 이현수 교수님께 가서 말씀드렸다. 교수님은 "참 안됐다"며 안타까워하셨다. 이현수 교수님은 삼선교 근처의 아주 낡은 작은 기와집에서 딸만 다섯 키우시는 가난한 교수셨다. 교수님은 무언가를 한참 생각하시더니 말씀하셨다.

"내일 다시 한 번 오너라."

그날은 집에도 안 가고 친구 집에 가서 술을 사내라고 졸라서 술을 마시고 실컷 울었다. 아무리 노력해도 운명은 나를 비켜가기만 하는 것 같았다.

'왜 나에게는 이렇게 나쁜 일들만 생기는 걸까?'

겨우 본과 1학년 한 학기만을 마친 터라 기초의학만을 공부했을 뿐이었다. 의사로서의 첫 문턱도 못 넘어 보고 그만두게 생겼으니 몹시 서운했다. 심각하게 장래 문제에 대하여 다시 생각해야 했다. 등록 마감일도 지났으니 이제 학업을 계속한다는 것은 틀린 일이었다.

다음 날 이현수 교수님을 찾아갔다.

"등록금은 언제까지 낼 수 있나?"

"지금 같아서는 가망이 없습니다."

"어떻게 천천히라도 갚을 수 있겠나?"

대답을 못한 채 머리만 조아리고 있었다.

"자네는 학과 성적도 좋고 열의도 있으니 그래도 학업을 계속해야 할 것 아닌가?"

급한 김에 교수님께 말했다.

"연기해 주시면 어떻게든 해보겠습니다."

"돈이 되는 대로 액수에 상관없이 내게 직접 가져오게."

집으로 돌아와서 새끼돼지는 물론, 새끼를 가진 값나가는 어미돼지까지도 팔았다. 이것이 내 꿈의 마지막이었다. 계속할 수 없더라도 하는 데까지는 해보자!

돼지 판 돈을 교수님께 갖다 드렸다. 교수님은 세어 보지도 않고 캐비닛 안에 넣으셨다. 교수님은 다섯 딸의 등록금으로 모아 두었던 돈으로 나의 등록금을 대납해 주셨던 것이다.

안타깝게도 교수님은 내가 의과대학을 졸업하기도 전에 간암으로 세상을 떠나시고 말았다. 지금도 이현수 교수님에 대한 고마움을 잊을 수가 없다.

배가 고프면 건빵 몇 개와 물 한 잔으로 배를 채우며 공부하던 시기였다. 그래도 본과 1학년 학기말 시험도 좋은 성적으로 통과했다. 친구들은 겨울방학을 맞아 고향으로 내려가거나 놀러갈 계획을 세우며 즐거워했으나 나로서는 친구들과 헤어져야 할 시간이었다. 학교를 더 이상 다닐 힘이 없었다.

아버지께 의논도 못하고 취직할 데를 알아보았다. 건축업을 하는 친척 아저씨가 한 분 계셔서 찾아가 말씀드렸더니 마침 현장 야간경비와 잡일꾼이 필요하다고 했다. 밤에는 공사 현장에 움막을 치고 잠을 자며 경비를 서고 낮에는 온갖 잡일을 했다. 아버지께는 재시험에 걸려 친구 집에 가서 공부한다고 말씀드렸다. 을지로4가에 '강병원'을 신축하는 공사 현장이었다. 그런데 강 원장의 아들은 같은 의과대학 1년 후배였고 딸은 이화여대생이었다. 혹시 내가 여기서 일하는 것을 들킬까 봐 조심했으나 강군은 관심조차 없었다.

이때부터 공사판을 이리저리 옮겨 다니며 막노동을 했다. 잠은 움막에서 노숙자처럼 자고, 밥은 일꾼들과 같이 '함바(현장 식당)'에서 사먹으며 살았다. 그러다가 안암동 고려대 뒤의 ICA 후생주택 건설장에서 일하게 되었다. 18평, 20평, 22평형짜리 단독주택 스물두 채를 짓는 공사였다. 그 무렵에는 ICA 주택의 인기가 아주 좋아서 국회의원, 대학교수, 회사 중역 등 이른바 성공한 사람들이 입주자로 미리 결정되었다.

그런데 박 기사라는 건축기사가 시공을 하면서 자재를 엉터리로 쓰길래 항의하자, 오히려 나를 나무랐다. 현장관리 책임자가 된 나는 목수·벽돌공·석수들을 고용하고, 일꾼들을 데려다 작업 배치를 하고, 유리공이나 미장공 등에게 재하청을 주고 관리하는 일 등을 도맡아서 했다. 사장이 나를 믿고 거의 모든 것을 맡기는 듯하여 열심히 일했다. 월급은 공사가 끝나면 학교 등록금과 같이 준다고 했다. 그야말로 현장에서 노동자들과 같이 먹고 자면서 밤낮없이 일했다.

이때 아버지는 대방동에서 돼지를 키우며 지내셨는데, 뒤늦게 내가 학교를 그만두고 건축 현장에서 일하는 것을 알고 몹시 실망하셨다. 기회만 있으면 학교로 돌아가라고 말씀하시며, 이것이 모두 당신 책임인 양 슬퍼하며 눈물을 흘리셨다. 집에 잠깐씩 들러 아버지를 뵙고 돼지 상황을 살피곤 했다.

학교를 그만두고 나니 학교에 대한 애착이 전보다 더 커져서 꼭 복교하여 의학 공부를 마치겠다는 각오를 다졌다. 게다가 건축 현장이 보문동에서 안암동으로 넘어가는 언덕 위라 뒤로 고려대가 있고 근처에 서울사범대학, 경희대학, 동양한의과대학도 있어서 학생들과 가끔 마주쳤는데, 그때마다 학교로 돌아가고 싶은 생각이 더욱 간절해졌다.

추석이나 구정 같은 명절 때가 되면 인부들은 모두 집으로 가고 폐허 같은 현장에 나 혼자만 남았다. 울적한 마음을 달래느라고 내 또래의 하청업자인 유리공들과 가끔 어울리며 도리스 위스키 잔을 기울이곤 했다.

임광춘 등 몇몇 유리공은 작가 지망생이었다. 청진동에서 노점 사무실을 차려놓고 낮에는 건축 현장에서 일하고 저녁때 틈나는 대로 소설이나 콩트, 단편 등을 썼다. 이들 이름 없는 작가들은 누구도 이들의 작품을 사주지 않았기 때문에 이름 난 기성작가들에게 원고를 넘겨주고 몇 푼 받았다.

크리스마스 전야에는 통행금지가 해제되었는데, 한 집 건너 도리스 위스키 시음장이 있었다. 임광춘 등과 어울려 돈암동에서부터 노량진까지 걸어 시음장마다 들러 한 잔씩 마시며 간 적도 있었다. 고된 노동을 이런 낭만으로나마 나 자신을 잠시 위로했던 것이다. 겨울의 매서운 바람을 맞으며 한강 인도교를 걸어갈 때는 사는 게 너무 힘들어 강물로 뛰어내리고 싶은 충동을 느끼기도 했다.

공사가 거의 끝날 무렵이 되자, 마무리 작업이 덜 되었음에도 빨리 새집에 들어오고 싶어 하는 입주자들이 서둘러 이사를 왔다. 그때만 해도 준공 검사 같은 것이 없었다. 입주자들 중에는 사장과 국회의원도 있었고, 연예인도 있었다. 주민들과 현장 일꾼들은 나를 '대학생 감독'이라고 불렀다.

배우는 것이 힘이다

추위가 아직 물러가지 않았으나 서서히 봄기운이 돌기 시작했다. 복학하기 위해 교무과를 찾아갔다. 그런데 뜻밖의 일이 나를 당황케 했다. 나는 휴학했다고 생각했는데 제적이 되어 있었던 것이다. 사립대는 국립대와 달리 휴학을 하려면 휴학 등록금을 내야 한다고 했다. 휴학 등록금은 실험실습비를 제외한 금액이었다. 휴학할 때 이런 수속을 소홀히 했고, 설령 알았다고 해도 휴학 등록금은 감당하기 힘든 액수였다.

교수님들을 찾아다니며 구제해 줄 것을 간청했다. 당시 사립대에는 편입 제도가 있었는데, 형식상으로는 편입 시험을 치러 합격한 학생에게 입학을 허용하는 것이었지만 학교의 재정 확보를 위해 돈을 많이 기부한 학생도 들어갈 수 있었다.

교수들의 의논 결과, 나와 비슷한 경우로 휴학한 권혁채(1989년에 고인이 되었다)와 나를 구제해 주는 방향으로 의견을 모아졌다. 편입 시험을 보아 성적이 우수한 사람을 기부금 없이 받아주는 형식으로 구제해 주기로 한 것이었다. 권군과 나는 본과 1학년 점수가 상위권인 데다 본교 교수님이 시험을 출제한 터라 다른 학생들과는 비교가 안 되는 우수한 성적을 거두었다. 성적 차이가 많이 나서 학교로서도 모양새가 좋아 우리 두 사람은 구제될 수 있었다.

사장에게 등록금을 내기 위해 그동안의 월급과 약속한 등록금을 달라고 했다. 그런데 수금이 안 된다는 핑계로 돈을 주지 않는 것이었다. 고민 끝에 입주자 중에 항공대학 수학과 이홍준 교수님이 계셔서 부탁을 드렸다.

"교수님, 제가 복교하려고 하는데 등록 날짜가 거의 다 되었음에도 우리 사장님이 수금이 안 된다고 기다리라고 하십니다. 물론 납부할 날짜가 아직 아니라는 것은 알지만 미리 좀 주실 수 없을까요?"

교수님은

"아무래도 낼 돈인데 그러지 뭐."

하시며 아직 납부할 날짜가 되지 않은 돈을 미리 주셨다. 수표를 받아 사장에게 갖다 주며 등록금으로 달라고 하자, 사장은

"이거 은행에 입금했다가 내일 줄게."

하며 자기 계좌에 넣고는 그것마저 주지 않았다. 등록을 해야 하는데 다시 곤란을 겪게 되니 화가 나서 견딜 수가 없었다. 사장 집에 찾아가서 사정도 하고 애원도 해보았으나 사장은 안면을 바꾸고 돈 줄 생각을 하지 않았다. 참다못해 곤봉으로 사장을 한 대 때리고는 분을 삭

일 수밖에 없었다.

다행히 아버지가 그동안 열심히 기른 돼지를 팔아 등록금을 마련해 주셔서 학교로 돌아갈 수 있었다. 본과 2학년 수업에 들어가니 일 년이 지났어도 거의 낯익은 얼굴들이었다. 내가 휴학하고 공사 현장에서 일하고 있는 동안 절반 넘는 동기생들이 유급(낙제)해 본과 2학년에 그대로 남아 있었던 것이다.

드디어 본격적인 의학 공부가 시작되었다. 외과총론, 병리학, 진단학, 병원미생물학, 약리학 등을 배우니 비로소 의과대학에 들어온 것 같은 기분이 들었다.

우리 글로 된 교과서가 없던 시대라 교수님이 정리한 원고를 등사하여 책으로 만들었다. 글씨를 깨끗하고 예쁘게 쓰는 권군이 가리방(등사용 철필판)과 철필로 원지를 쓰면 내가 등사기로 프린트하고 깨끗이 제본하여 다른 학생들에게 팔아 학비에 보탰다.

유급생들 대부분이 미생물학에서 점수를 따지 못하여 낙제를 했다고 했다. 만일 낙제한다면 일 년간의 학비를 더 감당해야 하므로 큰 부담이 될 수밖에 없다. 그래서 제일 어렵다는 미생물학에 특별히 공부 시간을 많이 할애했다. 그 결과 미생물학 점수가 우수해서 졸업 후 미생물 연구실에 들어가는 계기가 되었다.

아버지와 나는 대방동에서 계속 돼지를 길렀다. 새벽에 아버지가 미리 교섭해 놓은 식당들을 돌아다니며 음식찌꺼기를 모아 돼지들에게 밥을 주고는 학교에 갔다. 내가 공사 현장에서 일하는 동안 낳은 돼지 새끼들을 팔지 않고 그대로 길렀기 때문에 거의 100마리나 되어 잘만 하면 졸업 때까지 등록금 걱정은 하지 않아도 되었다. 내가 복교했을 때 아버지는 눈물을 흘리며 몹시 기뻐하셨다.

오래전 내가 아주 어렸을 때 큰아버지 댁에서 보았던 색 바랜 종이에 희미하게 씌어 있던 할아버지의 옥중 혈서가 지금도 생생하게 기억난다.

"자녀들아 배워라. 배우는 것이 힘이다."

아버지는 고향에 남겨두고 온 자식들을 생각하며 자주 눈물을 보이셨다. 가수 강산애가 부른 〈라구요〉라는 노래가 있다.

> 두만강 푸른 물에 노 젓는 뱃사공을"
> 볼 수는 없었지만 그 노래를 너무 잘 아는 건
> 내 아버지 레퍼토리~ 그중에 18번~ 이기 때문에
> 18번이기 때문에"
> 고향 생각 나실 때면~ 소주가 필요하다 하시곤"
> 눈물로 지새우시던 내 아버지 이렇게 얘기했죠.
> 죽기 전에~ 꼭 한 번만이라도……
> 가봤으면 좋겠구나~라구요~~

그야말로 이북 피란민의 심정을 그대로 표현한 노래이다. 소주 한 잔 마시고 눈물 흘리시던 아버지를 생각하면 지금도 나의 눈시울이 젖어든다. 이 해에 4·19 의거가 일어났고 이듬해에 5·16쿠데타가 일어났지만, 나는 그저 공부만 하는 평범한 학생일 뿐이었다. 4·19 때도 데모에 나오라면 그저 같이 휩쓸려 나가는 정도였다. 돌아와서는 다시 강의실로 가서 공부만 했다. 간혹 친구들이 막걸리에 빈대떡 한 번 사주면 고맙게 얻어먹으며 젊음도 낭만도 없는 고난의 6년 세월을 보냈다. 여자 친구도 없어 데이트 한번 못 해봤다. 내 주제에 낙제라도 하게 되면 큰일이 아닐 수 없었던 것이다.

본과 3학년부터는 임상 과목과 병원 임상실습 시간이 있어 병원에 나가게 되었다. 병원에 나가게 되어 제일 고민이 되는 것은 입고 갈 변변한 옷 한 벌 없다는 것이었다. 그동안 겨울에는 옛날 고아원 원장이 사준 구제품 점퍼를 소매가 해지도록 입고 다녔다. 바지 역시 구제품으로 얻은 것 하나로 버텼다. 추운 겨울 흔한 코트 하나 없었다. 잘 먹지도 못하고, 따뜻한 내복 하나 없이 추위에 벌벌 떨고 다녔다. 군대용 건빵 몇 개 먹고 물 마시며 허기를 달랜 날들이 이루 헤아릴 수 없이 많았다. 배가 너무 고픈 나머지 속이 쓰리고, 심지어 위경련까지 와서 배가 뒤틀리고 아파서 고통스러웠던 적이 한두 번이 아니었다.

그런 와중에도 의과대학은 시험도 많았다. 매주 과목마다 치르는 퀴즈 시험에 중간시험, 학기말시험으로 정신 차릴 겨를이 없었다. 내가 졸업하는 1963년에는 국가에서 대학생들의 자질을 높인다고 학사 국가시험까지 치렀다. 의사국가고시도 봐야 하는데 학사 국가시험까지 보게 된 것이다. 여기에는 국어·역사·사회 등 과목이 전반적으로 출제되었으므로 이를 위한 시험공부도 따로 해야만 했다.

졸업시험이 끝나자 남들은 인턴에 지원한다고 누구는 소아과, 누구는 외과, 누구는 무슨 과 하는데, 나는 아무 다른 생각 없이 군의관으로 가는 것이 당연하다고 여기고 병원 인턴 시험 치를 생각조차 하지 않았다.

흔히 공부는 돈이 있어야 할 수 있다고 하지만 의지와 끈기로도 할 수 있다고 생각한다. 돈이 없어 학교를 못 다녔다기보다는 돈이 없어 학교 다닐 때 힘들었다고 하는 것이 맞을 것이다. 나의 대학 시절에 나보다 더 가난했던 사람을 나는 보지 못했다.

뜻밖의 제안

당시 군의관 월급은 2800원으로 인턴 월급인 500원(환율로 $1.00)보다 훨씬 많아 군대 가면 우선 먹고 살 수는 있겠다는 생각이 들었다.

졸업식을 앞두고 교수님들을 모시고 사은회가 열렸다. 지금처럼 호화롭게 호텔 식당에서 하는 것은 아니고 기껏해야 불고깃집에서 소주잔 돌리며 교수님들과 졸업생들이 한 끼 식사 하는 자리였다. 명동의 한 음식점이었는데 이종훈 전임강사가 회식 도중에 조용히 나를 부르더니 미생물학의 장익진 교수님이 나를 보잔다고 하셨다. 한쪽 구석에서 장 교수님과 이종훈 교수님을 만났다. 장 교수님이 나에게 물으셨다.

"그동안 자네 고생 많이 했다고 들었네. 앞으로 무엇을 할 작정인가?"

"그냥 군인 갈 생각입니다."

"혹시 병원 미생물로 기초의학을 해볼 생각이 없는가?"

"…… 생각해 본 적이 없습니다."

"내 연구실에 자네 같은 후배가 필요해서 제안하는 거네."

생각지도 못한 질문이라 어리둥절해서 뭐라고 대답해야 할지 몰랐다.

"내일 교수실로 좀 오게나."

고민거리가 하나 생긴 것이었다. 내 주위에는 의사라는 직업을 가진 사람이 하나도 없어 누구에게 의논할 수도 없었다. 나를 인정해 주고 스카우트해 준다니 고맙고 기쁘기도 하여 곰곰이 생각해 보았다.

사실 그동안 시간과 돈에 쫓겨 대학 생활 6년 동안 욕심껏 공부다운 공부를 해보지 못했다. 이제 군의관으로 가면 전방 의무대에 배치되어 3~4년간 복무하게 될 것이다. 제대하게 되면 전문의 교육도 못 받을 터라 어디 시골 보건소에 취직하거나 돌팔이 의사로 개업하게될 것이었다. 할 줄 아는 것이라고는 돼지 먹이는 것밖에 없으니 시골 보건소장이 되면 식당에서 나오는 음식찌꺼기를 얻어다 돼지라도 편히 길러 보고 싶은 것이 고작 나의 소망이자 욕심이었다.

그러나 학교에 남아서 기초의학을 공부한다면 병원 미생물학자가 되고 교수가 될 수 있었다. 나로서는 감히 생각조차 하지 못했던 일이었다. 실컷 공부할 수 있고 마음대로 연구하여 가난하지만 훌륭한 학자가 될 수도 있었다. 이것이 더 보람 있는 일이라는 생각이 들었다.

현실성이 없다고 생각했다가, 고작 시골 보건소장 되려고 지금까지 이 고된 공부를 했던가, 하고 반문도 해보았다. 나의 고민은 며칠 동안 계속됐다. 한밤중에 남산에 올라 생각하고 또 생각을 했지만 도무지 현실과 미래를 연결시킬 수가 없었다. 누구 한 사람 의논할 데도 없고 좋은 길잡이 역할을 해줄 선배도 없었으니 혼자 가슴앓이할 수밖에 없었다. 며칠 후 결론을 내리지 못한 채 장익진 교수님과 이종훈 선생님을 찾아갔다.

"잘 생각해 봤나?"

"아직 잘 모르겠습니다."

"미생물학교실에 들어와 대학원 과정을 하면 장래 교수가 될 수도 있고, Kim's Plan에 들어가면 군대에 가는 것도 연기할 수 있지. 잘하면 장학금도 받을 수 있네. 석사과정 2년과 박사과정 4년을 마치면 박사도 될 수 있네."

내가 본과 2학년 미생물학을 공부했을 때는 기용숙 교수님과 이종훈 선생님만 계셨고, 장익진 교수님은 그다음 해부터 미생물을 가르치기 시작해 실제로 나는 장 교수님한테는 배우지 않았다. 하지만 미생물학 때문에 유급한 학생이 많다는 이야기를 듣고 열심히 공부한 결과, 나의 미생물학 점수는 항상 우수했다. 장 교수님은 나를 오랫동안 주의 깊게 지켜보셨다고 했다.

"자네가 열심히 하고, 또 본교 졸업생으로서는 처음으로 이 연구실에 들어오는 사람이기 때문에 앞으로 이 연구실을 맡아 운영할 사람으로도 적임자라고 생각하네. 연구실에 들어와서 열심히 공부하여 앞으로 이 연구실을 잘 키워 보게."

가난한 학자가 되느냐, 시골 돌팔이 의사가 되느냐의 갈림길에서 며칠 동안 고민하다가 결국 나를 알아주는 분의 뜻을 따르기로 했다.

장 교수님은 엄격하면서도 자상한 분이었다. 연구실에 들어온 첫날, 교수실로 불러서는 지엄한 분부를 하셨다.

"미생물학교실에 들어온 것을 환영하네. 연구실 생활을 하려면 단단한 각오가 필요하네. 적어도 자네가 근무하는 첫 5년간은 친구들의 결혼이다, 생일이다, 친구 아버지 환갑이다, 초상집이다 하는 일체의 사사로운 행사에 찾아다니는 것은 자네의 귀중한 시간을 낭비하는 것이니 이런 것들은 절제해야 하네. 이것저것 다 찾아다니면서 언제 공부하겠나."

이때부터 연구실 한구석에 군용 목침대를 놓고 잠자며 밤낮없이 연구실 일을 배웠다. 연구실의 하루는 쥐똥·토끼똥 치우는 것에서부터 시작되었다. 연구실에는 동물사가 있어 연구용 모르모트와 햄스터, 흰쥐를 사육하고 있었다. 실험동물을 사육하는 것은 초보 연구원의 기본 의무였다. 사료를 주고 물병의 물을 갈아주고 실험동물실을 청소해 쾌적한 환경을 만들어야 했다. 피펫을 닦고, 세균 배양 배지를 만들고, 학생들의 미생물 실습 준비도 했다.

"이제부터 자네에게는 어느 교수 밑에서 훈련을 받고 공부했다는 것이 일생을 따라다니게 되어 있네. 내 명예를 걸고 지도하겠으니 그리 알게."

"알겠습니다."

교수님에게 연구실 생활 태도와 각오에 대한 지침을 받을 때는 하도 긴장하여 등에서 식은땀이 날 정도였다.

아침 조회는 새로 나온 의학 잡지를 읽고 발표하는 저널 리딩으로 시작했다. 북한식으로 말하면 '독보회'였다(북한에서는 직장과 학교에서 아침 시간에 독보회라는 모임이 있어 상부의 지시사항과 사상교육, 노동신문의 사설 읽기 등을 하고 소련공산당사를 암기하는 시간이 있다. 교회에서 하는 성경 공부 시간과 같다. 누구나 참석해야 하며, 성실하지 못하면 자아비판을 하게 된다). 연구실에서 자아비판을 하는 것은 아니지만 그 시간에 영어로 된 외국 논문을 읽고 요약해서 발표해야 했다. 나의 서툰 영어 실력으로는 몇 시간씩 준비해야 하는 큰 부담이었다.

매일 아침 이렇게 시작한 기초 미생물학 공부로 나의 영어 독해 실력은 일취월장해 이후 공부하는 데 많은 도움이 되었고, 임상에 나가서도 잘 써먹을 수 있었다. 떨어지지 않으려고 꾸준히 노력하다 보면 남보다 앞서게 되어 있다.

뿐만 아니라 기초과학 육성의 중요성을 몸으로 체험할 수 있었던 좋은 기회였다. 기초과학과 실험실에서 사용하던 기구들과 그 원리는 몇 년 후 우리가 일상생활에서 쓰는 도구를 개발하는 데 활용되었다. 예를 들어 미생물연구소에서 쓰던 고압 멸균기는 지금 어느 집에서나 사용하는 압력밥솥으로 발전했다.

또 냉동 생선이라도 몇 달이 지나면 단백질의 변성이 일어나 맛이 달라진다. 그래서 냉동식품과 신선식품의 맛 차이가 생기는 것이다. 바이러스 연구실에서 사용하는 초고속 초저온 냉동기는 영하 70도로 바이러스를 보관하는 기구인데, 음식물을 영하 70도로 냉동하면 단백질의 변성이 일어나지 않아 아무리 오래 두어도 맛이 변하지 않는다. 요즘 부자 주부들이 선호하는 소위 2천만 원짜리 냉동기가 바로 이것이다.

각종 음식물, 특히 야채를 건조시켜 실온에서 오래 보관할 수 있는 진공냉동건조lyophilization 방식으로 김치나 음식물을 냄새 없이 오래 보관하는 방식들도 모두 기초미생물학에서 나온 것이다. 기초과학 연구실에서의 훈련은 그 후 일생을 살아가는 데 많은 도움을 주었으며, 원리를 알면서 생활하는 습관을 갖게 했다.

의과대학생 시절 비싼 의학 서적 한 권 사지 못하고 공부하느라 형편없는 원서 해독 능력을 갖고 있던 나는 2년간의 석사학위 과정에서 이러한 공부와 실험을 겸비한 교육으로 실력이 많이 향상되었다. 기초의학을 공부하면서 얻은 지식은 그 후 임상의학으로 전과해서도 환자를 진단·치료하는 일뿐 아니라 일상생활을 하는 데 큰 도움이 됐다. 정말 감사하지 않을 수 없다.

거북이와 토끼의 경주

이명박 전 대통령도 돈이 있어 학교를 나온 것이 아니다. 그러나 우리 세대는 참으로 좋은 세월을 살았다고 생각한다. 옛날에는 거북이와 토끼가 경주를 하면 거북이가 이겼다. 그러나 요즘 세상에는 절대로 거북이가 이길 수 없다. 요새 토끼는 경주하다 낮잠을 자지 않고 계속 달리기만 한다.

나도 탈북자다. 옛날 탈북자도 요즘 탈북자와 다를 바 없다. 그러나 의과대학을 나오고 대학원 석사 2년, 박사 4년 과정을 모두 끝내고 대학 교수를 하다 미국에 와서 의사로 활동하다 은퇴한 의학박사이다. 탈북 소년들의 이야기가 많이 있다. 가난했던 사람들의 이야기도 많이 있다. 못 배운 사람들의 이야기도 있다. 많은 사람들이 돈이 없어 못 배웠다고 한다.

그러나 가난과 배움은 별개 문제다. 나보다 더 가난했던 사람을 나는 아직 들어 보지 못했다. 배움은 의지이고 노력이다. 드라마를 보면 가난하고 힘들고 돈을 떼이고 좌절하는 이야기들이 많이 나온다. 나 또한 혼자 북한에서 내려와 구두닦이에서 시작하여 별의별 일들을 다 겪으면서 살아왔다.

다섯 살 된 딸을 데리고 미군을 상대로 몸을 파는 아줌마도 보았고, 그 여자가 돈 버는 동안 그 딸을 돌봐주며 구두를 닦기도 했다. 지금도 그 딸아이의 기억에 남아 있을 엄마를 생각하면 가슴이 아프다. 못된 어른에게 성추행당할 뻔한 적도 있고, 같이 놀던 옛 중학교 동창을 만나 반가웠던 마음을 감추고 도망친 일도 있다. 노숙은 흔히 있었던 일이다. 그야말로 배고픔과 멸시를 참으며 학교에 가기 위해 모든 어려움을 감내했다. 야간고등학교에 가서도 남들 잠잘 때 자지 않고 남들 놀러갈 때 공부했다. 배고프면 건빵과 물로 허기를 달래며 그것이라도 먹을 것이 있다고 기뻐했다.

그러나 배고픔보다 더 고통스러운 것이 있었으니 잠을 못 자는 것이었다. 새벽 다섯 시에 일어나 공부하고 정식 사원보다 먼저 출근해 청소하고 재떨이 비우고 직원들의 커피 심부름, 담배 심부름까지 해야 했다. 그래도 오후 5시가 되면 책가방 들고 교복 입고 학교에 갈 수 있어 행복했다.

통행금지가 있을 때라 수업이 끝나면 서둘러 집에 와야 했다. 오는 길에 장사를 마감하는 풀빵 가게에서 사온 풀빵 몇 개로 저녁을 때우고 밀린 숙제와 공부를 하다 보면 어느새 두세 시가 되었다. 그러다 보니 잠자는 시간이 고작 두세 시간밖에 안 되었다.

그러면서도 대학 등록금을 모으기 위해 당시 쌀가게 주인이 계주였던 계에 들어 다달이 곗돈을 꼬박꼬박 부었다. 그런데 쌀가게 주인이 아무도 몰래 도망가고 말았다. 곗꾼들이 아우성치며 찾았으나 행방을 알 수가 없었다. 나는 쌀가게 주인의 딸 점순이가 부산 토성국민학교에 다니는 것을 알고 있었기에 학교에 가서 딸의 전학 증명서를 찾아보았다. 통영국민학교로 전학 증명서를 떼간 것을 알아내고는 통영까지 찾아가 돈을 돌려 달라고 했으나 벌써 어장에 투자해 하나도 없다고 오리발을 내밀었다. 천신만고 끝에 모은 등록금이 날아가 버린 것이다. 그렇다고 포기할 수는 없었다. 다시 돈을 모으기 위해 기쓰고 일했다.

그런데 내가 의대를 졸업하고 국립마산결핵병원 의무과장 서리(레지던트)로 파견 나갔을 때 그곳에서 결핵 무료 환자로 입원 신청을 한 쌀가게 주인을 만나게 되었다. 세상이 그리 넓지 않다는 것을 실감한 순간이었다. 어렵고 힘든 무료 환자 입원을 허락하여 치료해 주며 옛날이야기를 했더니 입원 기간이 끝나기도 전에 도망가고 말았다.

이런저런 우여곡절을 겪으면서도 공부를 계속하여 대학원 박사과정까지 모두 마쳤다. 학교는 돈으로만 갈 수 있는 것이 아니라 의지와 의욕과 노력으로 얼마든지 갈 수 있었다는 것을 내가 보여준 셈이다.

"이러다 젊은 놈 하나 죽이겠다"

당시 내 월급은 구내식당에서 점식식사만 해도 며칠 못 먹을 만큼 적었다. 따라서 먹고 자는 문제부터 해결해야 했다. 미생물학교실 연구원이었던 성가회 베라디터 수녀님의 주선으로 미아리 성가병원에서 야간 인턴을 하게 되었다. 나는 군 입대가 연기되는 Kim's Plan 임상요원으로 등록되어 있어 인턴과 대학 연구실 조교를 동시에 해야만 했다. 미생물학교실 일이 끝나면 곧바로 성가병원으로 달려가서 야간근무를 했다. 다행히 환자가 많지 않으면 잠을 좀 잘 수 있지만, 환자가 많은 날에는 한숨도 못 자고 학교에 출근해야 했다. 그래도 병원에서 식사를 제공해 주고, 잠자리도 해결할 수 있어 큰 고민 하나가 해결된 셈이었다.

항상 잠이 모자라다 보니 시간만 나면, 또 의자에 엉덩이를 붙이기만 해도 잠이 쏟아졌다. 속내를 모르는 사람들은 나를 '잠꾸러기'

라고 놀리곤 했다. 실험동물 축사에서 동물들에게 면역 주사를 줄 때도 기사에게 "이렇게 해" 지시를 해놓고는 10분, 20분씩 잠들어 버리기 일쑤였다.

이렇게 제대로 먹지도 못하고 무리하게 계속 일하다 보니 몸이 더 이상 견디지를 못했다. 미열이 나고 몹시 힘들더니 나중엔 기운을 차릴 수 없을 정도로 쇠약해졌다. 병원에서 X-레이를 찍었더니 오른쪽 위와 폐에 이상이 있었다. 우리가 관리하는 결핵균 배양검사실에 객담 검사를 의뢰했더니 아니나 다를까 결핵균 양성 반응이 나왔다. 활동성 결핵이었다.

성가병원에 일주일 동안 입원하여 정밀검사를 받은 후 치료를 시작했다. 간호사이기도 한 허 수녀님의 헌신적이고 정성어린 간호를 받았는데, 환자 간호 그 이상이라고 느껴져서 야릇한 심정이 되기도 했다. 아주 오랜만에 제때 식사하고, 하루에 열두 시간 이상 편히 잠잘 수 있었다. 지나간 10년을 돌이켜 생각할 수 있는 시간도 가질 수 있었다.

돈 한푼 없는 사람이 중·고등학교를 고학으로 다니는 경우는 흔히 있었지만, 의대를 졸업하고 대학원까지 다닌다는 것은 일반적인 상식으로는 도저히 생각할 수 없는 일이었다. 장학금은 한 번도 받지 못했다. 시간에 쫓기느라고 제대로 공부할 시간이 없었던 것이다. 그래도 전 과정을 거쳐 졸업했다는 것은 정말 기적에 가까운 일이었다. 남들보다 머리가 뛰어나게 좋았다면 장학금이라도 받았을 것이다. 그렇지도 못한 머리로 순전히 내 몸 움직여 막노동하고 거지 같은 생활을 하면서 해낸 것이다. 나 자신도 믿을 수 없을 정도였다.

이때 나의 체중은 45kg이 채 안 될 정도로 왜소하고 바짝 말라 볼품이 없었다. 군대 신체검사도 불합격 맞는 체격이었다. 명색이 의사라고 '닥터 황'이라고 불리지만 옷도 남루하기 짝이 없었다. 추운 겨울에 걸칠 오버코트 하나 없는 신세였다.

결핵에 걸린 나를 보고 장익진 교수님이 "이러다 젊은 놈 하나 죽이겠다"며 보건사회부에 마산국립결핵병원(지금의 국립마산병원) 의사로서 의무 기좌 의료진으로 알선해 주셨다. 학교에서의 지위는 그대로 유지하고 결핵 연구차 마산결핵병원 의무관으로 파견근무하는 형식을 취하게 된 것이다. 장 교수님은 연구 과제를 '약물 내성 결핵균의 배양과 임상 관계'로 바꾸어 연구 생활도 계속할 수 있게 해주셨다.

환자로서, 국립결핵병원 의사로서, 대학원생으로서, 성모병원 레지던트로서, 의과대학 미생물학교실 조교로서 1인 5역을 감당하는 복잡한 생활이 시작되었다. 대학원 강의를 듣기 위해 매주 마산과 서울을 야간열차로 통근하다시피 했다. 다행히 당시 국가기관에서 일했던 사촌형의 도움으로 무료 기차 패스를 얻어 금요일 밤차로 서울에 와서 토요일 공부하고 근무하고, 일요일 연구실에서 같이 연구한 다음 밤차로 마산에 내려갔다.

그렇다 보니 서울 사람들은 내가 서울에서 근무하는 줄 알았고, 마산 사람들은 내가 마산에 사는 줄 알았다. 당시 결핵병원장인 조창원 대령(군정 시기였다)은 아주 화끈한 사람이어서 학교 연구 논문이 급하면 일주일씩 휴가를 주기도 하여 서울 근무를 큰 무리 없이 감당할 수 있었다.

결핵 환자가 병원에 입원하면 대개 6개월간 치료를 받을 수 있는데, 경우에 따라 한두 번 연장할 수 있었다. 환자는 무료 환자와 유료 환자가 있었는데, 일단 입원하면 유료나 무료 환자 구별 없이 똑같이 대우했다. 유료 환자는 대체로 가난하고 빽 없는 사람들이 많았던 반면, 무료 환자는 빽 좋고 돈도 있어 병원에서의 급식 말고도 간식이나 영양식 및 건강보조식품들을 더 많이 가져다 먹었다.

의무관은 입원 자격 심사를 할 때 국비 (무료) 환자와 사비 (유료) 환자를 구분해서 심사하는데, 병원 총무과장은 원장의 지시라며 무료 환자 서류를 한편으로 밀어놓고 따로 가져온 서류만을 심사하라고 했다. 이는 입원 환자에 대한 심사가 아니라 빽 심사였다. 이 환자는 보사부의 누가 부탁한 것이고, 이 사람은 중앙에서 누가 부탁을 했고 등등, 환자의 상태나 경제적 상황은 전혀 고려하지 않았다. 나는 고집스럽게 돈 없고 병이 중한 환자를 입원시키려고 총무과장과 여러 번 다투었다.

마산 국립결핵병원의 의무관은 3급 공무원이어서, 당시 규정에 따라 중앙정보부가 하는 장충동 중앙공무원훈련원에서 3주간 훈련을 받아야 했다. 훈련생들은 군수, 경찰서장, 우편국장 등 소위 지방의 쟁쟁한 인사들이었다. 지방 고급 공무원들이 입고 온 두터운 낙타 코트와 나의 초라한 모습은 비교가 되었다.

그래도 훈련 기간에 졸업 논문인 「장내세균에 대한 선택 배지」를 정리하여 1965년 2월 26일 석사학위를 받았다. 그리고 당시 내 형편으로는 가당치도 않은 4년제 정규 박사과정 대학원 시험에 합격하여 박사과정까지 밟게 되었다. 나는 교수님과 의논하고 다시 마산으로 내려가 결핵 연구를 계속하였다.

그 후 폐 절제 수술을 할 수 있고 의료진과 시설이 더 나은 철도병원으로 옮기게 되었는데, 미국에 가기 위해 임시로 나와 같이 있었던 대학 동기 권영기도 같이 마산철도병원으로 옮겼다.

이곳에서는 병원 시설과 환경에 맞게 새로운 연구 주제를 잡아 「결핵균 배양의 배지 선택 및 내성균에 대한 연구」와 「폐 절제 수술 후 폐 조직의 결핵균 농도」 등 결핵에 대한 전반적인 임상실험과 흉부외과 수술, 미생물학 실험 등 결핵 전반에 걸친 임상과 기초를 두루 섭렵했다. 이때의 공부는 훗날 결핵흉부내과(?) 전문의와 임상병리 전문의 시험을 볼 때 큰 도움이 되었다.

마산시 서쪽 끝 외곽에 있는 마산철도병원은 넓은 대지에 단층으로 지어진 병상 200개의 결핵전문병원으로, 일제강점기 철도노동자들의 결핵 요양원으로 시작했다. 전쟁 중 서울 등지에서 피란 온 고명한 의사들이 많이 근무하여 한국에서는 결핵흉부외과로는 공주국립결핵병원과 같이 잘 알려진 1급 결핵병원이었다. 당시 한국 결핵계의 대가들로는 서울대 김진식 교수, 가톨릭대학 이찬세 교수가 있었다.

마산철도병원은 당시 흉부외과의 쌍벽을 이루던 연세대 세브란스병원의 홍필훈 교수, 홍승록 교수 그리고 경북대학의 이성행 교수가 격주로 교대로 오셔서 폐 절제 수술을 집도하고 있었다. 수술이 끝나면 교수님은 바로 서울 또는 대구로 올라가셨다. 따라서 우리 레지던트 세 명이 수술 환자 선정부터 수술 전 처치, 수술 보조, 수술 후 회복기까지 모두 맡아서 해야 했다. 수술은 집도 교수의 형편상 언제나 주말에만 했다. 각 병동 책임은 선배인 김형규 의사와 한석상 의사가 맡았고, 원장은 오필훈 박사였다.

나는 의과대학 본과 2학년 실습, 간호학과 2학년에 대한 병원 미생물 강의, 결핵병원의 환자 치료, 결핵균의 임상 및 병리학적 연구 등을 하느라 눈코 뜰 새 없이 바쁜 나날을 보냈다.

대학원 박사학위 특강 과정으로 서울대 해부학 교수이자 한국 침술의 대가이신 이명복 교수가 강의하는 동양의학과 침針의 원리를 선택했다. 이때 배운 침의 원리와 동양의학은 의료인으로서의 철학적 사고를 할 수 있게 해주는 한편, 한의학을 이해하고 비판할 수 있는 중요한 바탕이 되었다. "인체는 하나의 소우주小宇宙로 천체의 돌아가는 현상을 축소한 것이며, 이는 음양의 조화에 의하여 균형을 유지하는 소위 Homeostasis라는 것"이다.

인체의 오장육부는 각 장기가 음양의 원리에 따라 서로 견제하고 도와주며 자기 방어를 최대한 조절하여 병을 낫게 하거나 또는 더 악화시킨다. 한 예로 "폐결핵을 침으로 치료한다"고 하면 현대 의료인은 물론 한의사마저도 무리라고 대답할 것이다.

결핵은 결핵균이라는 병원균이 폐 또는 온몸에 퍼지는 것이다. 나는 병원 미생물학을 전공한 결핵 전문의이지만, 이 침의 원리와 소우주라는 개념으로 이에 대한 설명이 가능하다고 본다.

결핵균이 우리 신체에 감염되었을 때 95% 이상이 자기도 모르는 사이에 치료되어 면역성과 투베르쿨린 반응 검사에서 양성으로 나타난다. 침에는 장침과 단침이 있고 음Negative, ying과 양Positive, yang이 있는데, 음은 사하여 주는 것이고 양은 양하여 주는 것이다. 오장육부는 음양의 조화로 서로 견제하고 도와준다. 가령 폐와 간은 서로 균형을 유지하고 있는데, 만일 결핵에 걸려 폐가 약해지면 간과 폐의 균형이 깨져서 폐를 누르는 바람에 폐가 더 나빠진다. 그때 침으로 간의 기를 사하여(약하게) 주어 균형을 잡아 주면 폐의 자가치료를 돕게 돼 폐결핵이 낫는다는 이론이다.

그 무렵 내 별명은 '한 500년'이었다. "세상에 태어나서 할 일이 너무 많은데 사람의 일생이 100년밖에 못 살면 언제 하고 싶은 일들을 다 할 수 있겠느냐. 한 500년은 살아야 된다"고 항상 말한다고 해서 붙여진 별명이었다.

앉은뱅이를 걷게 한 의사

철도병원에 거의 20년째 입원해 있는, 아주 오래된 터줏대감 환자가 한 명 있었다. 병상 일지도 없고 병실 번호도 없는, 하반신을 못 쓰는 환자였다. 이 가난한 철도원은 젊었을 때 결핵에 걸려 20년 전쯤 이 병원에 입원했다고 한다. 결핵 균이 척추에까지 침투한 척추결핵이었다. 척추결핵은 허리가 아플 뿐만 아니라 등이 굽어 꼽추가 될 수도 있다.

젊은 아내는 갓난아기와 살 길이 막막하여 남편이 입원한 병원 곁으로 이사를 왔다. 아내는 남편의 병간호를 하며 다른 환자들도 성심성의껏 도왔다. 인정 많은 병원장이 이 부인을 병원 청소부 겸 잡역부로 취직시켜 주었다. 남편의 정식 입원 기간은 끝났지만, 하반신을 못 쓰는 남편과 갈 곳도 없고 퇴원할 수도 없었다. 다행히 원장이 병원 창고를 개조하여 병실 아닌 병실 같은 방을 만들어 주었다. 부인은 병원에서 일하며 식당에서 남은 밥을 가져다가 남편을 먹이는 생활이 20여 년 계속했다.

이 환자가 입원했을 때 담당 의사가 "당신은 결핵균이 척추에 들어간 척추결핵에 걸렸으니 앞으로 하반신은 못 쓸 것이오"라고 선언했다고 한다. 젊은 철도원은 실의에 빠졌다. 하반신이 마비된다는 담당 의사의 말을 듣고 난 후부터는 침대에서 일어나지 못했다. 철도청에서는 불구가 된 이 사람을 해직시켰고, 병원에서도 서류상으로는 퇴원 조치를 했다.

이후 그는 오랜 세월 동안 병상일지도 없고 아무도 관심을 기울이지 않는, 잊혀진 환자가 되고 말았다. 그때 있었던 의사들은 모두 떠나고 새로운 의사들이 왔다. 그 사람의 존재를 알고 있는 사람은 거의 없었다. 착하고 깔끔한 부인만이 병원에서 온갖 잡일을 하며 병든 남편을 보살피고 있었다.

아들은 장성하여 해병대에 입대했다. 부인은 병원 청소를 하며 병원 숙소에 사는 우리 총각 레지던트 의사들의 식사 뒷바라지를 해주었다. 우리가 퇴근해서 오면 정갈한 밥상에 3인분 식사가 차려져 있었다. 그러나 다른 의사들은 수완도 좋고 돈도 많아서 밖에 나가 외식하는 경우가 많았다. 반면 나는 늘 숙소에서 밥을 먹었다. 식성이 좋았던 나는 그들 밥까지 먹어치우곤 했다. 아주머니는 자기가 만든 음식을 남김없이 먹어 주는 나를 보고 좋아했다.

하루는 아주머니가 남편이 감기에 걸렸다며 감기약 좀 처방해 달라고 부탁했다. 나는 지금이나 그때나 환자를 보지 않고는 약을 절대

주지 않는다.

"환자를 한번 보아야지요."

미안하다고 사양하는 아주머니를 앞세워 환자가 있는 병실 아닌 병실로 청진기를 들고 갔다. 3병동 제일 끝 외진 곳에 옛날 청소도구들을 넣어 두던 공간을 개조한 작은 방이었다. 두세 평밖에 안 되는 작은 방에 침대를 놓고 이곳에서 20년간의 청년기를 다 보내고 이제 중년기에 접어든 남자가 있었다.

창가에 참새 두 마리가 날아와서 그 사람이 주는 먹이를 받아먹고는 더 달라고 짹짹대고 있었다. 나는 그때까지 참새는 길들일 수 없는 새라고 생각했다. 그런데 그는 무료한 시간을 참새와 벗하며 친하게 지내고 있었다. 동화에 외롭게 사는 아이가 무료한 시간을 달래느라고 쥐와 같이 놀았다는 이야기처럼.

환자는 미열만이 있었다. 간 김에 다리를 못 쓴다고 하기에 운동신경과 하지 감각을 모두 조사했다. 목에 편도선염이 약간 있는 것을 빼고는 다른 이상을 발견할 수 없었다. 등 쪽 흉추 부분에 치유된 상처만 남아 있을 뿐, 방광 기능도 양호하고 요실금이나 다른 비뇨기과 계통 기능도 지극히 정상이었다.

그러나 양쪽 다리는 대퇴부에서 발끝까지 근육이 퇴화되어 앙상했다. 근육의 탄력성은 저하되었으나 운동에 지장이 있을 정도는 아니었다. 성욕은 정상이라 하고 음경의 발기 상태도 양호하다고 했다. 나의 소견으로는 척추 환자에서 나타나는 하지마비 조건을 찾을 수가 없었다. 침대에 누워서 20년이나 보낼 아무런 근거도 찾을 수가 없었다.

만일 흉추에 오는 신경이 손상되어 하지마비가 왔다면 복부 이하의 감각신경이나 운동신경이 마비되어 요실금으로 소변 조절이 잘 안 되거나 대변 조절도 잘 안 될 것이었다. 발기도 안 되어 성불구자가 되었을 것이다. 또한 심층조건반사DTR : Deep Tendon Reflex도 증가했을 것이다.

"당신은 걷지 못할 이유가 없습니다."

내가 그렇게 이야기하자, 그가 말했다.

"아니오, 나는 걸을 수 없습니다. 나의 옛날 주치의가 그렇게 말했습니다."

그날은 감기약을 주고 나서 부인을 설득했다. 다음 날부터 내가 나서서 걸을 수 있는 치료를 해주기로 했다. 아무도, 심지어 그의 부인까지도 그 사람이 다시 걸을 수 있다고 믿지 않았다.

"20여 년이나 걷지 못했던 앉은뱅이가 어떻게 걸어요?"

결핵병원은 1960년대만 해도 항결핵 치료제의 치료와 함께 절대안정이 결핵 치료의 필수 요건으로 생각했다. 그 때문에 환자는 점심을 먹고 12시부터 세 시간 동안 절대안정을 취해야 한다고 해서 의사도 이 시간에는 환자를 치료하지 않았다. 그로 인해 의사·간호사의 점심시간이 무려 세 시간이나 되었다. 나는 이 시간을 활용하기로 했다.

다음 날부터 이전 의사의 강한 암시에 걸려 있는 이 환자의 치료에 나섰다. 병원 직원들은 물론 동료 의사들까지 쓸데없는 짓이라고 모두 말렸다. 하지만 나는 우선 그가 걷지 못한다는 강한 암시를 풀고 걸을 수 있다는 자신감을 가지도록 하기 위해 노력했다. 이와 함께 물리치료와 운동치료, 정신치료 등을 병행했다.

다행히 그의 방은 병원 한구석 외진 데 있어 다른 환자들의 절대 안정 시간을 방해하거나 간섭받지 않고 조용히 치료할 수 있었다. 첫날은 면담과 인체의 간단한 신경분포 등을 쉽게 설명해 주고 걸을 수 있다는 자신감을 심어 주었다. 방사선과장의 호의로 무료로 흉추와 하지 그리고 고관절의 X-선을 찍어 환자 앞에 내놓고 척추에 이상이 없음을 확인시켜 주었다.

다음은 침대에서 내려와서 20년 동안 한 번도 넘어 보지 못한 5cm도 안 되는 문턱을 넘도록 했다. 방 안에서 다리 운동하고 다리 마사지해 주고 한 발짝씩 지팡이에 의지하고 서서 걸음마해 보는 초기 치료로 문턱을 넘는 데만 3일이 걸렸다.

우선 문턱까지 와서 의자에 앉게 한 다음 발을 문턱 밖으로 내놓고 일어나게 했는데, 이 문턱을 넘는 과정이 가장 어려웠다. 문턱이 없는 곳에서는 똑같은 동작으로 부축하여 일어설 수 있었으나 문턱까지 오면 거부 반응부터 나타났던 것이다. 무리하지 않게 환자를 달래며 아주 조금씩 발을 움직여 반복하고 또 반복하여 3일 만에 문턱을 넘는데 마침내 성공할 수 있었다. 다음으로 문턱 밖에 의자를 놓고 앉게한 뒤 의자를 10cm씩 움직여 가며 옮겨 앉게 했다. 일주일 동안 수없이 반복한 끝에 겨우 5m 밖의 마당까지 나올 수 있었다.

그제야 환자도 어느 정도 자신감이 생겼는지 열심히 노력하기 시작했다. 그리하여 2주일 뒤에는 병원 주위 산책로를 나의 부축을 받아 한 바퀴 돌 수 있었다. 우리가 병원 산책로를 걷는 것을 본 직원들과 다른 환자들은 환성을 지르며 좋아했다. 이제 나는 20년간 앉은뱅이로 살아온 사람을 걷게 한 기적을 일으킨 의사가 되었다.

전문의 교육 기간이 끝나자, 육군에 입대했다. 12주간의 군의학교 교육과정을 마치고 육군 대위로 임명되었다.

그런데 30여 년이 지난 어느 날, 미국에서 우연히 교환교수로 온 경북대학 박준형 교수를 만나 이야기하던 중 30년 전에 자기가 마산 철도병원 환자로 입원해 있을 때 기적을 만든 한 젊은 의사가 있었다는 말을 했다. 그 의사가 바로 나였다고 하니 박 교수도 놀라고 그 이야기를 듣던 내 친구들도 같이 놀랐다.

그런데 그 후일담이 있었다. 남편이 건강을 완전히 회복하고 자유롭게 걸어 다닐 수 있게 되자, 부인이 "당신이 불구가 되어서 나의 모든 청춘을 희생하고 아이들을 키웠는데 이제 당신이 걷고 정상생활을 할 수 있게 되었으니 잘 사시오. 나는 나의 갈 곳으로 가겠소"하며 그와 헤어지고 다른 남자와 재혼했다는 것이다.

제 4 장

후회 없는 삶

나의 월남 생활은 크고 작은 이야깃거리를 많이 남겼으며,
한국 경제가 약진하는 시기에 현장에서 미력하나마 내가 도움이 됐다는
자부심을 갖게 했다.

육군 대위가 간첩?

몹시 추운 겨울이었다. 그해에는 눈도 많이 내렸다. 1968년 1월 21일 인민군 124부대의 김신조와 31명의 무장공비가 청와대를 '까부수기' 위해 남파되었다. 1월 23일에는 미국의 푸에블로호가 원산 앞바다에서 북한의 해군에게 납치되는 등 6·25 동란 이후 남북 간의 긴장이 최고로 높아졌다.

3월에 대구군의학교 47기생으로 입교하여 하사관 대우를 받는 대한민국 육군 훈련병 생활이 시작되었다. 지급된 군복과 모자는 마치 인민군 패잔병의 복장처럼 형편없고 조잡하기 이를 데 없었다. 의과대학 6년을 졸업하고 5년간의 인턴·레지던트 과정을 다 마친 30대 노병들에게 그런 군복은 아무래도 입고 나갈 수 있는 것이 아니었다. 이때까지만 해도 대한민국 육군의 보급은 이처럼 말할 수 없이 조잡했다.

이를 아는 약삭빠른 장사꾼들이 빳빳한 새 군복과 모자를 철조망 밖에서 팔고 있었다. 그래도 우리가 받은 것은 관급품이니 그대로 입자고 했지만 내 말에 동조하는 후보생은 아무도 없었다. 나도 군복을 입어 보니 도저히 입을 수가 없어 새로 사서 입고 모자만 그대로 쓰고 훈련을 받았다. 그 바람에 그 모자는 훈련생들 사이에서 아주 유명한 모자가 되었다. 노병들은 1중대로 편성되고 의과대학을 막 졸업한 새내기들은 2중대, 3중대, 4중대로 편성되었다.

때는 춘3월로, 철조망 밖으로 보이는 보리밭에서는 보리가 파릇파릇 자라고 있었다. 훈련 조교의 말을 빌리면 이 보리가 누렇게 익어 추수를 한 다음에야 125일간의 훈련이 끝나고 임관을 하게 된다고 했다. 보리가 그렇게 더디게 자라는 줄 미처 몰랐다. 옛날 보릿고개가 있을 때 양식이 떨어진 농민들이 보리가 빨리 익기를 기다리는 마음도 그러했을 것이다.

김신조의 습격과 무장공비가 출몰하던 1968년은 한국군의 비상시기라 군의관 후보생들은 예년에 없던 고된 훈련을 받아야 했다. 이전까지는 독도법 야외 훈련이나 야간 행군, 사격 훈련을 대강 했으나, 이번에는 훈련에 성의 없는 후보생들에게는 퇴교 명령이 내려지고, 심지어 군법회의에 넘긴 경우도 두 건이나 있었다. 전문의 교육을 받고 들어온 30대 중반의 1중대 늙은이 후보생들로서는 너무나도 고된 훈련이었다. 나 또한 고된 훈련을 견디기에는 체력이 달리고 스트레스가 심해서 원형탈모증까지 생기는 바람에 머리카락이 군데군데 빠져서 아주 볼품없는 몰골이 되었다.

우리와 같은 군의학교에서 훈련을 받은 ROTC 의무병과 장교들은 우리보다 적어도 7년은 후배이지만, 이들은 소위 임관 후 받는 훈련인 데 비해 우리는 고작 하사관 대우를 받았다. 우리가 군의관이 된 뒤에는 그들이 우리 밑에서 근무해야 하지만, 같은 군의학교에서 훈련을 받다 보니 군대에서 계급을 따지는 군의관 밑에서 일할 ROTC 의정 장교와 하사관 대우 군 후보생 간에 불상사가 벌어지기도 했다.

125일간의 훈련이 끝나면 늙은 하사관들은 모두 대위로 임관되고, 의과대학을 방금 졸업한 새내기 후배들은 중위로 임관되었다. 그런데 당시 우리 47기 군의관 478명 전원을 1군 전방부대에 배치하라는 방침이 나와 우리는 한 명도 예외 없이 전원 1군 사령부 산하 전방에 배치되었다.

1군 사령관 한신 장군의 명령에 따라 47기 군의관 전원은 하사관학교에 재입교하여 다시 강인하기로 이름난 하사관학교 조교들로부터 4주간 고된 훈련을 받았다. 동해안을 통해 무장간첩이 침투하는 등 북한의 도발이 자주 일어났던 긴장된 시기였다. 그 때문에 우리 신임 군의관들에게도 유격훈련을 철저히 시키라는 상부의 명령이 있었던 것이다. 하사관학교에서는 늙은 군의관에 대해서는 좀 배려하려고 했으나 무섭기로 유명한 한신 장군이 수시로 검열을 나와 이들도 어쩌지 못하고 강훈련을 시킬 수밖에 없었다.

힘들기로 유명한 간현 유격훈련장에서의 일주일간의 유격훈련은 여태까지의 훈련과는 차원이 다른 진짜 생존을 위한 훈련이었다. 올빼미 체조, 절벽 하강 훈련, 계곡 줄타기 통과, 야간침투 훈련을 모두 받았다. 마지막 코스는 도강 훈련이었다. 도르래를 타고 내려와 물속으로 떨어지는 도강 훈련은 늙은이 신병 군의관들에게는 위험도 따랐다. 실제로 몇몇 군의관은 낙하 도중 50m도 넘는 로프에서 강으로 떨어지며 장이 파열되어 병원으로 실려 가기도 했다.

강물에 빠져 젖은 옷을 입은 채로 7월의 한여름 뙤약볕에 땀과 같이 말렸다. 유격훈련이 끝나고 옷도 갈아입지 못한 상태로 "육군 1군 제3사단에 명함"이라고 쓰인 종이쪽지 하나 들고 원주에서 청량리행 기차를 탔다. 육군 3사단은 휴전선 최전방 부대로 강원도 철원군 금화면(옛 금화군) 와수리에 있었다.

청량리역에서 내려 시내버스를 타고 종로5가에서 내려 금화행 시외버스로 갈아타기 위해 걸어가고 있는데, 경찰관 2명이 갑자기 다가와서는 "장교님, 파출소로 가셔야 하겠습니다" 하고는 내 팔을 양쪽에서 하나씩 끼고는 번쩍 들어 파출소로 끌고 갔다. 군복은 초라하지만 육군 대위 계급장과 명찰을 달고 있는 엄연한 대한민국 육군 대위임에도 "왜 그러냐"고 항의했으나 아무 소용이 없었다. 군의학교에서 배운 대로 "나는 현역 군인이니까 조사하려면 헌병을 부르라"고 요구했다. 그리고 "왜 나를 잡아왔느냐?"고 항의했다.

그랬더니 "간첩 신고가 들어왔다"는 어이없는 대답이 돌아왔다. 내몰골이 육군 대위 계급장은 달고 있지만, 얼굴은 타서 새까맣고 옷은 흙탕물로 얼룩져 있으니 어느 모로 보나 산에서 내려온 간첩으로 보인 것이었다. 신분증을 내라고 했지만 아직 정식 신분증을 발급받지 못한 터라 낼 수가 없었다. 부임증인 종이쪽지 하나만을 달랑 가지고 있었을 뿐이다. 신분을 입증해 줄 수 있는 증명서도 없었다.

1960년대에는 학교에서 철저한 반공 교육을 받았는데, 흙 묻은 신발로 산에서 내려오고 이북 방송을 듣는 사람은 모두 간첩이라고 배웠다. 다행히 사촌형이 당시 청와대에 근무하고 있었다. 파출소에서 전화를 좀 걸어 달라고 부탁하여 청와대로 전화를 했다.

"형, 나 종로5가 파출소에 잡혀와 있는데 나보고 간첩이래."

"뭐라구? 간첩? 하하!"

형은 한참 웃고 나서 "소장 바꿔"라고 말했다. 그제야 간첩 누명을 벗고 풀려나 금화에 있는 3사단에 부임할 수 있었다.

백골부대 의무중대장

사단본부에서 다시 배치받은 곳은 DMZ 안에 주둔하고 있는 18연대 의무대였다. 말로만 듣던 18연대는 그 유명한 백골부대였다. 6·25 전쟁 때 38선이 있던 옹진에서 전투하고 압록강 혜산진까지 진격했던, 그 이름도 빛나는 유명한 백골부대의 의무중대장으로 발령을 받은 것이다.

1968년의 휴전선은 준전시 상태였다. 매일 간첩이 넘어왔고 휴전선에서는 교전이 거의 매일 벌어졌다. 인민군이 휴전선 남쪽 지역에 침투하여 경비하고 있던 국군을 사살하고 북한 지역으로 도주하는 사건이 거의 매일 벌어지다시피 했다. 휴전 이후 민통선(민간인 통행 한계선) 안에는 민간인의 출입이 금지되어 있어 버스는 물론 특수작전차가 아니면 군용차도 검문을 받아야 했다. 군의관들도 기피하는 근무 지역이었다. 빽 좋고 권세 있는 군의관은 모두 빠져나가고 빽 없고 경험 없는 군의관만이 오던 곳이었다.

그런데 그때는 군의학교 졸업생 전원이 전방에 배치되었기 때문에 경험 있는 전문의 군의관들이 온다는 소문에 현지 군인들의 기대가 컸다. 연대 의무중대에는 앰뷸런스가 한 대씩 있었는데, 이 앰뷸런스는 환자 수송이 목적이지만 중대 교통수단으로 이용되기도 했다. 나는 의무중대장으로 부임하는 만큼 나를 데리러 올 줄 알았다. 사단본부에서 연대 의무중대까지는 30리도 넘는 거리였기 때문이다.

"나 의무중대장으로 부임하는 황 대위인데 부대까지 가게 앰뷸런스 좀 보내 주시오."

의무중대 선임 하사에게 전화를 하니 기막힌 대답이 돌아왔다.

"중대장님 죄송합니다. 앰뷸런스는 기름이 없어 움직이지 못합니다."

아니 일선 의무중대의 앰뷸런스가 기름이 없어 움직이지 못하다니! 부대는 민통선 안에 있으므로 버스나 다른 차편이 있을 리 없었다. 할 수 없이 7월 한여름 뙤약볕에 30리 길을 걸어가야만 했다. 잘 맞지도 않는 군복을 입은 신병 육군 대위가 모자를 삐딱하게 쓰고 땀을 뻘뻘 흘리며 터덜터덜 연대본부를 향해 걸어가는 모습은 지금 상상해도 참으로 볼품이 없다.

강렬한 햇볕 때문에 땀을 비 오듯 흘리며 걷고 있는데 지프차 하나가 비포장 먼지 길을 달려왔다. 우선 더워서 삐딱하게 썼던 모자를 바로 쓰고 경례하며 차를 세웠다. 차 안에는 육군 대령이 앉아 있었다.

"18연대까지 가는데 편승 좀 시켜 주십시오."

사실 그 길은 18연대 가는 길밖에 없었다. 더 가면 철의 삼각지, 오성산이고 바로 휴전선이었다. 선임 탑승자 대령이 지프에서 내려서며 "타게"라고 말했다. 나는 얼른 올라가 뒷좌석에 앉았다.

"이번에 새로 온 전문의 군의관인가?"

"예."

대령은 내 명찰을 돌아보고는 말했다.

"황 대위 잘 왔네. 선임 군의관들은 경험이 없어. 대대 군의관들도 잘 훈련시켜 제대로 치료 좀 하게 해주게."

"예, 알겠습니다."

나를 태워 준 육군 대령은 누구일까? 연대장인가? 참모장인가? 신병 육군 대위로서는 알 길이 없었다. 연대본부에 도착하니 연대장이 마중 나와 깍듯하게 경례를 했다. 대령이 연대장보다 더 높은 듯했다. 연대장에게 경례하고 나니 대령이 연대장에게 나를 소개까지 해주었다.

"황 대위는 이번에 새로 온 전문의 군의관입니다."

그러고는 부관에게 명령을 내렸다.

"연대 부관 있나? 황 대위 신고 준비시켜!"

그러고는 연대장과 같이 휴전선 전방 시찰을 나갔다.

"감사합니다."

경례하고 헤어졌지만 나는 아직도 그분이 누군지 몰랐다. 그때 연대 부관이 말했다.

"연대장님께서 나가셨으니 부연대장님께 신고하러 갑시다. 부사단장님을 잘 아십니까?"

그러고 보니 나를 지프에 태워 준 사람은 부사단장이었던 것이다. 육군 3사단에서 두 번째로 높은 어르신이 연대를 불시 순찰하는 길에 친절하게 나를 연대 본부까지 태워 준 것이다. 그런데 내 입에서 나도 모르게 "우리 형 친구야요"라는 대답이 튀어나왔다.

장교들 사이에 무섭기로 유명하고 몹시 까다롭기로 소문난 부연대장이 연대장 대신 신고를 받고 있었다. 연대 부관은 부사단장이 나를 직접 데리고 온 것으로 알고는 아주 빽 좋은 군의관으로 생각하는 눈치였다. 부관이 부연대장인 중령에게 뭐라고 귓속말을 하자, 부연대장이 말했다.

"더운데 잘 오셨습니다. 이리로 와 앉으시오. 뭐 시원한 것 주스로 한 잔 하실까요, 맥주로 하실까요?"

"신고 드리겠습니다."

"신고는 뭐, 이게 신고지요. 이리로 와 앉으시오."

무섭고 까다롭다는 부연대장의 융숭한 대접에 어안이벙벙해지고 말았다.

"난 여기 지역장비요. 이제 진급도 해야 되고 후방에 가서 손 좀 써야 하는데 말 좀 잘해 주시오."

그렇게 해서 이곳 18연대에 아주 빽 좋고 실력 있는 군의관이 왔다는 소문이 순식간에 퍼졌다. 연대 의무중대에서는 선임 하사관인 상사가 모든 살림을 맡아 하고 있었다. 중대 본부에 군의관 중위 한 명과 4개 대대에 한 명씩 5명의 군의관이 수십 명의 사병을 지휘해야 했다.

전방 의무중대장 황 대위의 군대 생활은 호사스럽게(?) 시작되었다. 당번병이 하루 일과가 끝나면 발 씻을 물과 잠자리를 준비해 주고, 아침에는 더운 세숫물에 칫솔에 치약까지 묻혀 수건까지 들고 대기하고 있었다. 군화는 깨끗이 닦아놓고, 어디서 구했는지 찬합에 밥과 반찬을 떠받쳐 풋고추와 찌개까지 깔끔하게 준비해 놓았다. 여태까지 내가 살아오면서 이런 호사스러운 대우는 처음 받아 보는 것이었다. 기름이 없어 움직이지도 못하던 앰블런스는 수송중대장의 선심으로 기름이 항상 가득 차 있어 어디든 갈 수 있었다.

1년 전에 받은 맹장염 수술 상처가 아직 아물지 않아 매일 치료 받으러 의무실에 오던 보급관은 그동안 군의관들이 머큐로크롬으로 소독만 해주었다고 했다. 수술 받은 상처를 보니 복부 지방 한 덩어리가 삐져나와 있었다. 피부가 서로 접촉하지 못하니 수술 상처가 아물지 않고 있었던 것이다. 지방을 제거하고 상처 난 피부를 서로 맞게 붙여주었더니 일주일이 채 안 되어 상처가 말끔히 아물었다. 아주 간단한 치료임에도 의대를 갓 졸업한 경험 없는 군의관들은 이런 것을 배울 기회가 없어 잘 몰랐던 것 같았다. 이후 연대 보급관은 의무중대의 일이라면 모든 편의를 봐주었다.

1968년 여름, 전방 DMZ에는 매일 밤 총질이 벌어지고 간첩 침투가 있었다. DMZ 안 OP에서 근무하는 ROTC 소위가 사건을 일으키고 북쪽 한계선을 넘어 도망가는 인민군에게 사격을 하지 않았다고 연대 참모회의에 불려왔다. 보복 사격을 안 했다고 야단맞는 것이었다. 소위가

"이미 휴전선 북방을 넘어가서 사격을 못했습니다."

라고 하니 연대장이 소리지르며 심하게 혼을 냈다.

"야, 이 멍청아! 너는 최전방 소대장이야! 그따위 쓸개 빠진 소리는 유엔 총회에 가서나 해!"

그런가 하면 전방 부대 여기저기에서 수인성 전염병인 장티푸스가 발생했다. 당시 미생물 주특기를 가진 장교는 육군을 통틀어 나 하나밖에 없었다. 1군 사령부 의무참모 백성호 대령은 내게 사령부 직속으로 와서 수인성 전염병 창궐을 막으라는 지시를 내렸다. 그러나 육군 인사 규정상 전방 부대에서는 부임한 지 1년 이내에는 후방으로의 전출이 불가능했다.

그 무렵은 김신조 일당이 남하하여 청와대까지 침투하는 등 정국이 몹시 혼란한 시기였다. 북한이 남한에 세균을 살포하여 생물학전을 시도한다는 정보도 나돌고 있었다. 나는 1군 사령부로 전출은 안 되었지만, 원주에 있는 야전의무시험소로 파견근무를 보내라는 편법 인사 명령이 나왔다. 그 까다롭고 무섭다던 부연대장은 부사단장이 데리고 온 황 대위의 빽이 좋다고 알고 있었는데, 석 달 만에 후방으로 가라는 명령이 내려지니 진짜 빽이 대단한 군의관으로 알고 말았다. 그래서인지 먹을 것과 마실 것을 들고 찾아와서는 사정했다.

"황 대위, 혼자만 가지 말고 제발 나도 이 지역장비를 면하게 해 주시오."

이렇게 해서 짧고 호사스러웠던 전방 DMZ에서의 백골부대 의무중대장 생활을 석 달 만에 마감하고 원주행 시외버스를 탔다.

야전의무시험소
미생물과장

　　　　　　　　　원주 야전의무시험소 미생물과
장으로 발령난 나는 전방 부대에서 산발적으로 발생하는 수인성 전염
병을 조사하고 방역하는 임무를 맡았다. 휴전선 지역은 물론 무장공
비가 출몰하는 지역 여기저기서 장티푸스가 발생했던 것이다. 방역을
위해 L-19 경비행기가 전용 비행기로 차출되었다. 나는 검사물을 채
취하고 환자 치료와 격리 등 최전방에서 방역을 지도했다.

　야전의무시험소는 1군 사령부 직속으로 사령부 바로 앞에 102후
송병원과 같은 영내 한 구석에 있었다. 원주는 서울에서 기차로 두 시
간 거리라 대학원 박사과정을 계속할 수 있었다. 가톨릭대학에서도
현역 군인인 나를 외래 전임강사로 발령을 내주어 강의를 하고 실험
실습을 하는 데 큰 문제가 없었다.

　야전의무시험소 창고에는 사용하지 않는 비싼 시약들이 잔뜩 쌓여

있었다. 일반 군의관은 사용할 줄도 모르는, 주로 연구실에서만 사용되는 값비싼 외제 시약들이었다. 전임 군의관들이 자기가 관심 있는 연구나 검사 목적으로 보급처에 주문해 놓은 것들이었다. 흔히 쓰이지 않는 시험용 시약이므로 Back Order로 몇 달 후에나 도착한 것들이다. 그러나 주문한 군의관은 이미 전속 가거나 제대해 버린 탓에 후임 군의관에게는 필요도 없고 무엇에 쓰는지도 모르는 시약들이었다.

그러나 대학 연구실에서 연구 경험이 많았던 나는 거의가 잘 알고 있는 약품들이었다. 그 비싼 시약들이 폐기처분될 운명에 있었다. 이것들은 모두 소모품이라 아무 제한도 받지 않고 가져갈 수 있었다. 가톨릭대학 미생물학 교실은 그 덕분에 몇 년 동안 시약 걱정 없이 연구를 할 수 있었다.

창고에는 올리브유도 몇십 갤런 있었다. 그때까지 나는 올리브유가 화장품이나 운동선수들이 몸에 바르는 것으로만 알고 있었지, 식용으로 쓸 수 있다는 것을 몰랐다.

하루는 결혼하여 영외에서 거주하는 윤 하사가 말했다.

"과장님, 창고에 있는 올리브기름으로 튀김 좀 해먹읍시다."

"올리브기름도 먹나?"

"네, 튀김 하면 맛있어요."

그래서 올리브유 한 통을 주었더니 윤 하사가 집에서 생선·감자·채소 튀김을 만들어서는 과원을 모두 불러 파티를 했다. 윤 하사는 나중에 제대하여 중앙정보부장 경호원이 되었는데, 나는 제대 후 막강한 윤 하사의 빽으로 주위 사람들의 어려운 일을 많이 해결해 줄 수 있었다. 지금과 달리 그때는 아주 어려웠던 여권 발급이나 외국 여행 심사를 급행으로 처리해 주었던 것이다.

당시 야전의무시험소에서는 사병들이 커다란 암캐 하나를 길렀는데, 이놈이 한번 발정나면 동네 수캐들이 철조망 너머로 모여들곤 했다. 야전의무시험소에는 사체 부검 시설이 잘 되어 있었다. 뼈는 물론 털 한 가닥도 남기지 않을 수 있는 시설이었다. 암캐가 발정날 때면 저녁에 "과장님, 소주 몇 병 사주세요" 하면 그날은 영양가 있는 보신탕 파티가 벌어지는 날이었다. 영내에 들어온 수캐들은 사병들의 좋은 회식 거리가 되었다.

군의학교 시절 빠진 나의 원형탈모증은 그때까지도 내 머리를 보기 흉한 꼴로 만들어 놓았다. 다행히 군모를 푹 눌러 쓰면 눈에 잘 띄지는 않았다. 원래 외모에 신경 안 쓰는 나였지만 머리는 정말 보기 싫었다. 다행히 102병원 피부비뇨기과의 채 대위가 치료해 주었다. 빠진 머리 부분에 눈물 나게 아픈 스테로이드 주사를 일주일에 한 번씩 20~30바늘씩 놓아 주었던 것이다. 야전의무시험소에는 기초의학을 하는 동료들이 여럿 있어 하루하루를 재미나고 바쁘게 생활했다.

그렇게 잦았던 무장공비의 출현도 점차 줄어들고 가을바람이 불기 시작하자 장티푸스 발생도 수그러들어 1968년이 다 저물어 가던 어느 날, 육군본부 의무감실에서 연락이 왔다. 영문을 모른 채 가보니 나더러 장기복무를 신청하고 당장 미국으로 가서 생물학전에 대비한 연구를 하라는 것이었다. 유일한 미생물 주특기 장교인 내가 적임자라는 것이었다. 북한의 생물학전에 대비하여 준비와 연구가 필요하다는 말이었다. 실제로 여기저기서 발생하는 수인성 전염병이 이를 뒷받침해 주고 있었다. 그러면서 군에서 받을 수 있는 여러 가지 혜택을 제시했다.

그 순간, 내가 처음 대학에서 미생물학을 전공하기로 결정했을 때 만주에서 일본 관동군의 마루타 부대(731부대)에서 군의관으로 근무한 적이 있었던 한 노교수가 하신 말씀이 기억났다.

"앞으로 미생물학을 공부할 때 인류를 살상하는 생물학전에 대한 공부는 절대로 해서는 안 되네."

"아닙니다. 저는 그럴 생각이 전혀 없습니다."

나는 단호히 거절했다.

그런데 원주로 돌아가 몇 주 지났을 때 월남전 파병 명령이 떨어졌다. 당시 군의관들은 월남 파병을 기피하던 시기였다. 장기복무와 생물학전 연구를 거절한 것이 월남전 파병과 관계가 있을 것으로 추측은 되었으나 그 배경은 확실하지 않다.

월남전 파병

내가 **월남전**에 참전한 때는 베트콩의 구정 공세가 맹렬하여 맹호부대와 백마부대가 고전하고 있던 1969년이었다.

"가라고 하면 가지 뭐!"

당시 강원도 화천 오음리에는 월남 파병 장병들이 한 달 동안 훈련을 받는 곳이 있었다. 파병에 앞서 재교육을 받고 유격훈련까지 다시 받는 곳이었다. 군에 들어와서 군의관이 아닌 다른 병과의 장교들과 어울리게 되는 새로운 형태의 군인 생활이 시작되었다. 병기 장교인 배 대위, 치과의 윤 대위, 의정 장교 김 대위 그리고 의정 보급관 김 소령, 통신의 금 대위, 보급의 육사 출신 김 대위, 인사의 이 중위, 항공대의 정 대위 등 다양한 병과의 장교들과 친해질 수 있었다.

한 달밖에 안 되는 짧은 훈련이었지만 아마도 같이 전선으로 간다는 긴장감이 제대 동기들을 끈끈한 정으로 묶어놓는 것 같았다. 기차로 부산까지 가서 태극기를 흔드는 학생들의 환송을 받으며 월남으로 가는 미군 수송선에 올랐다. 생전 처음 가는 해외 나들이(?)였다.

월남의 퀴논 항에서 맹호부대와 청룡부대로 가는 장병은 모두 내리고, 백마부대와 군수지원단인 십자성부대 장병들은 계속 남쪽으로 내려가다 나트랑 항에서 하선하여 보충대로 들어갔다.

이곳에서 박정희 대통령의 월남 파병 동기와 목적을 우리 눈으로 직접 확인할 수 있었다. 얼마 안 되는 개인 보급품이라도 파병 훈련소(오음리)에서 미군 군사고문단의 검열을 받고 가지고 간 물품(더블백)들까지 전량 수거하여 다시 귀국선으로 보낸 뒤, 파병부대의 보급품으로 다시 검열을 받게 했던 것이다. 결국 미군이 지급하는 보급품으로 아낀 돈을 우리나라의 재건 자금으로 챙긴 셈이다. 이렇게 한 푼이라도 아껴서 조국 근대화의 종잣돈으로 사용했던 것이다.

여러 병과의 친구들이 월남전에서 수행한 임무들을 보면서 우리들의 피와 땀이 대한민국이 선진화하는 데 중요한 역할을 했음을 알 수 있었다. 내가 휴전선 전방 부대에서 의무중대장을 할 때만 해도 병사들의 소총은 무거운 M-1이었다. 그런데 월남전에서 돌아와 보니 모두 M-16으로 무장하고 있었다.

미국은 그때까지 한국군에게 M-16을 보급하지 않았다. 그런데 월남전에 참전한 우리 전투부대가 작전을 나갔다 돌아오면 병기 중대장이 M-16을 수거하여 전투 망실로 처리하고 이를 해군의 고철 수송선에 실어 한국으로 보냈던 것이다. 또 헬리콥터가 작전을 나가면 그중 한 대는 작전 손실로 처리하고 이를 해체하여 역시 고철로 한국으로 보냈다. 이것을 재조립하고 새로 페인트칠하여 한국 군용 헬기로 탈바꿈시켰던 것이다.

또 우리가 받는 봉급은 미군의 10분의 1밖에 안 됐는데, 그 차액인 10분의 9가 고스란히 대한민국 경제발전에 투입되었다. 파병에 앞서 한국군에게도 미군과 똑같은 대우를 해준다는 조건으로 교섭이 이루어진 것으로 알고 있다.

하지만 미군 육군 대위의 봉급은 전투수당 말고도 한 달에 1500달러였으나 한국군 대위는 고작 150달러밖에 못 받았다. 나머지 돈은 모두 우리나라의 재건 자금으로 들어간 것이다.

또한 파병 군인들이 임무를 마치고 돌아올 때 가져오는 사물 박스 중 절반은 미군에게 보급받은 군수물자를 개인용으로 위장한 것이었다. 나라가 운영한 부정 물자였던 셈이다. 한국전쟁 때도 미군부대에 근무하는 노무자들이 부대에서 훔쳐 오는 것은 도둑 행위가 아니라 재주가 좋은 것으로 간주했다.

외국 생활이라고는 처음인 내게 월남은 참으로 부러운 나라였다. 따뜻하고 풍요로운 땅, 넓은 평야와 일 년에 이모작 삼모작을 하는 논과 밭, 급하지 않게 유유히 흐르는 강, 게다가 땅속의 풍부한 석유와 지하자원까지. 가슴속까지 시려 오는 추운 겨울, 습기 차고 무더워 헉헉 숨이 막히는 여름날들을 우리는 "아름다운 금수강산"이라고 하지만, 이는 우리나라를 너무 미화한 것이라는 생각이 들었다. 하늘의

축복을 받지 못한 나라라는 느낌마저 들었다.

나는 102후송병원 병리시험과장으로 발령이 났다. 또한 미생물학을 전공했다고 검역 장교를 겸임하게 되었다. 여기서도 미생물학 전공 덕을 본 셈이다. 몇 달에 한 번씩 귀국 부대의 검역 업무와 장병 수송차 한국에 갈 수 있는 특전이 주어지는 보직이었다. 월남전 파병 군인이 근무 도중에 한국으로 출장을 갈 수 있다는 것은 최고의 특전이었다.

반면 나하고 같이 온 의전 장교인 김 소령은 몇 달 동안 보직을 받지 못하고 앞으로의 대민사업을 위해 베트남어를 배우라며 대기발령을 받았다. 병리시험과에는 현지인이 4~5명 근무하고 있었는데, 그 중에서 공부 좀 하고 똑똑한 사람을 골라 과장 권한으로 김소령에게 베트남어를 가르치도록 했다. 나도 짬이 나는 시간에 김 소령과 같이 베트남어를 배웠다.

제대 동기들 중에는 병기 중대장, 통신 중대장, 보급 중대장 등이 된 이들도 있었다. 수완 좋은 의정 장교는 영어 좀 한다고 롱빈 미군 보급창 연락 장교로 의료 보급품을 관할하는, 이른바 '돈방석'이라는 자리에 들어갔다. 젊고 싹싹한 이 중위는 보충대 인사 장교로 들어갔다. 친구들 모두 막강한 보직으로 발령을 받은 것이다.

당시 월남 파병 100일째 되는 날에는 제대 동기들이 모여 100일 잔치를 거하게 하는 풍습이 있었다. 대체로 초기 파월 전투부대의 희생자는 경험이 미숙했던 100일 이전에 발생한다고 했다. 전쟁은 치열하지만 전선도 없는 월남전에서 어디에나 있고 어디에도 없는 것이 베트콩이라고 했다. 석 달은 지나야 비로소 베트콩이 보인다고 했다. 100일이 지나면 요령이 생기고 전투 능력도 좋아져서 살아서 돌아갈 확률이 높아진다고 하여 생긴 풍습이었다. 우리의 백일 잔치 풍습도 영아 사망률이 높았던 시기에 백일을 넘기면 위기를 넘겼다는 안도 감에서 이를 축하하기 위해 생겼던 것처럼.

병원 BOQ(장교 숙소)에는 군의관 장교들이 살고 있었는데 대부분이 군의학교 47기 동기생들이었다. 이렇게 모여 살다 보니 별의별 성격이나 습관들이 다 나왔다. 아이스크림을 한 끼에 1갤런씩 먹어치우는 사람이 있는가 하면, 사사건건 트집 잡고 불평하는 자도 있었고, 남에게 절대로 양보 않고 자기 실속만 챙기는 자도 있었다.

그렇다고 마음에 안 드는 사람만 있는 것은 아니었다. 다른 사람을 배려하고 궂은일 먼저 하는 등 이타적이고 부지런한 사람도 있었다. 사람을 멀리서 볼 때와 가까이 생활하면서 볼 때가 많이 다르다는 것을 느낄 수 있었다. 신혼부부가 잘 싸우는 것도 연애할 때 서로 좋은 점들만을 보다가 같이 살면서 다른 성격이 드러나게 되어 부딪히기 때문이다. 나와 방을 같이 썼던 김 대위는 군의학교 내무반 동기로 나와 잘 다투는 앙숙이면서도 친하게 지냈다. 나와 잘 지냈던 치과의사 윤 대위는 사람이 더없이 좋은 호인이었다.

영관급 장교 숙소가 따로 있었으나 우리의 이런 분위기가 좋아 진료부장 겸 부원장인 김 중령도 가끔 우리와 어울렸다. 베트남의 무더운 한낮 일과가 끝난 뒤 우리는 일찍 저녁을 먹어 배가 출출해지면 소위 꿀꿀이 부대찌개를 끓여 먹곤 했다. C-레이션에 있는 깡통 음식들과 스파게티, 고추장, 베트남의 특수 식품인 깡통김치까지 넣어 끓인 다음 팬티 바람으로 둘러앉아 먹는 맛은 그야말로 일품이었다.

여기에 맥주까지 곁들이면 더없이 성대한 파티가 되었겠지만 냉장고가 없어 미지근한 맥주는 있으나 마나 했다. 질 좋은 미국산 쇠고기는 보급부대에서 특별히 박스째 얻어 올 수 있었지만 숯불이 없어 구워 먹을 수가 없었다.

그때 나는 남들이 알지 못하는 깜짝 아이디어를 내서 다른 장교들을 놀라게 하고 즐겁게 해주는, 소위 해결사 역할을 했다. 실험실이나 대학 연구실에서 썼던 방법과 원리를 활용하면 간단하게 해결할 수 있는 문제인데도 다른 군의관들이 보기에는 아주 기발한 아이디어였던 것이다. 이를테면 맥주를 차갑게 만들거나 고기를 구워 먹는 비법을 고안해 내는 식이다.

병리조직검사실에서는 냉동조직 표본을 만들 때 압축 탄산가스로 급속 냉동시켜 조직을 얼린 다음 자른다. 이 원리를 이용하여 맥주에 압축 탄산가스로 되어 있는 소화기를 불어 주면 순식간에 맥주가 냉각되어 시원한 맥주를 마실 수가 있다. 이 때문에 매주 새로운 소화기를 주문하다 보니, 미군 관할 소방서에서 "너희 병원에 불났냐?"고 묻는 일까지 있었다.

불고기를 굽기 위해서는 숯불과 석쇠가 있어야 하는데, 실험실에 실험용 튜브를 씻어 말리는 와이어 바스켓wire basket이 석쇠 대용으로 안성맞춤이었다. 이것을 엎어 놓고 숯 대신 C-레이션 빈 깡통에 알코올램프에 쓰는 메틸알코올을 담아 불을 붙이면 연기도 안 나고 냄새도 없이 불고기를 맛있게 구워 먹을 수가 있었다. 이렇게 친구들과 먹고 마시는 것은 어느 선술집이나 포장마차에서 먹는 것보다 훨씬 더 즐겁고 맛이 있었다.

가끔 우리와 어울렸던 진료부장인 김 중령은 실질적인 부원장인데도 차가 없었다. 친구인 병기 중대장에게 부탁하여 지프차를 어렵사리 배정받았다. 102병원 2호차가 생긴 것이다.

하루는 김 중령이 호기롭게 말했다.

"야! 황 대위! 시내 나가자."

그래서 김 중령과 지프차를 타고 아름다운 나트랑 시내로 드라이브를 갔다. 야자수가 늘어선 남국 해변의 정취를 만끽하며 드라이브를 즐기고 있는데 뒤에서 갑자기 "꽝!"하는 소리가 들려왔다. 뒤차가 우리가 타고 있는 차를 들이받은 것이었다. 나는 다행히 앞좌석의 진료부장과 이야기하느라 앞으로 엎드린 자세였던 까닭에 다친데는 없었다.

그런데 월남 운전기사가 내려오더니 뭐라고 큰 소리로 떠들었다. 우리 운전병이 갔다 오더니 어처구니없어 했다. "왜 네 차가 내 앞에 서서 나로 하여금 네 차를 받게 하였느냐"고 떼를 쓴다는 것이었다. 주위에 있던 월남 사람들까지 모여들어 같이 떠들어대는 것이 사태가 심상치 않다고 했다.

"부장님 안 되겠습니다. 자리를 피하는 수밖에 없습니다."

지프차는 뒤가 찌그러졌지만 아직 굴러갈 수는 있었다. 운전병의 설명으로는 월남 깡패들이 한국군 차를 들이받고 돈을 뜯어내는데,

한국군은 대민 선도 차원에서 상대하지 말아야 한다는 것이었다. 경찰에 넘기더라도 그쪽을 편들어 아무 효과가 없다는 것이다. 병기 중대장인 친구 배 대위에게 전화를 걸었다.

"배 대위, 큰일 났다. 진료부장님하고 같이 차 타고 나트랑 시내에 나왔다가 사고가 났는데 차가 많이 망가졌다."

"사람은 안 다쳤니?"

당시 군대에서는 누가 잘못했든 간에 차 사고가 나면 선임 탑승자가 책임지게 되어 있었다. 다치지 않았다고 하니

"그럼 차를 시내 대민진료소 창고에 넣고 아무 차나 타고 들어와라."

고 했다. 다행히 병원 군의관들이 운영하는 대민진료소가 나트랑 시내에 있었다. 부서진 차를 대민진료소 창고에 넣고 앰뷸런스를 타고는 십자성부대에 들어와서 병기 중대로 갔다. 배 대위는 새로 수령한 같은 종류의 지프차 범퍼에 '102병원 2호차'라고 노란색으로 새겨놓았다.

"이 차 타고 네 병원에 가라."

배 대위 덕분에 고맙게도 이 사고는 깨끗이 수습되었다. 부원장은 그 후로는 내 말이라면 무엇이든 들어주는 든든한 빽이 되었다.

102병원 병리시험과장은 그다지 바쁜 보직이 아니었다. 미군 야전병원에서 혈액을 직접 수령하여 병리시험실에 보관했다가 수술실에 공급하고, 귀국 장병들의 검역과 신체검사, 관할 예하 부대인 백마부대에 열병이 났을 때 역학조사를 하는 일 등을 했다. 검사도 병리과 사병들이 병리기사 자격으로 검사하기 때문에 지휘 감독만 하면 되었다.

그러나 나트랑 시내 외곽에 있는 미군 MASH(이동외과병원)에서 혈액을 수령하기 위해 일주일에 한 번은 그곳에 가야 했다. 당시 군의관인 스미스 소령이 병리시험과장이었는데, 이때 미군들은 이미 철수했거나 철수 준비를 하고 있었다. MASH도 곧 철수한다고 했다.

그런데 해외에 나와 있는 미군들은 장비를 본국으로 가져가지 않는 것이 원칙이었다. MASH는 원래 후송병원보다 더 전방에 있는 군병원이었지만, 시설은 한국군 후송병원보다 더 좋았다. 스미스 소령은 다음 달부터 철수해 본국으로 돌아가는데 실험실 장비는 월남 군병원에 인계한다고 했다. 그러면서 너희 병원에서 필요하면 가져가라고 했다. 거절할 이유가 하나도 없었다. 인수증에 사인을 하고는 MASH 실험실 장비를 고스란히 실어다 우리 병리시험실 창고에 두었다.

우리 병리시험과 사병들은 월남에서는 소위 끗발 없는 보직이라 부수입이 하나도 없어 귀국할 때 귀국 박스를 채우지 못했다. 나는 귀국할 때 텔레비전이나 냉장고를 못 가져가는 사병들을 위하여 이들 장비나 기구들을 조금씩 나누어 주고는 팔 수 있는 경로까지 알려 주었다. 나머지는 내 귀국 박스의 일부가 되었다.

월남에 와서 몇 개월 지나도록 당시 월남의 수도였던 사이공(현재 호치민 시)을 못 가보았다면 촌놈이었다. 진료부장은 나보다 훨씬 먼저 왔는데도 아직 사이공에 가보지 못했다고 했다. 진료부장을 꼬드겨서 사이공 출장 명령을 받았다. 사이공에 있는 유명한 루이 파스퇴르 열대병 연구소Louis Pasteur Institute of Tropical Disease에 가서 열대성 전염병 역학조사의 협조를 구한다는 명목이었다.

파스퇴르 연구소는 프랑스의 세균학자 루이 파스퇴르(1822~1895)가 만든 세계 최초의 미생물병 연구소로, 프랑스가 월남을 식민지로 지배하고 있을 때 그 지부를 만들었다. 세계적으로 알아주는 미생물 연구소로, 월남의 국립보건원과 같은 기구이다. 프랑스에 있는 본부에는 못 가더라도 미생물학도로서 월남 지부에라도 한번 가보고 싶었다. 마침 주월사 의무참모에는 1군 사령부에 계시던 백성호 대령이 부임해 있어 이분에게 연락하여 불러 달라고 부탁했다.

"야! 황 대위, 너 월남 온 지 몇 달 되었다고 벌써 사이공에 가려고 하니?"

그러나 당시 102후송병원장인 현 대령은 선배이며 상관인 파월남군 의무참모의 명령이라 거절하기 힘들었을 것이다.

진료부장과 함께 나트랑에서 사이공행 미군 군용 비행기를 탔다. 친구 김 대위가 탄손누트 공항까지 직접 마중 나왔다. 장교 숙소인 민간인 호텔에 들러 사복으로 갈아입고 관광에 나섰다. 파스퇴르 연구소에 가서 열대병인 렙토스피라 담당관을 만나 우리 부대 주위의 중부 월남 지역의 역학조사 전염 경로와 검사 요령 등을 알아보았다. 렙토스피라는 우리나라에는 흔치 않은 병으로, 가끔 백마부대 전투요원들에게서 발열과 이상 증상이 나타나는 경우가 있었다. 우리 내과 군의관들은 무슨 병인지 몰라 애먹곤 했던 병이었다.

붕타우는 사이공에서 두 시간가량 떨어진 아름다운 휴양도시였다. 우리나라 최초의 파월군인 비둘기부대와 병원이 있던 곳이다. 육군 항공대 헬리콥터 조종사인 친구가 붕타우까지 우리를 특별히 헬리콥터로 태워 준다고 했다. 붕타우 비둘기부대 병원에는 군의학교 47기 동기생들이 많이 근무하고 있어 20여 명의 군의관들이 몰려왔다. 이곳 군의관들은 주로 대민 진료를 하기 때문에 전투복이 아닌 장교 정장을 입고 근무했다. 정장을 입은 군의관들이 떼로 몰려와 우리를 맞아 주니 공항 관리 미군들은 대단한 VIP가 오는 줄 알았는지 내가 헬리콥터에서 내리자 뛰어와서 경례하고 가방을 받아 가고 야단이 났다.

한 차례 재미있는 해프닝이 벌어지고 난 후 친구들과 BOQ로 쓰는 호텔에서 파티를 하고 아름다운 붕타우 시내와 해변과 섬들을 돌아보았다. 그곳 역시 기후가 좋고 경치가 좋아 부러웠다.

뭐니 뭐니 해도 월남 근무 당시 최고의 특혜는 출장 귀국하는 것이었다. 친구들의 선물 꾸러미를 받아 심부름해 주니 인기도 아주 좋았다.

1969년 12월, 부산으로 귀국하는 파월 군인들을 실은 수송선의 군의관으로 출장 오게 되었다. 그런데 남지나 해상을 지날 때 거센 태풍을 만났다. 7만 톤짜리 배가 파도 속을 한참 들어갔다 나오기를 되풀이했다. 파도 위에 올라타면 배가 마치 산꼭대기에 올라온 것처럼 아슬아슬하기 짝이 없었다. 사병 1500명과 장교 150명이나 되는 귀국 장병들 거의 모두가 멀미 때문에 나가떨어졌다. 선원들과 같이 밥을 먹는 장교 식당에 선원 말고 한국군 장교로는 나 혼자만이 뱃멀미를 하지 않고 식사를 하는 진풍경이 벌어졌다. 선장이 자기 테이블로 불러 같이 식사하자고 말했다.

이처럼 나의 월남 생활은 크고 작은 추억들을 많이 남겼으며, 한국 경제가 약진하는 시기에 현장에서 미력하나마 내가 도움이 됐다는 자부심을 갖게 했다. 게다가 지금은 국가유공자 대우까지 받게 되었으니 감사할 따름이다.

월남 근무는 나로서는 돈 한 푼 들이지 않고 외국에서 여러 가지 경험과 공부를 할 수 있었던 아주 재미있고 유익했던 시간이었다.

1970년 7월, 월남 복무가 끝나고 귀국했다. 부산에 도착하니 수많은 환영 인파 속에서 아버지가 보이지 않아 몹시 당황했다. 서울에 전화해 보니 그날 아버지가 중풍으로 쓰러져서 위생병원에 입원하셨다는 것이었다.

아버지의 투병 생활

　　　　　　　　　　　　　귀국 수속도 제대로 못한 채 짐
을 친구에게 부탁하고 서울로 올라와 서울위생병원에 가니 아버지는
의식불명 상태였다. 담당 의사는 가망이 없으니 집으로 모시고 가라
고 했다. 여태까지 고생만 하시다가 이제 군에서 봉급도 받고 월남
에 가서 국산 냉장고와 TV도 사가지고 와서 사람 사는 것같이 아버
지를 모시고 살아 보려 했는데, 이 지경이 되니 서럽기 짝이 없었다.
　　아버지를 모시고 집으로 왔다. 방 한 칸에 웬만한 중급 병원 정도
의 중환자실 시설을 모두 갖추어 놓았다. 인공호흡기, 심전도, 자동혈
압측정기, 자동주사 시설, 호흡기도 청소기, 산소호흡기까지 갖추었
다. 그리고 내가 직접 치료하기 시작했다. 이런 일이 일어날 것을 미
리 예측이나 한 듯, 그 당시 아주 귀한 응급약품들을 월남에서 가지고
온 터라 시설이나 약품이 종합병원에 결코 뒤지지 않았다.

호흡이 힘들어지고 심장도 정지되어 병원에서 가끔 볼 수 있는 Code 9(심폐소생술)이 필요한 때도 있었다. 나는 응급실과 흉부외과 수술실에서의 경험을 되살려, 아주 노련한 의사만이 할 수 있는 심장 직접 첨자 주사를 놓아 아버지의 멎은 심장을 다시 소생시키기도 했다. 아버지는 당시 뇌지주막하출혈이었기 때문에 뇌혈전에 의한 반신마비 증상은 나타나지 않았으나 기억력이 상실되는 혈관성 치매 현상이 나타나고 있었다.

하지만 나는 아직 군복무 중이었다. 게다가 불행하게도 서울이 아닌 부산 제3육군병원 병리시험과장으로 발령이 났다. 치매 상태의 아버지를 모시고 갈 수는 없었다. 설상가상으로 아버지가 재혼했던 계모도 아버지가 병들고 치매로 기억력이 상실되고 대소변까지 받아내야 하는 상황이 되자 떠나고 말았다.

나는 어찌할 바를 몰랐다. 육군 대위 봉급으로는 아버지를 어디 좋은 병원에 입원시킬 수도 없었다. 할 수 없이 청량리 뇌병원의 최신해 박사님을 찾아가 무료 환자로 받아 달라고 부탁드릴 수밖에 없었다. 최 박사님과는 안면 있는 사이도 아니고 그렇다고 빽이 있는 것도 아니었다. 단지 나의 주임교수인 장익진 박사님과 같은 연세대 출신으로 서로 잘 알고 있다는 것밖에 없었다. 무조건 최 박사님에게 면회 신청을 하고는 청량리 뇌병원 원장실로 찾아갔다.

"저는 가톨릭대학을 나와 장익진 교수님 밑에서 미생물학을 전공하고 현재 군의관으로 부산 제3육군병원에서 복무를 하고 있습니다. 저의 부친께서 Stroke가 되어……좀 도와주십시오."

그러자 최신해 원장님은 흔쾌히

"그럼세. 같은 의료인끼리 도와줘야지."

하시고는 비서를 불러

"우리 닥터 황 부친 입원 수속 해드리세요."

라고 말씀하시는 것이었다.

아버지를 입원시키고 부산행 열차를 타니, 새삼 최 원장님이 그렇게 고마울 수가 없었다. 한편으로 내가 의학 공부를 한 것에 감사하는 마음이 들어 눈물이 저절로 흘러내렸다.

그 길을 수없이 지나다녔건만 차창 너머 지나가는 풍경들이 갑자기 서글퍼졌다. 부산은 피란살이하며 야간 고등학교를 다녔던 곳이라 그리 낯선 곳이 아니었다.

월남에서 돌아온 뒤 바로 소령으로 진급한 나는 육군병원 병리시험과장으로 발령이 났다. 제3육군병원은 의병제대할 수 있는 군병원으로, 각 임상 군의관에게는 부정 제대를 시킬 수 있는 유혹이 많은 곳이었다. 단속이 심했지만 그래도 부정은 계속되었다.

부임한 지 얼마 안 되었을 때 행정 장교가 제대가 결정된 서류를 가져와서는 나보고 사인을 하라고 말했다.

"왜 내가 사인을 해야 합니까?"

"병리시험과장은 제대 심사위원이니 하셔야 합니다."

"제가 제대 심사했습니까?"

"심사에 참석은 안 했어도 예전부터 사후에 다 그렇게 했습니다. 그냥 하시면 됩니다."

"난 그런 서류에 사인 못 합니다."

내가 사인을 못하겠다고 버티자 ,원장과 진료부장을 통해 압력이 들어왔다. 친한 선배 군의관을 통해서는 회유가 들어왔다.

"난 이제 군복무 기간도 얼마 남지 않았고, 또 제대 후에라도 그런 책임을 질 수 없습니다."

내가 버티자, 가까운 동료 군의관들이 여러 경로를 통하여 살려 달라고 사정해 왔다. 할 수 없이 "나는 부정은 할 수 없으니 너희들이 나를 속일 수 있는 방법을 가르쳐 주겠다"고 했다. 내과 군의관은 소위 나이롱 환자를 당뇨병으로 만들고는 검사 소견서를 가짜로 만들어 달라고 한다. 외과 군의관은 멀쩡한 사람을 간경화증으로 만들어 제대시키려 하면서 증빙서류를 만들어 심사를 통과할 수 있게 해달라고 한다. 나는 기초의학과 임상의학을 모두 거쳤기 때문에 이런 허점을 모두 잘 알고 있었다.

도둑놈을 가르치는 선생은 되어도 나 자신이 도둑놈이 되고 싶지는 않았다. 도둑놈은 잡히면 벌을 받지만 그놈을 가르친 선생이 형무소에 갔다는 말은 못 들어 보았다. 그래서 나를 속일 수 있는 방법을 가르쳐 주었던 것이다.

부산에는 아직 고등학교 때 친구들이 많이 있어서 그런대로 잘 지낼 수 있었다. 주말마다 서울에 올라와서 병원에 계시는 아버지를 돌보고 위로해 드렸다.

그 뒤 서울살이를 시작하면서부터는 함께 모시고 살았지만, 오래가지는 않았다. 아버지는 투병 생활을 하신 지 1년 반 만에 결국 돌아가시고 말았다. 그때는 다시 돌아간 대학 생활에 적응하기도 바빴을 뿐 아니라 임상병리연구소를 만든다고 눈코 뜰 새 없던 시기여서, 모시기는 했지만 제대로 돌봐 드리지 못했다. 후회가 밀물처럼 몰려들고 눈물이 폭포수처럼 쏟아졌지만 이미 흘러간 물이요 놓친 열차였다.

아버지를 경기도 장흥 땅에 모셨다. 연고도 없는 데다 서울에서 꽤나 떨어진 곳이었지만, 평소 가족처럼 알고 지내던 사람이 공원묘지를 조성하겠다며 구입해 놓은 땅이 그곳에 있었다. 그중에서 제일 높고 한적한 곳에 아버지의 묘를 썼다.

아버지가 살아 계셨다면 꿈도 못 꾸었을 일이지만, 돌아가신 지 얼마 안 돼 나도 본의 아니게 미국으로 삶의 터전을 옮기게 되어 그나마도 자주 찾아가 뵙지 못하는 형편이 되었다. 생전에도 오래도록 외로웠을 아버지는 돌아가셔서도 그 외로움을 씻어 드리지 못했으니 내 불효는 죽어서도 갚을 수 있을지 모르겠다.

대학으로 돌아가다

대한민국 국민의 의무인 군인 생활을 잘 마쳤다. 입대할 때에는 세월을 허비하는 것으로 생각하고 재주 부려 군대에 안 가는 사람들을 부러워도 했으나, 제대할 때에는 내 인생에 정말 좋은 경험을 했고 또 많은 것을 배워 후회 없는 군인 생활을 했다고 감사하게 생각했다.

제대 후 다시 대학으로 돌아갔다. 미생물학교실에서는 예기치 않았던 일이 나를 기다리고 있었다. 박정희 대통령이 수출 목표 달성을 위해 전력을 기울이고 있는 때 불행히도 남해안에 콜레라가 상륙했던 것이다. 당시 우리나라 수출 품목은 대부분 해산물과 농산물이었는데 콜레라가 유행한다면 활어나 건어물 수출이 전면 중단되어 수출 목표를 도저히 달성할 수가 없었다.

박 대통령이 5·16 이선 군수사령관 시절 의무참모였던 정해식 박사가 그때 경상남도 지사를 하고 있었다. 그는 우리 대학 미생물학 교실에 등록한 연구원으로 박사학위를 받은 분이었다.

경남지사에게 비밀리에 콜레라 유행을 차단하라는 지시가 내려졌다. 정해식 지사는 우리 연구실에 도움을 청했다. 내가 그 임무를 맡아 통영으로 내려갔다. 보건소에 방역본부를 차려놓고는 들어오는 선원들을 비롯해 모든 사람들을 상대로 콜레라 진단과 방역 사업을 소리 소문 없이 총지휘했다. 콜레라 방역은 다행히 성공하여 더 이상 확산되지 않았다. 공식적으로 한국에서는 콜레라가 유행하지 않은 것으로 되었다.

3개월간의 방역 업무를 마치고 돌아와 그동안 사비로 썼던 출장비를 청구했더니 연구실은 돈이 없어 출장비조차 주지 못하는 형편이었다. 문교부나 보건사회부에서 주는 몇십만 원 또는 몇백만 원의 연구비를 타려면 담당 관리에게 온갖 아첨을 해야 하고, 받는다고 해도 그중 상당액을 사례비로 주어야 하는 실정이었다.

화가 나서 주임교수에게 "어떻게 우리 연구실을 이렇게 가난하게 운영하셨습니까?"라고 항의했다. 연구실 재정은 바닥이라 연구는 고사하고 학생들이 실습도 하기 힘든 형편이었다.

연구 생활을 하려면 연구비가 있어야 한다. 주임교수는 연구비를 조달할 수 있는 수단과 실력이 있어야 능력 있는 교수라고 했다. 물론 연구 주제도 좋아야 한다. 하지만 아무리 좋은 연구 주제라도 재정이 뒷받침해 주지 않으면 할 수가 없다.

미생물병 연구소의 꿈

당시 우리나라의 기초의학 수준은 상상할 수 없을 정도로 취약했다. 우선 본과 2학년 미생물 실습실은 텅 빈 책상에 겨우 수돗물이 나오는 정도였고, 각종 실험용 기구들은 학생들이 각자 빈 깡통을 가지고 와서 끓이고 씻어서 사용하고 있었다. 세균을 배양하는 배지는 한천을 녹여 고기 국물을 내서 만들고, 세균 배양은 각자의 피를 뽑아 섞어서 하고, 이를 염색하여 학생 몇 사람에 겨우 한 개씩 돌아가는 현미경으로 세균들을 관찰했다.

그래도 기초의학 요원들의 연구열만은 대단히 높았다. 우리가 연구하려는 분야는 아주 폭넓어서 각종 감염 질병의 진단은 물론, 백신 생산도 할 수 있는 기업으로 발전시킬 수 있어 사업성이 아주 좋았다. 우리의 계획은 일본 오사카대학 미생물병 연구소와 같은 세계적인 연구소로 발전시키는 것이었다. 우리에게는 이 일을 할 수 있는 지식과 기술과 인력이 있었으므로 어느 정도 장비만 갖춰지면 충분히 돈을 벌면서 연구소를 운영할 수 있고 발전시킬 수도 있었다.

원래 이 계획은 전임 주임교수였던 장익진 교수님의 구상이었다. 우리에게는 그 무렵에 만연하던 각종 성병 진단과 검사를 위한 인력과 기술이 있었다. 경기도 파주에 이미 성병 진단 검사실을 운영해 가검물을 채취하고 매독 실태 조사도 하고 있었다. 또한 각종 세균 검사와 함께 결핵균 배양 내성 검사실도 운영하고 있었으므로, 여기에 몇 가지만 추가하면 종합진단검사실Commercial Laboratory이 될 수 있었다.

당시 한국에는 종합병원 검사실 말고는 개업의들을 위한 종합검사실이 없었다. 의료법에는 소규모 병원에도 검사실을 만들어야 개업할 수 있도록 되어 있었다. 우리는 바로 이 종합검사실을 운영할 계획이었다. 검사실 연구비와 운영비를 조달하기 위해 열심히 기금 모금을 한 끝에 1500만 원을 드디어 확보할 수 있었다. 그때 전임강사의 월급이 1만 5천 원이었을 때니 나의 1000개월치 봉급에 해당하는 거금이었다. 이를 종잣돈으로 미생물병 연구소를 만들어 각종 미생물 검사를 유료로 하면 자체 기금으로 연구재단을 만들어 운영할 수 있다는 계획이었다.

당시 나는 이미 임상병리(진단의학) 전문의였으며, 결핵내과 전문의 시험에도 합격한 상태였다. 4년간의 박사학위 과정도 마쳤다. 다만 군복무하느라 논문만 아직 제출하지 못했다. 월남에서 가져온 검사실 기구들을 총동원하여 우선 임상검사실을 차렸다.

그런데 당시 장익진 교수님은 미국에 가시고 안 계셨다. 내가 군복무 중일 때 장 교수님이 피츠버그 대학에서의 연구 기간을 일 년 연장했으나 현재의 주임교수가 장 교수님이 한국에 돌아오시지 않는다고 학교에 거짓으로 보고하여 장 교수님을 퇴직시켰던 것이다.

게다가 새 주임교수는 임상검사실은 사업성이 없고 위험부담이 크다는 이유로 차일피일 미루었다. 할 수 없이 내가 위험부담을 지기로 하고 내가 갖고 있던 장비로 우선 진단의학 검사실을 차리기로 주임교수의 동의를 받았다. 그리고 개업의들로부터 검사물을 모아 오는 한편, 의사회를 통해 개업의들에게 검사물 채취 요령과 진단에 필요한 검사에 대한 강의를 하고 다녔다.

검사실은 아현동에 있는 선배 의사의 병원 건물 한 층을 빌려 쓰기로 했다. 검사실 기사로는 우리 연구실에서 일하다 다른 병원으로 갔다가 사고를 치는 바람에 구치소에 갇혀 있던 병리기사 조군을 채용했다. 가까이 지내는 분에게 부탁해 면죄를 받았던 것이다. 그리고 검사물 집배원을 고용하여 시내를 한 바퀴 돌며 검사물을 수거해 오도록 했다. 검사 결과와 판독 소견서는 다음 날 각 개업의에게 알렸다.

그때의 의료법으로는 의사가 개인 병원을 개업하려면 검사실을 갖추고 임상병리 기사를 두어야 했다. 그러려면 돈이 많이 들 수밖에 없어 영세한 의사가 개업하려면 힘이 들었다.

나는 미국의 임상검사실 개념을 설명하며 감독기관인 각 구 의사회를 설득했다. 새로 개업하는 의원이 우리 검사실을 이용한다는 증명을 해주면 검사실을 생략할 수 있다는 것이다. 개업 의사들은 검사실 차리는 비용과 기사 월급을 절약할 수 있어 경제적으로 큰 이득이므로 대환영했다. 서울 시내 각 구 의사회를 통해 홍보 겸 교육을 시켰다.

당시에는 약국에서도 약사가 대강 환자의 증상만 듣고 약을 팔거나 심지어 주사까지 놓아 주는 무면허 의료 행위가 성행하고 있었다. 나는 임상의학과 기초의학을 모두 공부하고 실습했으므로 약국에서 보낸 환자에게는 진단과 함께 약 처방도 해주어 약국이 안심하고 약을 팔 수 있게 했다. 그러자 약사들도 환자를 우리 검사실로 보내 피검사를 하게 하거나 직접 채혈해 보내왔다. 나는 그때 이미 의약분업을 실시한 셈이다. 약사들도 이 같은 방법을 대환영했다.

그런데 뜻밖의 사건이 발생했다. 주임교수가 연구실 기금으로 모금한 1500만 원을 횡령해 자기 집을 산 것이다. 혜화동 로터리 근처에 있는 이층 양옥을 샀던 것이다. 종로구 청운동에 있는 아파트 한 채가 120만 원 할 때였으니 1500만 원짜리 집이면 초호화주택이라 할 만했다. 이 돈은 당연히 공금이고, 돈을 기부한 사람들도 대부분 나와 친분이 있던 사람들로 연구생으로 등록한 상태였다.

"선생님, 그 돈은 엄연히 공금인데 어떻게 그 돈으로 선생님 집을 살 수가 있습니까?"

내가 강력히 항의했더니 "조교 겨우 면한 새까만 신임 전임강사가 감히 주임교수에게 대드냐?"면서 "주임교수 하는 일에 자네가 감히 간섭하고 나서냐?" 하며 묵살하는 것이었다.

정말 말도 안 되는 일이었지만 당시 대학에서 주임교수의 권한은 그처럼 막강했다. 주니어 스태프들은 투덜거릴 뿐, 아무런 힘이 없었다.

"야, 저 교수 처넣을까?"

군사정부 시절 그렇지 않아도 정부기관에 좋은 빽을 갖고 있다고 소문난 내가 한마디만 하면 주임교수는 당장 구속되고 만다. 그 사람의 인생은 끝장나는 것이다.

"너 간도 크구나. 이 바닥에서 네가 주임교수 처넣고 이 좁은 의사 사회에서 성하게 의사질 해먹고 살 것 같으냐. 네 몸도 사려라."

친구인 주니어 교수의 말이었다. 사실이 그랬다. 내가 주임교수를 고발했다면 이유야 어떻든 간에 모든 의사 사회에서 새까만 아랫것이 주임교수를 고발해 감옥에 집어넣었다고 소문날 것이었다. 일종의 하극상인 것이다.

더욱 기가 막힌 것은 주임교수가 우리가 같이 상의해서 만든 임상검사실에 대해 학장에게 거짓 보고하고 내가 대학에서 이중직을 가졌다며 오히려 나를 모함했다는 사실이다. 정말 더 이상 함께 일할 수 없는 사람이라는 판단이 들었다.

당시에는 외국에 한 번이라도 나가서 공부해야만 무슨 일이든 제대로 할 수 있었던 시대였다. 그런데 주임교수의 추천이 없으면 외국에서 열리는 학회에도 참석할 수가 없었다. 이런 상황에서 주임교수가 나를 추천해 줄 리 만무했으므로 나 스스로의 힘으로 외국에 나가는 방법밖에 없었다. 그렇다고 돈이 있어 사비로 외국 여행을 할 수 있는 처지도 아니었다.

그래도 '내 힘으로 해보자!'고 단단히 마음을 먹었다. 내가 할 수 있는 유일한 방법은 ECFMG(해외 의대 졸업생 교육위원회) 시험을 치르고 합격하는 것이었다. 의과대학을 졸업한 지 벌써 10년이 지났는데 기초부터 출제되는 시험에 과연 합격할 수 있을까? 그러나 임상병리(진단의학)·흉곽내과·결핵과 전문의 시험에 합격한 지 오래되지 않아 잘하면 감당할 수도 있을 것 같았다. ECFMG 시험은 임상의학, 기초의학 및 영어 과목을 모두 합격해야 했다.

시험을 치르고 발표가 날 때까지는 주임교수와의 갈등으로 불안한 나날을 보내야 했다. 그가 있는 한, 나는 연구실을 떠나야만 하는 절박한 상황이었다. 나는 전력을 다해 공부했다. 내가 주임교수에게 협조하지 않는다고 오히려 나를 모함하여 학장에게 불려가서 학교를 그만두라는 호된 꾸중까지 들었다.

다행히 ECFMG 시험에 기초의학과 임상의학 그리고 영어까지 한 번에 합격했다. 이제 신청만 하면 미국에서 병원 인턴과 레지던트로 일할 수 있는 자격은 물론, 이민까지 갈 수도 있었다.

그러나 나는 미국에 가기보다는 한국에 남아서 하고 싶은 일을 하고 싶었고, 그게 더 바람직스러웠다.

그렇다고 모교인 가톨릭대학에 더 이상 남아 있을 수는 없었다. 검사실 일에만 전념할 수 있는 여건도 아니었다. 그러던 와중에 국립의료원 미생물과에 자리가 난 것을 알게 되었다. 그곳에 들어가면 우선 주임교수 밑에서 빠져나올 수가 있었다. 검사실을 잘 운영하기 위해서도 1~2년간의 준비 기간이 필요했다. 나는 미생물을 전공한 임상병리 진단의학 전문의에다 박사학위까지 받아 모든 조건을 갖춘 상태였다. 적어도 이 자리에 나와 같은 자격을 가진 사람은 당시 한국에 없었다.

개인적으로도 잘 아는 국립의료원장인 박승함 박사에게 부탁을 했다. 그러나 박 원장은 나의 주임교수와 사적인 관계가 얽혀 있어 나를 받아줄 수 없다는 것이 아닌가.

할 수 없이 일 년을 작정하고 미국으로 가기로 마음먹었다. 큰 꿈을 가지고 계획했던 미생물병 연구소의 계획은 이종훈 교수의 배신으로 허망하게 날아가 버렸다. 미국 여러 병원에 인턴 과정을 지원한 끝에 미시건 주 디트로이트에 있는 웨인주립대학에 속한 Detroit Macom Hospitals에서 일하기로 결정이 되었다. 디트로이트에서 멀지 않은 랜싱Lansing에 게신 장익진 교수님과 상의한 끝에 그곳으로 결정하게 된 것이다.

미국에서의 의사 생활

편도 미국행 비행기를 타고 하와이에 도착했다. 입국 수속을 하고 받은 큰 봉투에는 영주권Green Card과 사회보장카드Social Security Card까지 들어 있었다. 마음이 착잡했다. 독일에 가 있는 정 교수에게 보낸 편지에 "내가 오기는 왔는데 왜 왔는지 모르겠다"며 푸념 섞인 글을 보낸 적도 있다. 하와이에서 비행기를 갈아타고 도착한 로스앤젤레스에는 고등학교 동기인 김성태가 나를 반가이 맞아 주었다.

"너 그린카드 가지고 왔니?"

"그린카드가 뭔데?"

"너 그린카드 없으면 미국에서 살기 고달프다."

"하와이에서 이런 것들 주던데."

그러면서 큰 봉투를 열어 보여 주었더니 김성태는 그 속에 있는

그린카드를 보고는

"이런 것을 어떻게 벌써 가질 수 있니? 이게 영주권이야! 과연 의사들은 다르구나."

하며 자기가 7년 동안 그린카드 없이 미국에서 고생한 이야기를 들려주었다.

내가 근무할 곳은 미시간 주에 있는 자동차공업의 중심지로 흑인들이 밀집해 사는 디트로이트 시였다. South Macom Hospital과 Detroit General Hospital 두 병원을 관할하는 곳에서 인턴 생활을 시작했다.

미국 병원에서의 인턴 생활은 쉬운 일이 아니었다. 말도 안 통하는 데다 낯설고 생활환경이 달라 더욱 어려웠다. 한국에서 인턴·레지던트 과정을 모두 마쳤지만 미국에서는 처음부터 다시 해야 했다. 내가 가르쳤던 후배들과 같이 뛰어야 했다.

한국에서 전문의 자격과 박사학위까지 받아 가지고 갔으므로 의사로서 더 이상 받을 것은 없었다. 그래도 이왕 미국에 왔으니 미국 의사 자격증을 따서 돌아가면 좋을 것 같았다. 미국 여행만 다녀와도 출세한 것처럼 생각하던 당시 한국의 분위기로 보아 미국 물맛도 보고 공부도 좀 했으니 미국 의사 자격증까지 욕심 부리게 된 것이다.

그리하여 미국 의사국가시험FLEX : Fedral License Examinaton에 도전했다. 10여 년 전에 미국에 왔던 나의 동기들은 이미 자리를 잡고 스태프가 되어 있었다. 이들과 젊은 후배들의 도움으로 그 어렵다던 시험에 합격했다.

한국에서 검사실을 운영하기 위해 병리 레지던트 1년차를 지원했으나 마땅한 자리가 없었다. 당시 한국 의사가 들어갈 수 있는 레지던트 자리는 한정되어 있었던 것이다. 나는 한국으로 돌아가는 문제를 장 교수님과 의논했다. 그러자 장 교수님은

"이 사람아, 미국 면허 가지고 왜 한국에 돌아가나?"

하며 극구 말렸다. 다행히 가까운 동료 의사가 미국 의사국가시험에 몇 번 떨어져서 다른 데 가지 못하고 레지던트를 계속하고 있는 병원에 가정의학과 레지던트 자리를 알선해 주었다. 그것이 여태껏 내가 오리건에 정착하게 된 계기가 되었다.

제 5 장

32년 만의 귀향

"이국 만리에 계시는 형님, 형수님 그리고 조카들에게 이 글을 전합니다"라고
시작한 동생 기림이가 쓴 편지였다. 눈물이 쏟아져 닦고 또 닦으며
간신히 읽었다. 32년 만에 처음 듣는 내 가족의 소식이었다.

북한에서 온 편지

미국에 도착하여 제일 하고 싶었던 것은 무엇보다 한국에서는 할 수 없었던 북한에 있는 가족들의 소식을 듣고 만나는 일이었다.

1950년 12월 23일 해주를 떠날 때는 유난히도 눈이 많이 내렸다. 당시 우리 가족은 유엔군이 들어와 수복된 해주에서 잠깐 동안 해주 시청 산업과장을 하셨던 아버지가 관리하던 목장에서 살고 있었다.

그런데 밤사이 인민군이 해주에 들어왔다. 나는 배낭 하나 메고 단추가 많이 달린 학생 코트를 입고 학생 모자에 토끼털 방한 귀마개를 하고 집을 떠났다. 어머니가 언덕 위에 서서 손을 흔들던 모습이 지금도 생생하게 기억에 남아 있다. 그때 어머니는 5년간 공산 치하에 살면서 생활고를 겪긴 했지만 41세밖에 안 되었던, 아직 젊고 예뻤던 아줌마였다. 며칠만 피해 있으면 국군과 유엔군이 해주를 탈환할 것이므로 곧 다시 집으로 돌아갈 수 있다는 생각으로 떠났는데, 세월이 너무나 많이 흘렀다. 그때 집 떠난 사람들은 모두 예측할 수 없었던 3일간의 약속이었다. 실향민이라면 누구나 그럴 것이다. 고향이나 가족의 소식을 알 수 있는 방법이라고는 전혀 없었다. 편지조차 보낼 수 없는 남과 북의 단절. 혹시 친한 사람이 외국에 나가게 되면 편지라도 한 장 부쳐 달라고 부탁했으나 들어주는 사람이 하나도 없었다.

그런데 당시 군사혁명위원회 의장이었던 장도영 씨(육군 중장)가 미국으로 추방된 후 미시건 주에서 공부하고 있었다. 하루는 워싱턴 D.C.의 폴 장이라는 자에게 속아 그가 평양을 방문했다는 기사가 교민신문에 실렸다. 불현듯 고향에 계신 어머니와 형제들에 대한 그리움에 뉴욕에 있는 북한대표부에 전화를 해보고 싶었다. Directory 114로 문의하니 북한대표부의 전화번호는 쉽게 알 수 있었다. 마침내 대표부의 북한 직원과 전화 연결이 되었다. 가슴이 두방망이질을 해댔다.

"여보쇼, 거 누굽네까?"

아주 오랜만에 듣는 무뚝뚝한 이북 억양 사투리였다.

"나는 북조선에서 나와 미국에 살고 있는 동포인데요, 북쪽에 가족이 있어 찾고 싶은데 어떻게 좀 할 수 없습니까?"

"거기 이름이 뭐요? 전화번호와 주소를 주쇼!"

더 이상 말을 할 수가 없어 전화를 끊고 말았다. 만일 내 신분이 노출되면 당시 서울에서 공무원으로 근무하고 있는 나의 유일한 친척인 사촌형 신변에 문제가 생길 것이다. 더 이상 찾는 것을 포기했다.

또 몇 년의 세월이 흘렀다. 그러다가 박정희 대통령의 서거로 사촌형이 공직에서 물러나게 되었다. 이제 더 이상 거리낄 게 없었다. 다시 한 번 유엔 북한대표부에 전화를 걸었다.

"여보시오, 대표부입니다."

이번에는 여자 목소리였다.

"나는 북에서 나와 미국에 살고 있는 사람인데, 북에 있는 가족의 소식을 알고 싶은데 어떻게 좀 할 수 없습니까?"

"네, 잠시 기다리시라요."

그러고는 어떤 남자가 나왔다.

"어디 사는 누구십니까?"

전과 달리 이제는 감출 이유가 없었다.

"여기는 오리건 주인데 황기선이라는 사람입니다."

가족이 북조선에 있어 찾고 싶다고 했다.

"그런데요, 우리는 아직 영사 업무를 할 수 있는 닙장이 안 돼 있어서 곤란한데요. 조국에 편지를 내시라요."

"어떻게 편지를 냅니까. 편지가 갈 수 있습니까?"

"그러믄요. 직접 우편으로 편지 할 수 있습니다."

"가족의 주소를 모르는데 어디 주소로 내야 합니까?"

"네! 그냥 조선, 평양, 조국통일민주주의전선 중앙위원회 앞으로 하면 됩니다."

"감사합니다."

그 후 장문의 편지를 쓰고는 편지 봉투에 주소를 쓰고 우표를 붙여 우체국에 가서 직접 부쳤다.

조국통일민주주의전선 중앙위원회 귀하

조선민주주의인민공화국

평양시

North Korea

North Korea 밑에 빨간 줄까지 쳐서 주의를 시켰다. 그런데도 문제
가 생겼다. 우체국 직원은 Korea라는 글자가 들어가면 South Korea밖
에 알지 못했던 모양이다. 이 편지는 한국으로 갔던 것이다. 사촌형이
정보 계통에도 있었기 때문에 즉시 후배에게서 연락이 왔다고 했다.

"기선이가 지금 북한을 가려고 하는 모양인데 말리는 것이 좋을
겁니다."

그 말에 사촌형은

"미국 가서 제가 알아서 잘하고 있는데 낸들 어떻게 말리나."

했다며, 나더러 조심하라고만 했다.

나는 편지를 다시 쓴 다음 이번에는 'Korea'라는 말은 빼고 'DPRK'
라고만 쓰고는 우체국에 직접 가서 'South Korea'가 아니라 'DPRK'
라고 말했다. 그러자 우체국 직원이 책을 찾아보고는 알았다고 했다.

그 무렵 나는 오리건 주의 스위트홈Sweet Home에서 포틀랜드Portland
로 옮기고는 새로 개업해 한창 바쁘게 일하고 있었다. 하루는 우편물
을 체크하는데 좀 색다른 봉투가 있었다. 나중에 봐야지, 하고 제쳐놓
았는데 아내가 먼저 본 모양이었다. 일과가 끝난 후 아내가 망설이다
가 내놓은 편지는 다름아닌 북한에서 온 편지였다. 떨리는 손으로 간
신히 편지를 뜯어 보았다.

"이국 만리에 계시는 형님, 형수님 그리고 조카들에게 이 글을 전합니다"라고 시작한 동생 기림이가 쓴 편지였다. 눈물이 쏟아져 닦고 또 닦으며 간신히 읽었다. 그러고 나서도 읽고 또 읽고 또다시 읽으며 눈물을 흘렸다. 1950년 12월 집을 떠나 소식이 끊어진 지 32년 만에 처음 듣는 내 가족의 소식이었다.

정신없이 읽다 보니 어머니, 기옥 누님, 기난, 기림, 기명의 소식이 또박또박 한 사람씩 적혀 있는데 정림이 소식이 없었다. 동생 한 명의 안부가 빠져 있었다. 아! 정림이는 전쟁 때나 그 후에 죽은 것이구나, 생각되었다. 동생 중에서도 제일 착하고 귀여웠던 정림이는 내가 집을 떠나올 때 여덟 살짜리 인민학교 1학년생이었다. 어머니는 건강이 좋지 않아 관절염 신경통으로 고생하신다고 했다. 즉시 어머니에게 편지를 쓰고 녹음테이프에 내 육성을 담아 관절염 약과 같이 보냈다. 1파운드 미만의 소포는 우편으로 보낼 수 있었던 것이다.

첫 번째 편지를 다시 보니 적어 보낸 어머니와 누님의 생년월일이 내 기억과 달랐다. 어머니는 나의 기억으로는 1908년 2월 26일생이고, 기옥이 누님은 1933년생인데 어머니는 1900년 2월 6일생이고, 누님은 1924년 4월 2일생이며 자식은 4명이란다. 그러면 어머니와 누님의 나이 자체가 틀린 것이다. 누님은 나와 두 살 차이다. 무슨 착오가 있나 의심은 했으나 그대로 넘기고 다음 소식을 기다렸다.

가짜 매형

이번에는 북한 방문 계획을 세우고 극비리에 수속을 밟았다. 그러던 어느 날, 사무실로 오스트리아 빈에서 국제전화가 걸려왔다.

"내가 황기옥이 남편 되는 사람이오. 지금 조국에서 구매사절단을 이끌고 구라파에 와 있는데 이렇게 전화할 수 있어 반갑소."

나의 누님 황기옥은 내가 피란 나올 당시 해주의학전문학교 3학년이었고, 해주서 제법 잘 나가는 미인 축에 들었다. 시집을 가도 잘 갔을 것이고, 괜찮은 남편도 만났을 것이라 의심조차 하지 않았다.

"매형, 정말 반갑습니다. 내 당장이라도 그리로 달려가고 싶어집니다. 누님 본 듯이 인사드리겠습니다."

다음 날 다시 전화가 왔다. 어머니의 안부와 누님의 안부를 전하며 매형이 말했다.

"어머니와 누님은 동생이 옹진에서 나갈 때 벗어 놓고 간, 단추가 많이 달린 학생 코트를 늘 꺼내 보며 울고 계셨는데, 동생 소식을 듣고는 학생 코트를 보고 또 울며 동생 오기만을 기다리시며 벌써부터 동생이 잘 먹던 김치를 담가 놓고 기다리신다오."

학생 코트는 집을 나올 때 입고 나왔으나 옹진에서 살다 이남으로 나올 때는 초여름이라 그대로 벗어 놓고 나왔다. 누님은 의학전문학교를 졸업한 뒤 혹시 나의 소식을 알 수 있을까 해서 첫 부임지를 옹진으로 지원했다고 했다.

하지만 나는 이미 남쪽으로 떠난 후였다. 내가 벗어 놓고 온 코트를 가져다가 어머니에게 드렸는데 어머니는 내 생각이 날 때마다 이를 꺼내 놓고 눈물을 흘리셨다고 한다. 이런 아주 작은 일까지 알고 있는 사람이 나의 매형이라고 하니 믿을 수밖에 없었다.

"내가 출장을 끝내고 곧 평양으로 돌아가는데 어머니가 관절염이 있고 좀 편치 않으신데 약만 좀 사가지고 가면 좋겠소."

매형의 말에 즉시 주소를 받아 미화 700달러와 관절염 약, 그리고 어머니께 보내는 선물을 사서 오스트리아 빈으로 보냈다. 그 후 전화 통화가 몇 번 더 이루어졌다. 전화는 그쪽에서만 걸고 자기 번호는 가르쳐 주지 않았다. 다음은 네덜란드로 간다며 주소와 전화번호를 알려주기로 했다.

모두가 잠든 밤에 어머니께 드리는 인사를 녹음한 음성 편지를 작성하여 보냈다. 한복의 동정 같은 천 조각이 몇 개 선물이라고 왔다. 얼마 후 누님에게서 편지가 왔다. 남편이 해외 출장 중이라며 내 소식을 받고 어머니가 기뻐하시는 모습을 편지에 자세히 담아 보냈다. 나는 곧 북한을 방문하기 위해 수속을 밟기 시작했다.

그러나 북한에 가서 안 일이지만 그 매형이란 사람은 가짜였다. 약품과 돈과 녹음테이프 모두 어디로 사라졌는지 알 수가 없었다. 알려고 하지도 않았다.

나는 미국에 온 지 7년이 지나 시민권을 신청할 자격은 충분했으나 그때까지 별 필요를 느끼지 못해 아직 신청하지 않은 상태였다. 비록 유효기간이 지나긴 했지만 대한민국 여권을 가지고 있었다.

그런데 1981년 당시에는 대한민국 여권으로는 중국에 갈 수가 없었다. 뉴욕으로 가서 대서양 건너 오스트리아 빈에 있는 북조선대사관에서 비자를 받아 소련 모스크바로 간 다음, 거기서 일주일에 한 번 있는 평양행 비행기를 타고 가는 방법밖에 없었다. 캐나다 천우여행사의 전충림 씨가 서방 세계에서는 유일하게 북한 여행 수속을 할 수 있는 사람이었다. 그는 지구 동쪽으로 돌아가는 것보다는 이제라도 시민권을 신청하여 미국 시민으로 중국을 경유해 가는 것이 유리하다고 권했다.

즉시 시민권을 신청했다. 인터뷰 날짜를 받는 데 한 달이 채 안 걸렸다. 시민권을 받으려면 영주권을 가지고 5년 이상 살아야 하고 시민권자의 보증 및 증인이 있어야 했다. 스위트홈에서 친하게 지내던 마음씨 좋은 미국인 부부에게 부탁했더니 흔쾌히 서주겠다고 했다.

이제 한국 국적을 버리고 미국 시민으로 새 출발을 하게 된다고 생각하니 묘한 감정이 들었다. 마침내 수속이 끝나 미국 시민권과 여권을 받았다. 중국으로 가는 비자며 비행기표는 전충림 씨가 모두 맡아서 해주었다. 당시 중국행 비행기는 팬암Pan Am과 중국민항이 샌프란시스코에서 출발, 도쿄를 경유하여 베이징으로 가는 것밖에 없었다. 그것도 일주일에 각각 한 편씩, 두 번만 있었다.

오스트리아와 네덜란드로 연락하여 매형에게 알리려고 했으나 연락이 되지 않았다. 더욱이 그런 사람은 모른다는 것이었다. 그래도 북한에 가기로 결정하고 차근차근 준비해 나갔다.

사실 이때만 해도 북한에 가는 것은 모험이었다. 무사히 돌아온다는 보장이 없었다. 그래도 어머니를 만날 수 있다는 기대감에 위험을 무릅쓰고 내린 결정이었다. 생명보험도 들고, 유서도 써놓았다. 어머니는 이제 연로해서 언제 돌아가실지 몰랐다. 나를 애타게 기다리고 계실 것이 분명했다.

'죽기 전에 어머니라도 한 번 뵙고 형제자매들을 만나 보자.'

무엇보다도 어머니에게 나를 보여 드리고 싶었다. 아버지의 한 서린 마지막 바람이기도 했다. 출발 날짜가 다가왔다. 누구에게도 함부로 말할 수 없는 여행이었으므로 주변 사람들에게는 샌프란시스코에서 열리는 학회에 간다고 이야기해 놓았다.

우선 쇼핑부터 했다. 편지에서 동생은 "저는 가구공장에서 일하고 있습니다"라고 했으므로 가구공장에 필요한 목공 도구, 이를테면 전기톱이나 드릴 등을 가져가면 일하기 쉽고 능률도 오를 것이라고 생각했다. 먹어 없어지는 것보다는 실질적이고 효과적이라고 생각해서 무거운 도구들로 한 보따리 꽉 채우고, 어머니에게 맛있는 것을 대접해 드리기 위해 쇠고기 통조림과 스튜, 스팸, 심지어 바나나까지 사서 한 짐을 꾸렸다. 누이들을 위해서는 화장품, 콤팩트, 립스틱, 매니큐어, 스타킹, 청바지, 전기밥솥, 전기프라이팬 등을 사서 이민 가방 네 개에 채웠다.

1982년 5월 19일은 내가 북한을 떠나오고 나서 처음으로 가는, 천만 명의 실향민 이산가족들이 그렇게도 가고 싶어 하는 고향으로 가는 행운의 D-day였다. "산이 높아 못 오시나요, 물이 깊어 못 오시나요, 다 같은 고향산천 내 부모 형제가 그리워 기다리는 그 옛 고향으로 가는 날"이었다.

샌프란시스코에서 일본 하네다 공항을 경유하여 베이징으로 가는 팬암 항공기에 탔다. 이때만 해도 중국으로 가는 사람이 아주 드물어 그 큰 비행기에 승객이 절반도 안 찼다. 거의가 일본인 여행객들이었고, 미국 사람들이 약간 있었을 뿐이다. 넓게 자리 잡고 누울 수 있을 정도였지만 잠은 오지 않았다. 하네다 공항 구내의 일본 관리들은 무표정하고 딱딱한 편이었고 미국에 비해 짐 조사가 까다로웠다. 여기서 한 시간쯤 지체한 뒤 팬암 항공기는 일본열도를 끼고 서남쪽으로 비행하여 상하이로 향했다.

32년 만의 모국 방문

상하이는 아직 개발이 덜 된 마오쩌둥 시대의 상하이 그대로였다. 비행기는 다시 북상하여 베이징으로 향했다. 당시 베이징공항은 미국의 시골 공항 수준이어서 버스를 타고 입국 수속 검열대까지 가야 했다. 중국 공항의 관리들은 누가 군인이고 누가 일반 관리인지 구별이 잘 안 되었다. 붉은 별을 단 모자에 군복 같은 유니폼은 그리 낯익지 않았다. 그러나 일본 관리들보다는 친절하고 공손했다.

입국 수속을 하고 짐 찾는 데까지 오니, 레닌 모자에 김일성 배지를 단 북한대사관 직원들이 마중 나와 무거운 짐들을 전부 들어주고 안내해 주었다. 그들은 베이징공항에서도 마치 자기 나라같이 잘 통하는 것 같았다. 짐도 찾을 필요 없고 통관 절차도 없이 바로 조선민항 구내에 접수시키고는 공항 근처 호텔로 안내했다.

낯선 공항 호텔에서 혼자 저녁을 먹고 로비에 나갔더니 마침 일본의 혼다Honda 사에서 온 마케팅 조사팀이 있었다. 이들과 같이 둘러앉아 잡담하며 그동안 이들이 둘러본 중국에 대해 이야기를 나누었다. 다행히 일본어로 대화할 수 있는 정도의 회화 실력을 아직 갖고 있어 이들과 이야기하는 데 큰 불편은 없었다. 나는 혼다 50cc도 자전거만 있는 중국에서는 아주 필요하겠지만, 한 달 평균 수입이 20달러도 안 되는 중국인들이 270~500달러나 하는 혼다 자동차를 살 수 있을 것 같지는 않다고 말했다.

내가 북한에 간다고 하자 이들은 걱정스런 표정으로 안전하겠느냐고, 돌아올 수 있겠느냐고 물었다. 당시 일본에서는 북조선 사람들이 일본 여자들을 납치해 간다는 소문이 자자했던 것이다.

베이징공항 근처는 그때만 해도 창밖으로 넓은 평야가 펼쳐져 있는 게 시골 같았다. 한적한 길을 중국 사람들이 걷거나 자전거를 타고 출근하는 모습이 보였다. 뛰어서 출근하는 직장인도 보였다. 따로 운동복을 입고 뛰는 것은 아니고 출근하며 운동을 하고 있었다.

호텔의 아침식사는 1달러 정도밖에 안 되었지만 근사했다. 그러나 호텔비는 28달러로, 당시 중국인 평균 수입 20달러와 비교하면 한 달 월급이 넘을 정도로 비쌌다.

다음 날 아침 북한대사관 직원들이 가지고 온 차를 타고 평양 가는 비자를 받기 위해 베이징 주재 북한대사관으로 갔다. 낯선 풍경이지만 사람들은 모두 친절하고 성심성의껏 편의를 봐주었다.

대사관에 나부끼는 인공기, 조선민주주의인민공화국이라는 간판,

북한 관리들, 그리고 익숙지 않은 이북 억양 사투리 모두가 내게는 모두 불안할 따름이었다(하긴 나도 북한 사투리를 쓰고 있었다). 비자를 받으러 온 사람은 나 말고 또 한 사람이 있었다. 흰 양복을 차려입고 약간 경상도 억양의 조선말을 하는 분으로, 얼른 보기에 조총련계 같았다. 조선말은 좀 서툴렀으나 대화하는 데 큰 지장은 없었다. 미리 준비한 사진과 서류를 제출하고는 기다렸다.

잠시 후 대사관 직원이 내 사진이 붙은 북한 여권과 같은 임시 여권을 내주었다. 여권을 들고 조선민항 사무실로 가서 비행기표를 구입했다. 비행기는 일주일에 두 번 운항하는데, 한번은 조선민항, 한번은 중국민항이 교대로 운항했다. 이날은 중국민항 차례여서 베이징발 평양행 중국민항 표를 사가지고 베이징공항으로 갔다.

북한 관리는 공항 사무소에서 보관하고 있던 짐을 중국민항에 실어 주었다. 한 사람의 무게 제한은 20kg이었지만 내 짐은 100kg이 넘었다. 중국민항 직원은 영어가 비교적 유창했다. 미국에 산 적이 있느냐고 물었더니 아직 중국 밖에 나가 본 적이 없다고 했다. 북한대사관 직원이 뭐라고 중국말로 부탁하니 "好好" 하면서 초과된 짐을 무료로 실어 주었다. 출국할 때 새로 공화국에서 발급받은 임시여행증명서를 제시했더니 중국 관리는 미국 여권도 제시하라고 했다. 출국 스탬프를 찍어야 한다는 것이었다.

탑승 수속을 마치고 출구 번호를 찾으니 평양 가는 비행기는 정식 출구가 아닌 지하 통로를 통해 나가게 돼 있었다. 걸어가니 비행장 한구석에 세워 놓은 소형 쌍발기가 눈에 띄었다. 중국민항기는 소련에서 만든 소형 쌍발기로 100명 정도 탈 수 있었다. 좌석이 양쪽으로 두 줄씩밖에 없었는데, 지정 좌석이 있는 것은 아니어서 아무데나 앉아도 되었다.

비행기에는 아프리카에서 북한의 선진농업을 배우러 간다는 흑인들 몇 명과 아랍인, 군사방문단이라는 이집트인과 북한에서 출장 나왔다 돌아가는 사람들이 타고 있었다. 북한 사람들은 모두 가슴에 김일성 배지를 달고 있었고, 중국에서 산 꽃다발을 모두 한아름씩 들고 있었다. 평양 가는 정기 비행기는 일주일에 두 번 운항하지만, 조선민항은 평양~베이징 간 셔틀버스처럼 수시로 증편하고 높은 사람들의 짐도 실어 나르는 비정기편이었다.

나는 대사관에서 만났던 조총련 교포 옆에 자리를 잡고 앉았다. 그 사람이 창가를 양보해 주어 밖을 내다볼 수 있었다.

"조국에 처음 가시는 것입니까?"

"네."

"중국 사람은 아예 질서가 없습니다. 조국에 가면 그렇지 않습니다. 아주 질서정연하지요."

그 순간 내가 이북에서 처음 내려와 인천에 도착했을 때 '남조선은 참 질서가 없구나!' 하고 생각했던 기억이 났다. 그러나 미국의 자유분방한 듯하면서도 그 속에서 질서정연하게 거대한 수레바퀴가 움직이듯이 발전하는 사회에 익숙해진 터라 질서에 얽매여서 꼼짝 못하고 사는 생활은 이제 답답해서 견딜 수 없을 것 같았다.

그는 자신을 일본에 살고 있는 경상도 출신의 조총련계라고 소개하며 조국을 상대로 양곡 장사를 한다고 말했다. 그 역시 김일성 배지를 달고 있었다. 내가 "32년 만의 모국 방문"이라고 하니 "조국 방문"이라고 고쳐 준다. 이 사람은 중국을 미개발의 질서가 없는 나라이며 농업도 시대에 뒤떨어진 재래식인 반면, 조국은 질서정연하고 농업이 전부 기계화된 아주 발전한 나라라고 극구 칭찬했다.

비행기에서 내려다본 중국은 미국 서부의 울창한 산림과 비교하니 반사막과도 같다는 인상을 받았다. 우리는 일단 심양(옛날의 봉천)에서 내려 다시 출국 수속을 밟아야 했다. 안내 방송도 없이 두 시간 넘게 서성이며 시골 구멍가게만도 못한 면세점을 구경했는데, 중국 가격으로 정가가 붙은 각종 양주들이 있었다. 일하는 사람은 예외 없이

1982년의 잘 정리된 북한 농경지. 평양 가는 비행기에서 본 평안북도 농경지이다.

조선말을 하는 사람들이었다. 다시 탑승하여 비행기가 이륙한 지 얼마 안 되었을 때 저 아래 압록강과 신의주가 보였다.

아! 32년 만에 들어가는 북한이었다. 조총련계 동포가 이야기해 주었듯이 산은 푸르고 농지는 경지 정리가 잘 되어 있었다. 압록강을 사이에 두고 중국과 조선이 판이하게 달랐다.

평안북도 지도를 상상하며 여기가 압록강이고, 저기는 청천강 하면서 계속 아래를 내려다보았다. 과연 골짜기마다 저수지와 호수가 있었다. 거의가 인공 저수지로 수리시설이 잘 돼 있는 것 같았다. 잠시 후 비행기가 고도를 낮추어 순안비행장에 착륙 준비를 하는데, 농토와 야산들과 집들이 더 선명하게 보였다.

아! 어머니

순안비행장은 한산했다. 쌍발 비행기가 몇 대 있을 뿐이었다. 시골 비행장같이 트랩을 내려가니 거대한 김일성 초상화가 걸려 있고 고성능 확성기에서 김일성 장군의 노래가 흘러나오고 있었다. 트랩에서 내리니 어떤 사람이 다가와서 "카메라 이리 주십시오. 사진 찍어 드리겠습니다"라고 말했다. 카메라를 주었더니 계속해서 잘 찍어 주었다. 몇 걸음 걸어가니 색동옷 입고 머리에 인조 꽃을 단 평양 어린이가 다가와 꽃다발을 안겨 주었다.

공항에는 꿈에도 잊지 못했던 누님 기옥과 하나밖에 없는 남동생 기림이가 와 있었다. 32년이란 긴 세월이 흘렀지만 한눈에 알아볼 수 있었다. 우리는 서로 껴안고 울음을 터트렸다.

"기림아!", "형님!", "누님!", "기선아! 내 동생 기선아!"

눈물이 범벅되어 말도 못하고 울기만 했다. 한참 울고 나서야 어머니 안부를 물었다.

"어머니는?"

그러나 누님은 대답을 못하고 울기만 했다. 동생 기림이가 그제 야 말했다.

"형님 죄송합니다. 어머니는 3년 전에 돌아가셨습니다. 돌아가셨 다고 하면 형님 오시는 데 지장이 있을까 봐 말씀 못 드렸습니다."

내 눈에서 눈물이 다시 쏟아져 나왔다.

"결국 어머니를 못 뵙는구나."

큰 기대를 하고 멀리 여기까지 왔건만 그렇게도 보고 싶었던 어머 니를 영영 볼 수 없게 된 것이다. 누구를 탓할 수도 없었다. 내가 조 금만 더 서둘렀더라면 어머니가 살아 계실 때 올 수 있었을 것이다.

나에게는 자상했던 어머니에 대한 기억이 별로 없다. 아버지도 내 게 간섭이나 잔소리하는 것을 들어 본 기억이 별로 없다. 아마도 무관 심하거나 사랑하지 않았기 때문은 아니었을 것이다. "냅둬도 제가 알 아서 잘하겠지!" 하는 믿음 때문이었을 것이다. 7남매 중 셋째에게까 지 일일이 마음 쓸 시간도 없었을 것이다.

어렸을 때 어머니가 부지깽이를 들고 "이눔의 자식!" 하고 쫓아와 도 그 부지깽이가 내 옷자락을 스쳐 본 적이 한 번도 없다. 나는 이 미 저만큼 달아나고 난 뒤였던 것이다. 그 순간만 모면하면 아무 일 도 없었다. 며칠씩 가출해도 헐레벌떡 찾아 헤매는 일이 없었다. "또 어디 가서 자빠져 뒹굴겠지!" 하고 만다. 속으로는 걱정하셨겠지만 겉으로 표현하지 않으셨다. 돌아와도 "어디 갔었느냐, 무얼 했느냐?"

고 묻지도 않았다.

밥때가 되어도 "야! 밥 먹어라!" 하고 한번 소리 지르면 그만이었다. 들어오건 말건 애들이 허겁지겁 다 먹으면 상을 치웠다. "이것 먹어라", "더 먹어라" 하는 법도 없었다. 식사 시간에 늦은 놈은 나중에 부엌에 가서 혼자 찾아 먹으면 그만이었다. 요새 엄마들은 숟가락 들고 쫓아다니면서 "이거 먹으면 공룡 장난감 사줄게" 하고 어르지만, 우리 때의 엄마들은 그러지 않았다. 이탈리아 엄마는 "너 밥 안 먹으면 죽여 버릴 것이다"라고 말하고, 유대인 엄마는 "너 밥 안 먹으면 내가 자살해 버릴 것이다"라고 한다는데, 우리 엄마들은 죽이지도 않고 죽지도 않는다. "너 밥 안 먹으면 네 배 고프지" 하고 만다.

자상하고 잔정을 표시하지는 않았지만 어머니는 나를 무척 사랑하시고, 또 형제들 중 제일 믿음직하게 생각했다. 밤에 어머니가 혼자 늦게까지 일하시다 무서우면 병약한 형을 깨우지 않고 나를 깨웠다.

"야, 밖에 나가 봐라. 무슨 소리가 난 것 같은데!"

그러면 나는 겁도 없이 자다가도 벌떡 일어나 밖에 나가 보고 들어왔다. 그러고는 "별거 아닌데" 하고는 또 곯아떨어졌다.

아침에 일어나면 모두 자기 할 일 하느라 바빴다. 자식이 일곱이나 되니 엄마는 할 일이 많아 누구 하나만 챙겨 줄 수도 없었다. 또 우리 세대 사람들이 자랄 때에는 장난감을 사는 일이 없었다. 내 기억에 장난감 가게를 본 적도 없다. 각기 자기 집에 있는 물건으로 놀잇감을 만들어 놀았다. 썰매도 만들어 타고 팽이와 제기도 모두 만들었다. 칼도 만들고, 쓰다 버린 못을 펴서 꼬챙이도 만들었다. 손재주 있는 놈은 예쁘고 맵시 있게 만들고, 손재주 없는 놈은 두루뭉술하게 만들었다. 가끔 아버지도 손을 보탰지만 차이는 별로 없었다.

자치기 하는 막대도 모두 나무를 직접 잘라서 만들었다. 그러다 보니 어머니가 쓰시는 것에 손을 대서 혼이 나기도 했다. 목마를 만든다고 빨랫줄을 받치는 장대를 잘라 만들었다가 혼난 적도 있다. 또 연을 만드는 데 필요한 참대 조각이 없자 엄마가 바느질할 때 쓰는 길다란 자 막대기를 쪼개 연을 만들고 재봉틀 실을 풀어서 연줄을 만들어 신나게 놀다가 엄마한테 크게 혼난 적도 있다. 그때는 엄마가 몹시 화가 나서 집에 들어가지도 못했다. 아버지 직장에 가서 어정거리며 잘 보이다가 퇴근하실 때 아버지 뒤에 어슬렁어슬렁 따라와 겨우 집에 들어갈 수 있었다. 그때까지도 어머니는 화가 안 풀려 자르다 남은 자 막대기로 몇 대 호되게 때렸다.

이처럼 나는 사고뭉치였지만, 그렇다고 일만 저질렀던 것은 아니다. 산에 가서 머루와 다래, 산밤들을 한 짐 지고 들어가기도 하고, 해주만 결성 갯벌에 널려 있는 바지락을 한 바구니 가득 캐서 갖다 드리기도 했다. 그럴 때면 어머니는 참 좋아하셨다. 며칠 반찬거리가 해결되었던 것이다.

그때는 배낭이 없을 때라 학교 갈 때 가지고 가는 나의 신주머니는 유난히 컸다. 무거우면 끈으로 묶어 배낭을 만들어 지고 왔다. 북한에 가보니 예전에 내가 하던 대로 쌀자루를 끈으로 묶어 멜빵을 만들어 지고 다니는 것을 볼 수 있었다.

방학이 되면 집을 떠나 혼자 기차 타고 친척집 순례를 했다. 수건

한 장 없이 맨몸으로 떠났다. 개울물에 세수하고 남의 집 빨랫줄에 널어 놓은 아기 기저귀로 쓱 닦으면 그만이었다. 그렇게 돌아다니다 보니 몹시 고단했던지 당숙집에 가서 자다가 이불에 오줌을 싸서 새벽에 도망쳐 나온 적도 있다.

아버지도 어머니도 큰아들에 대한 기대는 대단했던 것으로 기억한다. 국민학교 다닐 때부터 중학교 가서 사용할 물건들을 준비해 모두 고리짝에 싸놓았다. 형은 나와 달리 밖에 나가 놀지도 않고 집에서 책만 읽었다. 그런 형이 한여름에 일본 뇌염으로 생각되는 병으로 며칠 앓다 그만 죽고 말았다.

그렇게 갑자기 형이 죽고 나자, 나에 대한 기대는 더 커지고 더 미더워했던 것 같다. 나는 학교에 숙제를 해가지 않아 벌도 많이 섰지만 성적은 늘 상위권이었다. 전쟁이 일어나 아버지가 보국대에 동원되고 어머니는 양식을 구하기 위해 동분서주하시면서 누나와 네 동생을 보살피는 역할은 내 몫이 되었다.

그렇게 많은 형제들과 뒤엉켜 살던 내가 혼자 떨어져 살게 되니 남들보다 더 보고 싶고 외로움도 더했다. 어머니의 속 깊은 모정은 피부보다 마음속으로 더 느꼈다. 객지를 떠돌아다니며 그리워하던 어머니를 32년 만에 찾아갔건만, 어머니는 집 떠난 아들을 애타게 기다리시다가 어려운 삶을 이미 마감하신 뒤였다. 누님과 동생들에게 들은 어머니의 삶에서 나에 대한 큰 사랑을 느낄 수가 있었다. 어렸을 때 못 해준 것을 몹시 안타까워하셨던 듯했다. 하기사 일곱 형제 중 나만이 어머니 곁을 떠나 30여 년을 넓은 세상을 헤매고 다녔으니 내가 어머니를 보고 싶었듯이 어머니도 나를 애타게 기다렸을 것이다.

내가 열다섯 살에 집을 떠나올 때 어머니의 나이는 42세밖에 안 되었다. 내 딸의 나이가 42세이니 아직 젊으셨던 때다. 그래서인지 혼자 외로울 때면 떠올리곤 하던 어머니의 모습 역시 42세의 젊은 엄마 얼굴이었다. 어머니가 살아 계시다고 하여 위험을 무릅쓰고 북한에 갔으나 어머니는 이미 돌아가시고 안 계셨다. 그때 어머니의 나이는 70세였다.

북한 방문 때 가져온 사진이 하나 있다. 돌아가시기 얼마 전에 찍은 어머니의 사진이다. 아마 영정 사진일 것이다. 이 사진 한 장으로 인해 내 기억에 남아 있는 젊고 예뻤던 어머니의 잔영을 모두 지워 버리고 말았다. 전쟁을 겪으며 홀로 다섯 남매를 키우면서 험한 세상을 살아오느라 늙고 이까지 다 빠진 호물때기(오무래미의 방언으로, 이가 다 빠져 합죽해진 입으로 늘 오물거리는 할멈)의 모습이었다. 차라리 이 사진이 없었더라면 나의 기억 속 어머니는 항상 젊고 예쁜 모습이었을 것이다.

이후로 나는 장례식에 가서 관을 열고 고인의 마지막 모습을 보여주는 행사는 절대로 참석하지 않고 그냥 온다.

평양에서 해주로

영접 온 사람들의 재촉으로 평양 비행장의 귀빈실로 갔다. 초청자인 조국통일민주주의전선 중앙위원회의 간단한 환영 리셉션이 있었다. 고 몽양 여운형 선생의 셋째 딸 여원구(1928년 생) 씨와 국장급 인사가 책임자로 나왔다. 노동신문사와 인터뷰를 하게 되어 있다는데 신문에 나는 것이 겁도 나고 널리 알려지는 것이 싫어 극구 사양했다. 답사를 하라고 하여 일어서서 30여 년 만에 조국의 품안에 돌아왔고 이렇게 환영을 해주어서 감사하다고 간단히 인사하고 앉았다. 아직 눈물이 마르지 않아 길게 이야기할 수도 없었다.

김승호라는 분이 내가 체류하는 동안 안내하기로 되었다고 자기를 소개하며 모든 편의를 봐주었다. 김일성대학을 나온 엘리트로, 첫인상이 마음씨 좋은 동네 형님 같았다.

숙소는 1972년 남한의 이후락 중앙정보부장이 박정희 대통령의 명으로 비밀리에 방북하여 김일성 주석과 만나 회담을 하고 7·4 남북공동성명을 발표했다는 보통강호텔로 정해져 있었다. 누님과 나, 기림이가 뒷좌석에, 안내를 맡은 김승호 씨가 앞에 앉았다. 한 손으로는 누님 손을, 다른 한 손으로는 기림의 손을 꼭 잡았다.

누님과 기림이는 운전기사와 안내원의 눈치를 살피는 듯 쭈뼛쭈뼛하며 별로 반가운 말도 못하고 눈빛과 마주잡은 손의 체온으로만 반가움을 대신했다. 내 짐은 벌써 호텔에 도착해 있었다. 방은 넓고 응접실과 작은 사무실까지 있었지만 어쩐지 썰렁한 것이 아늑하다는 느낌이 들지 않았다.

우선 짐 속에서 어머니에게 드리려고 가져간 음식과 과일을 꺼냈다. 바나나는 너무 익어서 더 이상 놓아둘 수 없어 호텔 아주머니들까지 불러 나눠 먹었다. 이 사람들로서는 생전 처음 먹어 보는 것이었다. 이들은 "야, 이게 바나나구나. 맛이 좋구나" 하며 좋아했다.

그날 저녁 누님과 동생은 해주로 내려가야 한다며 가고, 나는 내일부터 영접국에서 하는 행사에 같이 다녀야 한다고 했다. 실로 오랜만에 만난 형제들인데도 가족 안부도 제대로 물어 보지도 못하고 짧게 만났다 헤어지게 되니 굉장히 섭섭했다. 하지만 해주로 내려가서 나를 환영할 준비를 해야 한다고 했다.

호텔 식당에는 나의 식사 시간과 행사 스케줄이 미리 짜여 있었다. 아침 7시에 지정된 테이블에 식사가 준비되어 있었다. 정갈한 한식 요리였다. 저녁에는 교양 시간이라며 호텔에 마련된 극장에서 선전용

영화를 보았다. 주로 김일성 주석이 현지지도를 하는 기록영화였다.

저녁식사가 끝나면 산책할 수 있는 시간이 있었으나 안내원과 같이 가야 했다. 아침에도 또 다른 교양 시간과 행사가 짜여 있었다. 시차 때문에 새벽 5시가 채 안 되어 잠이 깬 나는 안내원이 일어나기 전에 슬그머니 호텔 밖으로 나가 보통강가에 있는 산책로를 걸었다.

보통강호텔은 평양 주민들이 사는 인가에서 한참 떨어져 있었다. 강가에는 은퇴한 것으로 보이는 노인들이 낚시질을 하고 있었다. 이들 곁에 가서 앉으며 인사를 건넸다.

"안녕하세요! 저는 미국에서 온 동포인데, 이번에 수령님의 특별한 배려로 조국 방문을 하게 되었습니다."

그러자 이들은 거의 겁먹은 표정으로 "네, 네"만 하다가 주섬주섬 낚시도구를 챙겨 그 자리를 피했다. 호텔로 돌아오자 안내원으로부터 주의를 받았다. 안내원이 약간 겁먹은 표정으로 말했다.

"혼자 나가시면 안 됩니다. 저를 깨워서 같이 나가십시다."

"아니 고단하실 텐데 편히 주무십시오. 조국에 와서 우리 동포들을 보니 내 형제들을 만난 것 같이 너무 반가워서 누구와도 말을 나누고 싶어 그럽니다."

사실 나는 노인들을 만나니 너무 반가워서 무슨 이야기라도 듣고 싶었던 것이다.

"선생님, 우리는 그동안 미 제국주의자들의 침략을 받아 고생하고 나라가 분단되었으므로 미국에서 오신 선생님에게 혹시 해코지라도 할까 봐 신변안전을 위하여 그러는 것이니 저와 같이 나가십시다."

그러면서 개인 행동을 극도로 제한했다.

그날의 첫 스케줄은 김일성 생가 방문이었다. 김일성 생가는 대동강 하구에 있는 만경대에 있었다.

김일성 생가는 옛날의 우리 농촌 집을 생활박물관같이 만들어 놓은 초가집으로, 많은 사람들이 줄을 서서 들어갔다. 앞마당에는 곳간이 있고 옛 농기구들이 진열되어 있었다. 장독대에는 크고 작은 장독과 찌그러진 독들을 늘어놓았다. 아랫방과 윗방이 있었는데, 부엌과 방은 툇돌로 올라가고 부엌에서 방으로 가는 쪽문이 있었다. 벽에는 옛날 누구네 집에나 있었던 사진들이 걸려 있었다. 그리고 방바닥에는 갈보전(삿자리)이 깔려 있었다. 전형적인 옛날 농촌 가옥이었다.

안내원은 녹음기가 돌아가는 듯 똑같은 목소리와 억양으로 "김일성 수령님께서는 가난하여 찌그러진 옹기독을 사다 장을 담그셨고……" 하며 앞서 지나간 사람들에게 했던 그대로 한 자도 안 틀리고 줄줄 읊었다. 30년 후에 갔을 때도 마찬가지였다.

만경대에는 혁명유가족학원도 있었다. 열두 살부터 어린이들을 기숙사에서 생활하게 하고 중학교, 고등학교, 대학교를 거쳐 군관이 될 때까지 혁명 학습을 철저하게 시키는 곳이다.

처음에는 혁명 유가족이라 하여 독립운동에 희생된 자녀들을 수용하여 철저한 사상교육과 군사훈련을 시켰고, 전쟁 후에는 희생된 군관의 자제들을 수용하여 교육시킨 일종의 유년군사학교였다. 1년에 약 3천 명이 배출되어 60년간 배출된 혁명적위대원들이 20여만 명이나 된다고 한다. 이들은 김일성과 김정일의 심복 전사들로, 어떤 경우라도 그들을 위해 목숨을 바칠 수 있는 충성스러운 전사들로 훈련된다.

이들이 있는 한 북한은 붕괴되지 않을 것이다. 초등학교 5학년 정도의 왜소한 학생들이 군복을 입고 선배 상급생의 철저한 관리감독 아래 사관생도와 같은 훈련을 받고 있었다. 방학이나 휴가도 없이 규율이 엄격한 생활을 한다. 집에는 언제 가느냐고 물었더니 아예 집이 없다고 한다.

다음에는 평양 주탁아소를 견학했다. 주탁아소는 부부 직장인들을 위해 월요일 아침부터 토요일 저녁까지 아이들을 돌봐주는 곳이다. 토요일과 일요일에 집에서 자고 다시 월요일 아침에 돌아온다. 3세에서 인민학교에 들어가기 전까지 돌봐준다.

만경대학원 학생들. 인민학교 5학년부터 대학 과정까지 있는 군관학교이다.

우리가 간 곳은 평양에서 가장 시설이 좋은 탁아소였다. 국비로 운영되고 외부에서 손님이 오면 '우리는 어린이들을 이렇게 보호한다'는 자랑거리로 반드시 견학시키는 곳이다. 세 살 난, 이제 겨우 말을 배운 아기들이 김일성 생가 모형을 놓고 "우리의 어버이 수령님께서 가난한 농부의 아들로 태어나 나라를 구하기 위해 지주들을 타도하고 조국 해방 혁명……", "우리의 철천지원수인 미 제국주의자들과 싸우시고 조국전쟁을 승리로……" 하고 막히지도 않고 술술 읊어 대고 있었다. 이들은 자랑과 선전용으로 구경시키지만 서방 세계에서 온 사람들에게는 소름이 끼치도록 무서운 교육이었다.

이렇게 아이들이 자라는 모습을 보자, 불쌍해서 마음이 착잡해졌다. 이 아이들이 자라면 어떻게 될 것인가? 부모의 정도 모르고 탁아소 밥을 먹으며 훈련된 보모들로부터 획일적인 사회주의 교육을 받은 아이들의 정서는 어떻게 될 것인가? 과연 자기 부모와 형제에 대한 애정과 사랑과 도덕적 의무를 가지게 될까? 이렇게 자란 애들이 이미 20대, 30대, 40대, 50대가 되어 있을 테니 이들이 지금 무슨 생각을 하고 어떤 인간성을 가진 사람이 되어 있을까? 당과 수령과 지도자를 위하여 어떤 일을 하며 한 인간으로서, 한 가족의 구성원으로서 어떤 생활을 하고 있을까?

안내원은 평양의 지하철은 자신들의 손으로 만들었다고 자랑했다. 방문객들은 지하철을 타는 대성동까지 차로 가서 거기서 지하 전차를 타고 평양역까지 오게 되어 있었다. 내가 한국을 떠나올 때는 지하철 1호선이 공사 중이었기 때문에 그때까지 서울의 지하철을 타보지 못

평양의 지하철역. 아래는 지하철 내부. 일반석과 외국인석이 다르다. 앞 반 칸이 외국인석.

했는데, 평양의 지하철은 뉴욕보다도 깨끗하고 잘 되어 있었다. 에스컬레이터로 지하 수십 미터를 내려가서 지하철을 탔다. 반 칸은 우리 일행을 위해 비워 놓았고 나머지 반 칸에는 평양 시민들이 타고 있었다.

나는 안내원이 미처 제지할 틈도 없이 일반 승객이 있는 데로 가서 옆의 빈자리에 가 앉았다.

"저는 미국에서 온 동포인데요, 이 지하 전차 시설은 정말 잘 돼 있습니다."

"아! 네, 그렇습니다. 우리 공화국의 자랑이디요."

그때 당황한 김승호 씨가 달려와서 말했다.

"선생님, 저기 우리 자리로 가시자구요."

나는 할 수 없이 반대쪽 자리로 돌아가야 했다. 지하철역마다 대리석과 모자이크 타일로 장식한 김일성 장군의 업적 그림이 그려져 있었다. 크고 웅장하긴 했으나 어딘지 조잡하다는 느낌이 들었다.

다음은 혁명박물관으로 이동했다. 김일성 동상이 높이 솟아 있고 박물관 안에는 일제강점기에 만주에서 벌어졌던 항일 빨치산 전투 모형 등이 전시되어 있었다. 해방된 지 40여 년이 지났는데도 조작된 항일 빨치산 전투를 계속 우려먹고 있었다. 박물관은 애써서 사실화하려고 노력했지만 인위적으로 조작된 것들을 느낄 수가 있었다.

다음에는 평양 역사박물관으로 갔다. 이곳에는 고구려의 유물들을 전시해 놓았다. 신라·백제의 유물들은 거의 찾아볼 수 없었다. 고구려인의 생활과 전투 모습을 납 인형으로 만들어 놓았고, 농기구와 병기,

마차 등을 실제처럼 제작해서 전시해 놓았다. 안악 고구려 벽화, 고인돌 등도 전시되어 있었다. 고인돌은 나의 외가가 있는 황해도 안악에서 왔다고 했다. 내가 어렸을 때만 해도 이러한 고인돌은 여기저기 널려 있었다. 그곳은 우리들의 놀이터였다. 학교 갔다 오다 비를 만나면 비를 피하기도 하던 곳이어서 옛날 생각이 났다.

나는 김일성 주석이 이루어 놓은 업적을 보는 것보다 하루빨리 해주로 내려가 형제들을 만나고 싶었지만 아직 갈 곳이 더 있는 듯했다. 4일이 지나서야 아침에 김승호 씨가 "오늘은 고향에 내려가시게 되어 있습니다"라며 반가운 소식을 전했다.

김승호 씨는 앞좌석에 타고 나는 뒷좌석에 앉았다. 차가 처음으로 평양을 빠져나와 검문소를 통과할 때였다. 군인이 차를 세우기 위해 도로 가운데로 나와 경찰봉을 들자, 김승호 씨가 손을 가로저으며 운전기사에게 "그냥 갑시다" 하니 검문소에서 정지하지도 않고 그냥 통과했다.

해주로 가는 길에 낯설지 않은 도시들을 지나가게 되었다. 평안남도 중화는 예전에 친척이 살았던 곳이라 낯이 익었다. 다음은 사과로 유명한 황주였다. 작은아버지께서 사시던 곳이다. 때는 5월이라 농민들이 농토로 걸어가고 있었다. 여행하는 듯한 사람들이 포대 자루 끝을 끈으로 묶고 아래 양쪽을 묶어 손수 배낭을 만들어 지고 걸어가는 모습도 볼 수 있었다. 평양 사람들과 달리 옷은 남루해 보이고 기운 없이 터벅터벅 걸어갔다. 우리 차가 지나가자, 길 한편으로 비켜서며 부러운 듯 바라보았다. 군복을 입은 군인들도 가끔 만났는데, 이들은 예외 없이 차가 지나갈 때 부동자세로 거수경례를 했다.

"우리가 군인도 아닌데 왜 경례를 하지요?"

물었더니

"차를 타고 다니는 사람은 모두 높은 간부들이니까 경례를 하는 겁니다."

라고 대답했다.

사리원은 황해도(지금은 황해북도)의 교통중심지이고 도청 소재지이다. 옛날에는 경의선과 재령, 신천, 장연으로 가는 기차와 해주와 옹진으로 가는 협궤 열차가 만나던 곳이다. 협궤 철도는 해주, 옹진으로 가는 노선과 재령, 신천, 장연으로 가는 노선이 삼강에서 갈라졌다. 옛날에 내가 애용하던 철길이다. 그러나 요즘은 협궤는 없어지고 광궤로 대체되었다고 한다. 황해남도 재령에도 외화 상점 휴게소가 있어 잠시 쉬어 갔다. 음료수와 과일, 과자 등이 있는데 한아름 가지고 나와서 먹으란다. 별로 당기지 않아 음료수만 조금 마시고 나머지는 전부 트렁크에 넣어 가지고 갔다. 계산은 안내원이 작은 전표 하나에 사인(수표)해 주는 것으로 끝이었다. 나의 여행 경비는 모두 국가가 부담한다고 했다.

재령에서 해주로 가는 길에는 장수산長壽山이 있었다. 장수산에는 12계곡이 있어 '황해금강'이라고 할 정도로 경치가 수려했다. 입구에는 '다람절'이라는 암자가 있는데, 절벽 위에 매달려 있듯이 걸려 있었다. 해주2중학교 3학년 때 수학여행으로 와본 적이 있었다. 옛날이 절에는 바위틈에서 쌀이 한 줄로 솔솔 나오는데 암자에 사는 중이

꼭 하루 먹을 분량만 나왔다는 전설이 전해져 온다. 혹시라도 객승이 오면 그만큼 쌀이 더 나왔다고 한다.

그런데 어떤 욕심 많은 중이 하루치 식량이 나오는 게 영 성에 차지 않아 구멍을 크게 뚫었더니 쌀 대신 물이 나왔다고 한다. 지금도 이 바위 사이에서는 샘물이 똑똑 떨어지고 있었다. 이 절에 있는 변소는 얼마나 높은지 가을에 대변을 보면 땅에 떨어지는 데 석 달 열흘이나 걸린다고 할 정도다. 하긴 겨울에 본 대변은 얼어붙어 있다가 봄에 녹아야 떨어지니 석 달이 걸릴 수도 있겠다.

해주 북쪽과 동쪽으로는 수양산 해주산성이 있었다. 수양산 남쪽과 서쪽은 완만한 언덕이라 평지 같으나 끝에 가서 갑자기 바위가 굽어지며 절벽이 나타났다. 임진왜란 때 왜적에 쫓기는 척하고 작전상 슬금슬금 후퇴하다 이 절벽을 돌아가서 갑자기 공격하여 많은 왜적을 무찌른 전쟁 유적지이기도 하다. 이 절벽은 하나의 거대한 바위로 되어 있는데, 여기에 김일성을 찬양하는 시와 생가를 돌에 새겨 놓았다. 글자 하나의 크기가 사람 키만 하다. 그 밑에 있는 연꽃은 손재주 좋은 의사들이 조각하여 만들었다고 설명했다. 안내원은 이 모든 작품들이 인민의 손으로 만든 것이라며 자랑했다.

"아! 참 거대하고 훌륭한 작품을 만들었군요. 이집트의 스핑크스나 피라미드가 무색하겠소."

"그럼요. 우리 인민들의 수령님을 위한 훌륭한 작품이지요."

"그런데 이집트의 피라미드는 누가 만들었지요?"

"그야 물론 노예들이 만들었갔지요."

"이집트의 노예들은 고생이 참 많았겠군요."

"그러믄요, 파라오 왕을 위해 많은 고생을 했디요."

"우리 인민들도 이런 훌륭한 작품을 만들기 위해서 이집트의 노예들만큼이나 고생이 많았겠습니다."

"???"

안내원은 더 이상 자랑하지 않고 서둘러 산성을 내려갔다. 학현고개를 넘으니 동해주가 나왔다. 해주 입구에는 작은 공원을 만들어 놓았는데, 탑이 세워져 있었다. 그곳에 나를 환영하기 위해 해주시 인민위원장(시장), 황해남도 도당 책임비서 등이 나와 있었다. 황해남도 인민위원장(도지사급)은 남포 관문공사에 출장 중이어서 못 나왔다고 사과했다. 전혀 기대하지 않았던 융숭한 환영에 내가 오히려 황송했다. 내가 조국전쟁 후 서방세계에서 온 첫 해주 방문자라고 했다.

평양 순안비행장에서 꽃다발을 준 소녀와 함께.
누님·동생과 32년 만에 재회한 감격의 순간.

김일성 생가는 평양 방문시 반드시 가야 하는 필수 코스다.
평양에 있는 주탁아소. 이때부터 사상교육이 시작된다.

내 고향 해주에 있는 수양산 해주산성. 거대한 바위에 김일성 생가와 찬양시가 새겨져 있다.
산성 절벽에 새겨진 김일성 생가 그림과 찬사. 가운데가 필자다.

우리 6남매. 왼쪽부터 기옥 누님, 필자, 그리고 동생인 기란, 정림, 기림, 기명.
어머니 산소 앞에서. 필자가 방문하기 전에 비석을 새로 만들었다고 한다.

왼쪽부터 양산인민학교 동창생, 해주시 인민위원장, 도당 책임비서, 막내동생, 필자.
사촌형제인 기주와 기형(오른쪽). 러시아에서 돌아온 기형 형은 내가 제일 따르던 형님이었다.

누님 집 앞에서. 우리 친남매들은 새벽 4시까지 이야기하느라 잠을 거의 못 잤다.
묘향산에 있는 사찰, 깨끗이 정리된 사찰에 스님은 없었다.

금강산에서 만물상을 바라보며.

김일성 생가를 다시 방문했을 때. 가방 안에 있는 비디오카메라가 영상을 찍고 있다.
두 번째 고향을 방문했을 때.

남동생 집 안방에서 막내동생과 함께.

중국 지안시 기독교회 앞에서 의료 봉사팀과 함께.
중국 현지 교회에서 환자들을 진료하는 모습.

중국인 가정까지 찾아가 진료를 하는 모습.
중국 단둥 복지병원 앞에서 젊은 봉사자들과 함께.

북한에 진료 봉사하러 갔을 때 현지에서 동생들을 만나다
고난의 행군 막바지에 서북미의료국제선교회 팀과 함께 북한에 갔을 때.

인민병원의 수술실. 말이 수술실이지 안에는 아무것도 없었다.
동생(왼쪽에서 세 번째)이 근무하는 신천인민병원 앞에서.

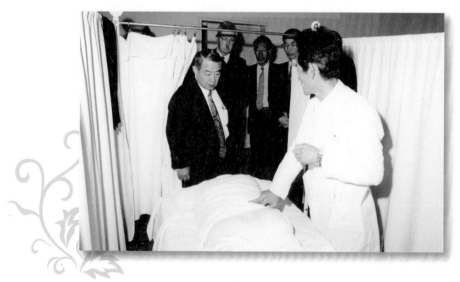

평양 김만유병원(위)과 동의병원(아래)을 둘러보고 있다.

신천인민병원. 가져간 약품들에 대해 설명하고 있다.
김만유병원에 있는 유일한 고물 심전도.

미국에 와서 근무한 우드랜드 파크 병원.

우리 6남매

평양에 마중 나왔던 기옥(基玉, 1933년생) 누나와 기림(1943년생)이 말고도 막내 기명(基明, 1947년생), 정림(貞琳, 1941년생), 바로 아랫동생 기란(基蘭, 1938년생) 등, 동생들 내외와 사촌인 기주(基周, 1936년생), 기형(基亨, 1929년생), 기옥(基鈺, 1941년생)까지 수십 명의 가족이 모여 있었다. 오랜만에 만난 것이라 서로 얼싸안고 우는 바람에 눈물바다가 되어 버렸다.

"오빠!"

"정림아! 기란아! 죽지 않고 있으니 이렇게 만나는 날이 있구나."

부둥켜안고 엉엉 우는 것 말고는 아무 말도 할 수가 없었다.

1950년 12월 열다섯 살의 소년이었던 내가 어머니와 형제들과 헤어진 후 32년 만의 만남이었다. 집을 나올 때의 광경이 눈에 선하게 되살아났다. 세 살짜리 아기였던 막내는 이제 서른다섯 살의 3남매 엄마가 되었고, 열여덟 살 꽃다운 나이의 의대생이었던 누님은 할머니가 되어 있었다.

동생 기림이가 사는 집은 약 12평 되는 허름한 3층 연립 아파트였다. 연탄을 때서인지 석탄 가루가 날리는 1950년대 해방촌 산동네 같은 인상을 주었다. 방안에 들어가니 기림이가 안절부절못하며 안내원의 눈치를 보더니 미처 앉기도 전에

"형님, 우리는 이제 수령님께 인사하러 가야 합니다."
라고 말했다.

"수령님께 인사?"

"네, 형님이 이렇게 조국을 방문하게 되었으니 해주 광장에 가서 수령님께 인사를 해야 합니다."

"아! 광장에 계신 수령님 동상 말이구나."

북한에서는 도시마다 광장을 만들어 놓고 그곳에 김일성 동상을 세워 놓았다.

"네, 인사하려면 꽃바구니를 준비해야 하는데 얼마짜리로 할까요?"

"얼마를 해야 하는데?"

"300달러, 400달러, 500달러짜리가 있습니다."

옆에 있던 조카 해룡이가 말했다.

"삼촌, 300달러라고 하십시오."

"그래, 그렇게 하자."

지갑에서 300달러를 꺼내 주었다. 아내한테도 10달러짜리 장미꽃 한번 사주지 않았던 위인인데 300달러짜리 꽃바구니라니 어처구니

가 없었다. 꽃바구니는 미리 준비되어 있었다. 돈 내는 과정만 남아 있었던 것이다.

우리 일행은 황해남도 도당 책임비서(황해남도에서는 가장 높은 관리다)와 나를 선두로 하여 가두 퍼레이드 하듯 해주 시내 한복판을 가로질러 광장으로 갔다. 그리고 거기에 서 있는 김일성 동상 앞으로 가서 한 줄로 도열했다. 내가 만세 삼창을 선창하게 되어 있다고 했다.

"어떻게 하면 되니?" 하고 동생에게 물으니 "우리의 수령 김일성…… 만세, 만세, 만세" 하란다.

나에게는 아주 생소한 언어였다. 동생 기림에게

"앞부분은 네가 먼저 선창을 해라. 그러면 만세, 만세, 만세는 내가 할게."

하니 동생 기림이가 선창하고 "우리의 수령이신……" 그 다음을 이어서 내가 "만세! 만세! 만세!" 삼창을 했다. 다음에는 해주시 인민위원장의 환영사가 있었다.

동생 기림의 집에는 도당 책임비서, 해주시 인민위원회 위원장, 기림이 나가는 회사의 사장, 당 지도원 동지 등이 왔고, 나의 안악 양산 인민학교 동창이라는 이름도 기억 못하는 친구도 와 있었다(실제로 나는 양산인민학교 5학년을 다니다 도중에 안악3중으로 진학했다). 나를 환영하는 큰 잔치가 벌어졌다. 동네 사람들은 감히 들어오지 못하고 자기 집에서 문틈으로 보는 것 같았다. 이 자리에서 동생은 천신만고 끝에 내가 미국에서 가져온 무거운 전기 공구들을 모두 들고 나와 회사에 기증해 버렸다.

"우리 형님이 미국에서 여기까지 가져오신 이 공구들을 전부 우리 공장에 기증합니다."

나는 약간 황당하고 어처구니가 없었지만 그냥 바라볼 수밖에 없었다. 공장 책임비서의 간단한 인사말이 끝나자, 공장 당세포위원장이라는 여자가 일어나서 말했다.

"황기림 동무는 우리 공장에서 우수한 조직원으로 모든 책임을 열심히 완수하는 모범 일꾼입니다."

그동안 나의 가족은 월남한 반동 가족이라는 이유로 최하류 계급으로 분류되어 교육과 승진 기회도 주어지지 않고 뒷전에서 겨우 생존만 하는 계급으로 살고 있었다. 그나마 동생은 열심히 착하게 살아 남들이 하는 출세는 못 했지만 모두 부러워하는 트럭 운전수로 일하고 있었다. 이동의 자유가 없는 북한 사회에서 트럭을 몰고 여기저기 다닐 수 있는 직업은 아주 좋은 직업이었다. 오늘처럼 황해남도 최고 간부인 도당 책임비서와 한자리에 앉아 식사할 수 있는 기회는 물론 없었다. 그때 동생이 말했다.

"형님은 미국에서 조국을 위해 일하고 계신데 저도 이제 당원이 되어 조국을 위해 봉사할 수 있도록 책임비서 동지에게 부탁 좀 드려 주십시오."

그러자 기림이의 직장 당세포위원장이 바로 말을 받았다.

"기림 동무는 매우 열심이고 모범적인 일꾼으로 당연히 당원이 될 수 있습니다. 이 자리에서 기림 동무를 당원으로 추천합니다."

기림이와 세포위원장 사이에 미리 이야기가 되어 있었던 모양이었다. 그러자 황해남도 도당 책임비서가 말했다.

"그러면 좋습니다. 세포위원장은 서류를 작성하여 당에 상신하시오."

이렇게 해서 일사천리로 기림이가 당원이 되는 작전이 성공했다. 고급 당원들과의 환영 파티는 우리 가족에게는 아주 좋은 기회였던 셈이다. 동생에게

"너 쓰라고 어렵게 가져온 공구들을 왜 그렇게 다 주어 버리냐?" 고 했더니

"어렵게 가지고 오신 것은 알지만 이왕 가져오신 것 공장에서 모두 같이 쓰면 좋지요. 여기서는 개인적으로 가지고 있을 필요가 없습니다."

라고 말했다.

북한 사회에서는 사유물에 대한 욕심이 별로 없는 것 같았다. 이 모든 행사가 끝나고 나서야 어머니 산소에 갈 수가 있었다. 어머니 산소는 내가 지나왔던 학현고개 근처에 초라하지만 양지 바른 곳에 모셔져 있었다. 비석도 새로 만들어 놓았다. 원래는 없었는데 내가 온다고 당국에서 만들어 주었다고 한다. 비석에 새로 새긴 글의 먹물이 채 마르지 않았다.

"어머니! 생전에 그렇게도 기다리고 기다리던 아들이 32년 만에 이제는 불러도 대답 없는 어머니를 찾아 돌아왔습니다."

어머니 무덤 앞에 앉아 인사를 드리니 눈물이 펑펑 쏟아졌다. 미국에서 가져온 고기 통조림과 캔에 들어 있는 과일 등 미제 음식으로 격식에도 없는 제사상을 차렸다.

자식들 중에서도 나를 가장 아끼고 사랑해 주시던 어머니, 생전에

뵐 줄로 알고 여기까지 어려운 길을 찾아왔으나 나를 그렇게 기다리시던 어머니는 이미 이 세상 사람이 아니었다. 절을 올리고 나니 또다시 눈물이 한없이 흘러내렸다.

성묘를 하고 돌아와 네 개의 이민 보따리에 가득 싸간 물건들을 여덟 개로 비슷한 것들끼리 나누어 놓고 번호를 매겼다. 번호표를 만들어 사촌들을 포함하여 나이 순서대로 와서 한 개씩 뽑게 하면서 말했다.

"누가 더 많이 가져가거나 누가 더 좋은 것 가졌다고 불평하거나 시비하기 없기다. 이 물건들 때문에 형제지간에 다툼이나 시비가 생긴다면 다시는 아무것도 안 가져온다."

생전에 구경도 못했던 진귀한 물건들을 받은 형제들은 물론 아이들까지 모두 좋아했다.

일본 관동군으로 끌려갔다가 만주에서 해방을 맞이했으나 소련에 포로로 잡혀가 3년 동안 시베리아에서 강제노동을 하고 돌아온 사촌형 기형은 어렸을 때 나를 잘 데리고 놀았다. 그는 해주에서 우리와 같이 살면서 시베리아에서 겪은 일들을 재미있게 들려주어 내가 제일 따르던 형님이었다. 이제는 늙어서 과수 노동자로 일하고 있었다.

형제들에게는 소련제 19인치 흑백TV를 한 대에 400달러씩 주고 사주었다. 여기서는 100달러면 될 것이 외화 상점에서는 아주 비쌌다. 외화 상점에서는 외화벌이를 하느라고 뭐든지 사주라고 종용했다. 그러나 조카 해룡이는 "삼촌, 우리나라에서 딸라는 아주 귀한 것이니 이들이 하라는 대로 다 사지 마십시오"라고 귀띔을 해주었다.

외화 상점에 가기로 한 날, 조카와 짜고 배가 아프다고 꾀병을 부리며 병원에 가봐야겠다고 했다. 이 기회에 병원 시설을 좀 둘러보고 싶었던 것이다. 그러나 이들은 끝까지 병원 시설과 의료진을 보여주는 데 동의하지 않았고 병원에도 끝내 데려가지 않았다.

북한에는 두 가지 화폐가 있다. 하나는 그곳 사람들이 쓰는 보통 북한 돈인 인민폐이고, 다른 하나는 외화를 가지고 가면 은행에서 소위 공정 환율이라는 2 : 1로 바꿔 주는 '바꾼돈'이다. 일반 상점이나 국영 백화점에서 인민폐로 살 수 있는 물건은 거의 없다. 있더라도 구입권 전표와 같이 가져가야 살 수 있고, 그것도 몇 가지 안 되는 한정된 물품만을 살 수 있을 뿐이다.

그러나 외화 상점에 가면 거의 모든 물건이 무한정 있어 무엇이든 원하는 대로 살 수 있다. 바꾼돈의 가치는 같은 백 원이라도 암시장 가격의 달러로 환산되어 거래된다. 모든 물자가 귀한 북한 땅에서 소위 지배계급인 고급 당원들이 인민들과 같은 생활을 할 수 없으니 지역마다 외화 상점이라는 것을 만들어 바꾼돈이나 외화로만 살 수 있게 한 것이다. 외화 식당에서는 술, 고기, 각종 요리 등 어떤 음식이나 사먹을 수 있어 외국인이나 외화를 가진 고급 당원과 그의 아들딸들은 먹고 마시고 노래하고 춤추는 호화로운 생활을 하고 있다. 이곳은 늘 앉을 자리가 없을 정도로 북적댄다. 외화 식품점에서는 쌀, 고기, 밀가루, 각종 기름, 생선 등 슈퍼마켓에서와 같이 모든 식품을 살 수 있다. 외화 백화점에서는 최신형 캠코드, 카메라를 비롯해 각종 전기·전자 기구들을 살 수 있다.

따라서 고급 당원들은 생활하는 데 아무 불편이나 부족한 것이 없다. 지방에서도 평양같이 화려하지는 않지만 차등을 두어 지방 고급 당원이 구입할 수 있을 정도의 물건들이 구비된 외화 상점이 있다.

여기서 내가 느낀 당시 북한에서의 노동당원과 비당원의 인상은 어떤 것이었을까?

쉽게 이야기하면 당원과 비당원은 계급과도 같은 구분이 있었다. 당원이 조선시대의 양반같이 상류 계급이라면 비당원은 상놈 계급이라고 할 수 있지 않을까. 당원은 공무원이나 벼슬을 할 수 있는 계급이고 비당원은 벼슬을 할 수도 없고 교육을 받을 수도 없다. 당원 중에서도 고급 당원은 출세한 양반같이 보직을 가지고 있는 자들이고, 같은 당원이라도 보직이 없는 하급 당원은 돈 없는 양반처럼 큰소리는 치지만 별 볼일 없는 사람들이다. 모두 당원이 되기를 원하지만 빽이 없고 성분이 나쁘면 당원이 되기 힘들었다.

동생 기림은 월남 가족이라 도당 책임비서를 만날 기회도 없었고, 빽도 없고 성분도 나빠서 지금까지 당원이 될 수 없었다. 비당원 중에서도 최하위 신분은 지주 출신의 월남 가족이었다. 이는 조선시대의 백정에 해당한다. 다음이 소극적 비협조자들로, 이른바 소시민들이다. 물론 적극적인 비협조자들은 탄광이나 산간오지 마을, 또는 국경 쪽으로 이미 이주시킨 상태였다. 재미교포 가족들은 월남 가족으로 분류되어 있었으나 요즘에는 한 등급 올려 재일교포(조총련계) 가족과 같이 대우한다고 한다. 내가 남한에 있지 않고 미국에 있어서 신분이 한 단계 올라간 셈이다.

첫날 저녁에는 남동생 집에서 약 300m 거리의 바로 옆 동네에 사는 누님 집에서 잤다. 안내원은 모두 자기들 숙소로 돌아가고 누님 집에는 우리 친형제만이 남았다. 우리 형제들끼리만 있는데도 종이를 꺼내 놓고 필담으로 대화하자고 했다.

"여기 우리밖에 아무도 없지 않아. 왜 이래야 하는데?"

했더니 손을 내저으며 말도 못하게 했다.

오스트리아 빈에서 미국으로 전화를 했던 사람은 가짜 매형이었다. 나를 북한으로 불러들이기 위해 가짜 매형을 만들었던 것이다. 진짜 매형은 농촌 국영 농장에서 일하는 농군이었다.

"매형이 오지리(오스트리아) 비엔나에 가셨습니까?"

"오지리가 어디야?"

무역사절단으로 오스트리아에 출장 왔다는 매형에게 어머니가 관절염으로 고생하고 몸이 불편하다고 하여 보내 드렸던 약과 돈은 누가 받았는지 알 수도 없었다. 작년 내가 가짜 매형이라는 사람의 전화를 받았을 때는 이미 어머니가 세상을 떠나신 후라는 것이었다.

"돈을 얼마나 보냈는데? 그럼 도루 찾아야지."

누님은 그 돈이 아까워서 찾자고 했다. 그러나 그 돈은 벌써 어느 누가 받아 없어졌을 것이다.

"누님 잊어버리세요. 그 돈을 찾으려다 오히려 다쳐요."

사실 700달러는 북한에서는 아주 큰돈이다. 누님은 정말 아까웠던 모양이다. 그동안 누님은 월남 가족이라고 하여 무척 고생하며 살았던 것 같다.

"누님, 그동안 고생 많이 하셨지요?"

이제 겨우 잊고 조용히 지내고 있는데, 몇 달 전 당의 기관에서 누님과 동생들을 불러서는 "황기선이라는 사람이 누구요?" 묻더란다. '아이쿠! 또 뭐가 터지나' 하고 누님은 벌벌 떨었다고 한다.

"나쁜 일이 아니라 좋은 일입니다. 염려 마십시오."

"예, 예, 제 오빠입니다."

그러자 옆에 있던 막내동생이

"언니, 왜 오빠야, 동생이지. 언니가 제일 위지 않아."

했다고 한다.

"네, 네, 제 동생입니다."

예기치 않았던 나의 소식에 불길한 생각이 들어 어찌할 바를 몰랐다고 했다. 그나마 성격이 당돌한 막내 기명이가 할 말을 했다고 한다.

"황기선 씨가 미국에 살고 있는데 수령님의 배려로 조국에 돌아오게 되었으니 참 반가운 일입니다. 그러나 우리 지시를 잘 들어 두시오. 쓸데없는 말은 하지 말고 말조심하시오. 만일 쓸데없는 말을 하면 전부 녹음할 것이니 나중에 좋지 않은 일이 일어나지 않게 하시오."

그러고는 내가 자랄 때 있었던 일들을 작은 일들까지 세세히 이야기하라고 했다는 것이다. 그래서 내가 집에서 떠날 때 입고 나갔던 외투 이야기며 형제들과 자랄 때 있었던 일들을 듣고 가짜 매형을 내세웠던 모양이다.

몇 년 후 다시 갔을 때에는 집안에서 조용히 대화도 하고 불평도 하곤 했다. 그래서

"전에는 방안에서 말도 못하더니 이젠 좀 나아졌니?"

물으니,

"흥, 나아지긴 뭐가 나아져요. 제까짓것들이 녹음기가 있어야 녹음을 하지요."

대답한다.

그때는 녹음기가 뭔지도 몰라서 그냥 녹음이 되는 줄 알았단다. 몇 년 전부터 일본이나 미국에 사는 동포들이 왕래하면서 녹음기라는 기계가 있어야 녹음이 된다는 사실을 알게 되었다고 했다. 내가 받은 편지들도 전부 공작원이 쓴 가짜 편지였고 매형도 기관에서 만들어낸 가짜 매형이었다. 중국에 사는 고위 조선족 관리인 내 친구가 평양에 초청받아 갔는데 그가 말하기를 "나보다 나를 더 잘 알고 있더라"고 했다.

내가 가져간 물건들 중에는 누이들을 위한 화장품도 있었는데, 화장품이라고는 구경도 못해 봤던 탓에 립스틱이나 매니큐어 등을 도대체 어디에 어떻게 쓰는 물건인지도 몰랐다.

"오빠! 쪼끄만 병에 있는 장판 니스 냄새 나는 것이 뭐야요?"

생전 매니큐어를 본 적이 없었으니 이런 질문이 나올 수밖에 없었다. 한번은 내게 대접한다고 귀한 손님에게만 대접하는 커피를 타왔다.

"커피 잡수세요."

그런데 그것은 커피가 아닌 허연 우유 같은 물이었다.

"이것은 커피 아닌데."

"이거 커피야요. 이렇게 커피라고 쓰여 있는데……."

가져온 봉지를 보니 'coffee mate'라고 쓰여 있었다. 생전 커피를 구경하지 못한 이들이 coffee라는 글만 읽고 커피라고 타가지고 왔던 것이다. 이렇게 폐쇄적인 사회가 바로 가면 서울에서 두 시간도 채 안 걸리는 거리에 있다. 슬픈 현실이 아닐 수 없다.

내가 다녔던 해주2중학교에서 이 학교 출신이라고 나를 위한 환영회를 열었다. 내가 다닐 때에는 남자중학교였으나 지금은 남녀공학이고 교장선생님도 여자였다. 다양한 프로그램으로 선배인 나를 환영해 주었는데, 우리가 가끔 TV에서 보는 북한 소년단들의 아코디언, 타악기, 무용 순서처럼 주로 여학생들의 기악 연주가 있었다. 이런 성대한 환영은 나로서는 너무 과분하고 원하지도 않던 것이었다. 안내원과 해주시 인민위원장, 도당 책임비서도 이 행사에 참가했다.

"조국에서 별로 한 것도 없는 사람을 이렇게 과분하게 대접해 주니 너무 송구스럽습니다."

라고 했더니 안내원이 말했다.

"우리는 사회주의 나라이기 때문에 선생님의 가족이 대접해 주어야 할 일을 나라에서 대신해 주는 것뿐입니다."

그런데 갑자기 평양에서 연락이 왔다. 오후 6시 30분까지 평양으로 오라는 조국통일민주주의전선 중앙위원회 본부로부터의 통보였다. 형제들과 작별 인사도 제대로 못한 채 서둘러 평양으로 떠나야 했다. 나중에 기옥이 누님과 기림이만이 평양으로 다시 올 예정이었다.

어머니 산소가 있는 학현고개를 넘으면서도 지척에 있는 산소에 가서 절 한번 드리지 못하고 길가에 차를 잠시 멈추고 어머니 묘를

나의 모교인 해주2중학교. 교장선생님과 수업을 관람하고 있다. 아래는 학생들의 환영 연주 모습.

향해 절만 삼배 올렸다. 다시금 눈물이 쏟아졌다.

평양으로 부른 이유는 아프리카에서 온 군 관계 고급 방문자를 위한 국립예술단의 전쟁 멜로 연극을 같이 관람시키기 위해서였다. 관람석의 중앙 특석 두 줄에는 장성급들이 앉았고, 다음에는 외국에서 온 대표들과 우리들 자리를 만들어 놓았으며, 주위에는 평양에서 동원된 시민 관람객들이 있었다. 남한에서도 연극을 자주 볼 기회는 없었지만 여기 연극은 좀 다른 것 같았다. 주로 전쟁 영웅과 마을 처녀의 사랑 이야기였다. 다음 날부터 별로 흥미 없는 행사가 계속 준비되어 있어 안내원에게 좀 불평조로 말했다.

"김 선생, 내가 지금 만고강산 유람하러 온 처지도 아닌데 구경은 이젠 그만 하고 하루라도 더 가족과 같이 지내게 해주십시오"

그러자 안내원은

"아, 예 그러지요"

하면서도 자기들이 정해 놓은 스케줄대로 움직였다.

판문점 견학 코스가 있었으나 그것은 내가 완강히 거절했다. 판문점 남쪽에서 사진이 찍히면 다시는 남한에 못 들어간다는 말을 들었기 때문이다. 우리는 묘향산호텔에 여장을 풀고 잠시 휴식을 취한 다음, 김일성 기념 지하 땅굴 전시장을 구경했다.

묘향산 김일성기념관은 평양에서 네 시간쯤 걸리는 곳이다. 포장도 되지 않은 시골길을 달려 묘향산에 도착했다. 시골 풍경을 볼 수 있는 기회였다. 15년 후 다시 갔을 때는 주요 도로는 잘 정비되어 있었으나 농경지와 산야는 훨씬 더 피폐되어 있고 외곽 도로는 말할 수

묘향산에 있는 김일성박물관. 세계 각국에서 보낸 선물들이 전시되어 있다.

없이 손상되어 있었다.

　지하 땅굴에 만든 전시장은 길이가 500m도 넘고 중앙에서 십자로 양쪽으로 뻗어 있었는데, 세계 각국에서 김일성 주석에게 보낸 각종 선물과 보물이 보관되어 있었다. 자신들의 수령이 세계에서도 이렇게 존경받는다는 것을 과시하기 위한 것이었다.

　묘향산에 있는 사찰은 깨끗이 정비되고 잘 보존되어 있었으나 스님은 없었다. 김일성 배지를 단 관리인과 경비원이 청소를 하고 있었을 뿐이다. 이 거대한 지하구조물은 인민들이 삽과 괭이만을 가지고 거의 맨손으로 조성했다고 하는데, 이것들이 지하에 들어가야 하는 이유와 목적이 분명치 않았다. 아마도 김일성 시대에 만든 찬란한(?)

문화유산이라고 역사에 기록하기 위한 것이 아닌가 추측할 따름이다. 굶주린 인민의 노고는 하나도 기록에 남지 않을 것이다.

하지만 묘향산은 참으로 경치가 좋았고 등산까지 할 수 있어 기분이 매우 좋았다.

금강산 관광

          "만고강산 유람보다는 하루라도 더 가족과 함께 있게 해주십시오"라고 다시 한 번 정중히 요청했으나 "선생님 좋으실 대로 하지요"라는 똑같은 대답뿐, 금강산에서의 4박 5일 일정은 계속되었다. 평양에서 동남부 검문소를 거쳐 새로 포장된 원산~평양 국도로 들어섰다. 도중에 검문소가 여러 개 있었으나 조사나 검문 없이 통과했다.

    일행 중 다른 차에 타고 있었으나 같은 일정으로 캐나다에서 온 교포 아주머니가 한 분 있었다. 금강산 가는 길은 외국인이 많이 지나다니는 길이기 때문에 가는 곳마다 외화 상점 휴게소가 있었는데, 교포 아주머니의 안내원은 매점마다 들러 당과류와 음료수를 한아름씩 사서는 차에 실었다. 나를 안내하던 김승호 씨마저 눈살을 찌푸리며 나라에서 주는 혜택을 저렇게 개인이 써서는 안 된다고 말했다.

상부에서 귀국 동포에게 최선을 다해 잘해 주라고 하자, 이 여자 안내원은 마치 우리가 소비한 것처럼 꾸며서 부수입을 챙기는 모양이었다. 하지만 나의 안내원 김승호 씨는 작은 부정이라도 저지르지 않으려는 아주 청렴한 관리였다.

평양에서 금강산으로 가는 길은 새로 개통된 평양~원산 간 고속도로를 이용했다. 신계, 곡산을 거쳐 백두대간을 터널로 통과했다. 곡산은 작은아버지가 살던 곳으로 나의 사촌들이 아직도 살고 있다고 들었으나 갈 수는 없었다. 금강산 가는 도중에 원산에서 몇 시간 쉬었는데, 이때도 잠깐 호텔에 머물렀다.

사실 나는 밤잠을 충분히 잤기 때문에 도중에 몇 시간씩 휴식을 취할 필요가 없었다. 모든 게 궁금하고 새로운 것들이라 호텔에서 쉬기보다는 밖에 나가 산책하거나 이것저것 구경하는 것이 더 재미있었다. 원산항에 정박된 배들을 보며 호텔 맞은편까지 가니 역사적으로 미국의 수치였던 푸에블로호가 정박해 있었다. 구경하려고 했지만 예정

1968년 북한에 나포된 푸에블로호(왼쪽)와 원산항에 정박 중인 만경호(오른쪽).

에도 없고 안내자 없이는 들어갈 수 없다고 하여 밖에서만 구경했다.

그리고 다른 쪽 부두로 갔더니 일본 니이가타와 원산을 오가는 정기 선박 만경호가 정박해 있었다. 세 시간의 휴식 시간 동안 명사십리도 돌아보고 그곳에 있는 고관들의 휴양지도 보았다.

동해안을 따라 다시 금강산으로 가는데, 그곳 도로는 아직 비포장이었다. 여기저기서 공사를 하고 있는데 순전히 곡괭이와 삽 등을 이용해 하고 있었다. 고갯길 확장 공사에서는 인민들이 줄을 서서 하루에 자기가 들어갈 수 있는 관 정도의 크기만큼 땅을 파서 연결하면 도로가 1/2m 넓혀지는 식이었다.

북한의 모든 공사는 이렇게 인민의 손으로 어렵게 원시적으로 건설되고 있었다. 땅굴도 이런 식으로 파내려 간다고 했다. 금강산이 가까워질수록 검문소가 더 많아졌으나 우리 차는 무사통과였다. 가는 길에 인민군들이 자루 배낭을 메고 걸어가는 것을 종종 볼 수 있었다.

금강산 입구에 있는 마지막 검문소에서는 우리 일행도 모두 하차하여 트렁크까지 열고 검문을 받았다. 금강산에 하나밖에 없는 금강산호텔에 여장을 풀고 저녁식사 대접을 융숭하게 받았다. 내일은 구룡폭포를 갈 계획이라고 했다. 호텔 지도원이 물었다.

"내일 식사는 야외로 할까요, 호텔에서 하시겠습니까?"

그러자 옆에 있던 봉사원 아가씨가 내 옆에 바싹 다가와서는 귓속말로 말했다.

"선생님, 야외에서 한다고 하시라요"

"뭐가 달라요?"

"야외가 좋아요."

그래서 영문도 모르고 시키는 대로 대답했다.

"야외로 하지요."

나중에 알고 보니 야외에서 식사하게 되면 봉사원들이 같이 나가 하루 동안 호텔 음식으로 맘껏 먹고 놀게 되니 하루 특별휴가를 받는 기분이라고 했다. 호텔 봉사원들은 구룡폭포로 가는 중간쯤 되는 곳에서 식사 준비를 하고 우리 일행은 금강산 안내원 한 명과 함께 구룡폭포까지 올라갔다. 안내원은 금강산의 선녀와 나무꾼 이야기, 은도끼 금도끼 이야기들을 현대 북한식으로 이야기해 주었다.

그런데 가는 곳마다 좀 평평한 바위에는 예외 없이 김일성 찬사 구

금강산 구룡폭포.

호를 하얀 페인트를 써 놓았거나 바위를 까고 새겨놓아 눈살을 찌푸리게 했다. 옛 풍류객들이 새겨놓은 '九龍瀑蒲'를 보고 한 젊은이가 물었다.

"선생님, 저기 뭐라고 써 있습니까?"

북한 젊은이들이 한자 교육을 전혀 받지 않았음을 알 수 있었다. 같

은 바위에 새긴 글자지만 "김일성 장군 만세"는 눈에 거슬리는 반면, 옛사람들이 새겨 놓은 글들은 그리 흉하지 않고 오히려 풍치 있게 느껴졌다. 내려오는 길에 점심을 먹었는데, 호텔 봉사원들이 정성스럽게 불고기며 온갖 산나물로 진수성찬을 차려놓았다.

해금강으로 가는 길에 역사적 유적지라는 호수에 들렀는데, 김정일의 생모인 김정숙이 저 멀리 섬에 있는 오리를 권총으로 쏘아 맞혔다는 정자가 있었다. 하지만 오리가 떠 있었다는 섬과는 거리가 너무 멀어서 아무리 보아도 권총 사정거리가 될 수 없어 보였다. 이들의 이야기가 얼마나 허황된 것인지 알 수 있었다. 그럼에도 이를 그대로 믿고 있는 북한 인민들의 순박함을 어떻게 보아야 할까.

다음 날은 만물상을 갔는데, 이곳은 휴전선에서 멀지 않은 비포장도로였다. 가끔 군용 트럭에 연탄을 싣고 가는 모습이 보일 뿐, 이 고개를 넘으면 바로 휴전선이기 때문에 일반 차량의 통행은 완전히 차단되어 있었다. 금강산 온천은 실내이긴 했지만 바닥에는 자연석 자갈이 깔려 있고 맑고 뜨거운 물이 솟아나는 자연 그대로의 온천 같아 보였다.

지금 TV에서 금강산 관광하는 것을 보면 옛날 모습을 찾아볼 수가 없다. 현대아산에서 새로 시설한 금강산 관광을 가보려 했으나 그것조차 남북 관계가 단절되어 갈 수 없게 되었다. 가까운 장래에 남북 화해가 이뤄져서 금강산을 다시 갈 수 있기를 간절히 바랄 뿐이다.

길에는 휴전선 안에 주둔한 군인들의 보급품을 실어 나르는 군용 트럭과 연탄을 실은 트럭들이 다니고 있었다. 연탄은 아마도 군부대

위는 금강산 관광을 갔다가 봉사원들과 같이 야외 식사를 하는 모습이다. 아래는 김정숙이 앞 섬에 있는 오리를 권총으로 쏘아 맞혔다는 곳인데, 권총으로 오리를 쏘아 맞히기에는 너무 멀어 보인다.

난방용으로 공급되는 듯했다. 그래도 조총련계 관광객과 우리 일행에게는 그 유명한 만물상을 보는 것이 특별히 허락되었다. 조총련계 재일동포와 학생들 외에는 북송된 사람들의 가족 방문이 대부분이었다. 정림이 남편인 둘째 매제도 일본에서 온 북송 교포였다. 안타깝게도 가족과의 연락이 끊겨 돌아갈 수도 없고 애타게 부모 형제의 조국 방문을 기다리고 있지만 아직 실현되지 못했다고 했다.

북송선을 타고 북한으로 간 사람들은 주로 조총련계 사람들이었다. 해방 후 일본에 남았던 조선인은 민단계와 조총련계로 나뉘어 이념 대결이 극심했다. 이때 북한은 막대한 자금과 조직력으로 세를 확장해 나갔다. 조총련계 조선인 학교에 대한 투자가 얼마나 중요한 결과를 가져왔는지 실감할 수 있었다. 여기서 교육받은 2세들은 북한을 조국으로 섬긴다. 별 볼일 없는 조국이지만 일본에서 차별대우를 받고 불이익을 당하면서도 긍지를 가지고 조국을 사랑하고 도움이 되는 일을 하려는 마음가짐을 가지고 있다.

이러한 학생들을 보면서 대한민국은 200만이 사는 미주에 후세 교육을 위해 어떤 투자를 했는지 묻고 싶었다. 평통이라는 것을 만들어 필요도 없는 돈을 쓰면서 교육을 위해서는 아무것도 한 일이 없다. 중국 사람들은 화교가 있는 곳에는 화교 학교를 만들어 3세, 4세, 5세가 지나도 중국 사람으로서 긍지를 갖고 살도록 하는데, 우리는 2세, 3세를 위하여 어떤 교육환경을 만들어 주었는가. 몹시 아쉽다.

관광객 대부분은 해방되기 전 북한 출신이거나 북송 교포의 친척들이었다. 그동안 소식도 제대로 듣지 못하고 살다가 어렵게 연락이 닿은 그들은 가족 상봉의 꿈에 부풀어 있었다. 돌이킬 수 없는 결정을 한 것을 후회하고 고생하는 형제들을 위해 무엇이든 필요한 것들을 가져오고 있었다.

몇 년 전 일본의 한 체육학 교수가 여자들이 자전거 타는 것은 여러 가지로 좋지 않다는 보고를 한 후, 일본 여자들이 자전거를 폐기 처분한 일이 있었다. 이때 북한에 가족이 있는 재일교포들은 버려진 자전거들을 수집하여 만경호로 실어 보냈다. 여자용 자전거이지만 북한에서는 남녀 구별 없이 사용하며 그나마 유일한 자가용(?)인 셈이다. 좀 더 여유 있는 사람들은 승용차를 가져오는데 북한에서 자가용을 유지하기엔 제약이 많다. 하지만 자기 차를 가지고 지방의 당 간부 운전기사를 할 수 있어 좋다고 했다. 설령 그만두더라도 자기 차를 가지고 나올 수 있고, 당 간부와 가까이 접촉할 수 있기 때문이란다.

이들 재일교포 관광객들은 일본 니이가타에서 만경호로 원산에 와서 1박 하면서 금강산을 구경한 다음, 평양으로 가는 코스가 일반적이다. 내가 이미 평양을 거쳐 왔다고 하니 궁금해하며 평양 사정에 대해 물었다. 1982년 당시만 해도 전기 사정은 그리 나쁘지 않아 평양이 암흑의 밤거리는 아니었다. 그들의 부푼 기대를 실망시키지 않으려고 좋은 말만 해주었다.

3박4일의 금강산 관광을 마치고 평양으로 돌아가니 호텔에 누님과 동생 기림이가 와 있었다. 32년 만의 조국 방문이 끝나는 마지막 밤이었다. 비록 어머니를 살아 생전에 뵙지는 못했으나 성묘라도 할 수 있었고, 형제들도 모두 만날 수 있었으니 크나큰 행운이자 기쁨이 아닐 수 없었다. 막내 기명이도 비행장으로 배웅 나와 얼굴을 다시 한 번 볼 수 있었다. 내가 가진 소지품을 있는 대로 털어 주고 나중에는 신고 있던 양말과 내의까지 벗어 주고 거의 맨몸으로 비행기에 올랐다.

돌아오는 길

수중에는 단돈 35달러밖에 남지 않았다. 중국 베이징에 도착해서 다음 비행기를 탈 때까지 며칠 동안 머물러야 하는데 거의 돈이 떨어진 것이다.

당시 베이징에는 외국인들을 위한 호텔이라고는 천안문 광장 앞에 있는 베이징호텔 하나밖에 없었다. 할 수 없이 베이징공항 안내를 담당하는 북한대사관 직원에게 부탁했다. 북한대사관에 출장자들의 숙소가 마련되어 있다는 것을 알고 있었던 것이다.

"내가 조국에 가서 돈을 다 쓰고 왔기 때문에 대사관에 며칠 신세를 져야겠습니다."

그랬더니

"미국 사람들은 카드가 있지 않습니까? 호텔에서는 얼마든지 사용할 수 있습니다."

라고 말하는 것이었다. 그래서 나는 마음 놓고 호텔에 투숙했다.

현금이 없어 호텔 식당에서 식사를 하는데, 멋모르고 메뉴판에 있는 짜장면을 시켰더니 한국식 짜장면이 아니라 면에 마치 된장을 발라 놓은 것이 나오는 게 아닌가. 또 결제를 하려 하니 카드도 안 받고 Room charge도 안 된다는 것이었다. 호텔 안에 있는 은행에 가서 미국 돈과 바꾼돈으로 가져오라는 것이었다. 은행에 가서 한 500달러 대출받을 예정으로 카드를 내놓으니 얼마 바꾸겠느냐고 묻지도 않고 종이를 내주며 여권 번호와 함께 서명하라고 했다. 그러고는 무조건 1500달러에 해당하는 중국 태환권을 내주었다.

이제 돈도 있으니 됐다 싶어 시장이며 천안문 광장을 구경하려고 길을 나섰다. 천안문 광장과 호텔 주변에는 공안들이 몇 미터 간격으로 서서 내국인, 특히 여자들의 접근을 감시하고 있었다.

천안문 광장에 가니 벽에 광고 하나가 붙어 있었다. '장성관광長城觀光'. 아침 6시, 6시 30분, 7시에 출발하고 명오릉明五陵, 서호西湖까지 가는 하루 코스였다.

대략 버스 출발 지점을 지도에서 찾아보고 다음 날 새벽 5시에 버스 정류장을 찾아 나섰다. 길을 찾아 가는데 베이징이 그렇게 넓은 줄 미처 몰랐다. 가도 가도 목적지가 나타나지 않는 것이었다. 종이에 적어 온 대로 길을 묻고 또 묻다가 할 수 없이 시내버스를 탔다. 버스비로 외국인들만 쓰는 돈밖에 없어 그것을 내놓았더니 거스름돈이 없다며 그냥 내리라고 한다. 고생 끝에 간신히 만리장성 가는 시외버스 터미널을 찾을 수 있었다. 표를 달라고 하니 오늘은 모두 찼으니 내일 오라고 했다. "와 쩌 미꿔我去 美國"라고 서툰 중국 말로 사정했다.

그랬더니 지도원이 잠깐만 기다리라고 하더니 출발하려는 버스에 올라가서 자리 잡고 앉아 있는 중년 남자를 손가락으로 가리키며 "야, 너 일어나" 하는 것이었다. 그 남자는 아무 항의도 못하고 작은 보따리 하나 들고 쩔쩔매며 내렸다. 지도원이 나더러 그 자리에 앉으라고 했다. 얼떨결에 앉기는 했지만 그 사람에게 너무나 미안했다.

'이것이 바로 공산주의 국가이구나' 싶었다. 위에서 권력자가 명령하면 그대로 복종하는. 불쌍하다는 생각이 들었다. 이것이 몸에 배어서 굽실거리고 따르는 순박한 백성들이었다. 내가 보고 온 북한 주민들도 이들과 다름이 없었다. 공산당 정권이 어떻게 인간을 이 지경으로 만들 수 있을까? 그런 생각에 잠겨 있는 사이 버스는 구불구불한 시골길을 덜컹거리며 달려갔다. 그때만 해도 만리장성 가는 길은

만리장성에서 만나 필담으로 친해진, 중국 저장성에 산다는 친구.

비포장도로였다.

가난한 농촌의 집들과 집 주변의 텃밭들, 초라한 농민들의 핏기 없는 모습. 이때의 중국은 북한의 농촌만도 못한 열악한 상황이었다. 식량도 아직 국가에서 관리하는 배급제였다. 그 때문에 내국인은 식당에서 음식을 사먹으려면 인민폐와 양권糧券(전표)을 동시에 내야 했다.

내가 탄 버스는 외국인용이 아닌 내국인 전용이었다. 저장성折江省에서 온 노동자 위로관광팀인 중국인 6명과 필담을 나누다 보니 친해져서 같이 행동하게 되었다. 내가 미국에서 왔다고 종이에 적어 주니 모두들 신기해하며 친절하게 대해 주었다. 외국인 관광객들과 같이 왔다면 만리장성에 있는 외국인 식당에 가야 했는데, 그곳에서는 인민폐가 아닌 바꾼돈을 사용해야 하고 가격 또한 아주 비쌌다. 그런데 나는 중국인과 같이 움직였으므로 버스비도 단돈 3달러만 내면 되었다. 그것도 만리장성과 명오릉, 그리고 서호까지 갔다가 다시 베이징으로 돌아가는 것까지 모두 포함된 가격이었다(외국인은 장성을 하루 관광하려면 200달러가 넘게 든다).

그런데 문제가 하나 있었다. 내국인 식당에 가야 했는데 양권이 없어 먹을 수 없다는 것이었다. 나는 저장성 친구들의 밥값을 내주는 대신 그들에게 양권을 받아서 이 문제를 해결했다. 7명이 둘러앉아 맛있는 음식을 주문하여 먹었다. 중국 사람들이 좋아하는 돼지고기볶음, 두부요리, 민물생선요리, 채소볶음, 빵과 흰쌀밥까지 그야말로 푸짐하게 먹었다. 그래 봤자 값이 매우 저렴하여 모두의 식사비가 미화로 단돈 4.5달러밖에 안 들었다.

그들과 같이 사진도 찍고 기념품 가게에서 1~2달러짜리 기념품도 사서 하나씩 선물했다. 그곳에서 20달러짜리 기념품을 하나 샀더니 한 아주머니가 무척 놀랐다. 너무 비싼 기념품을 샀다고 생각한 것이다. 명오릉에서는 이들이 나에게 아이스크림을 사주었다. 서호로 가서 뱃놀이까지 즐기니 어느새 하루가 다 저물었다. 밤이 되어서야 베이징에 도착한 우리는 천안문 광장 앞에서 내렸다. 저장성 친구들과는 내일 다시 호텔 앞에서 만나기로 약속하고 헤어졌다. 그런데 안타깝게도 중국 공안이 내국인과 호텔 근처에서 만나는 것을 금지하고 있어 다음 날 이들을 만날 수가 없었다.

그 무렵 중국은 시장경제 초기 단계로, 국영기업과 자영기업이 공존하고 있었다. 국영기업의 종업원은 아직 구태를 못 벗고 손님에게 불친절하고 성의가 없었다. 진열 또한 들쭉날쭉하고 개점휴업 상태나 다름이 없었다. 값을 물으면 "거기 써 있지 않느냐"며 퉁명스럽게 대답하기 일쑤였다. 반대로 개인 상점은 큰 소리로 호객 행위를 하고, 심지어 지나가는 사람을 자기 상점으로 끌고 가는 등 매우 적극적이었다.

북한도 중국이 시작한 시장경제를 따른다면 빠른 시일 안에 사회주의 권력을 유지하면서도 시장이 활성화되어 잘살 수 있을 것이다. 이때만 해도 북한이 중국보다 더 잘살고 물자도 흔했다.

돌아올 때는 팬암 항공기를 타고 도쿄 하네다 공항을 경유했다. 베이징에서 상하이로 갔다가 다시 북상하는 항로였다. 중국에서 한국으로 바로 가는 노선은 없었다. 일본에서 환승하게 되었는데 나는 짐이라고는 소형 카메라 하나밖에 없었다. 배터리를 사용하는 카메라라 북한에서는 "이런 배터리는 구할 수 없으니 주어도 소용없다"고 하여 그냥 가져오게 된 것이다.

달랑 맨손으로 비행기를 타려 하니 승무원이 탑승권을 보자고 했다. 보여주었더니 다른 것으로 바꿔 주었다. 무심코 내 자리를 찾아 들어가려고 하는데 이층으로 안내하는 것이었다. 무슨 일 때문인지 몰라도 이코노미석에서 1등석으로 바꿔 준 것이었다. 그 바람에 뜻밖에 1등석에 타게 되었다. 푹신하고 널찍한 1등석에 앉으니 음료수를 주문하라고 한다. 장시간 여행한 탓에 목도 마르고 하여 와인을 주문했다. 와인을 천천히 마시면서 지나온 인생역정을 곰곰 다시 생각해 보았다.

탈북과 피란살이, 배고프고 고달팠던 고학 시절, 원하지도 않았던 미국까지 가게 만든 대학 연구실 생활, 그리고 어려웠던 각종 시험들. 이런 지난날들을 생각하니 눈물이 한없이 흘러내렸다.

"하느님 감사합니다. 미국까지 와서 잘살게 만들어 주신 하느님, 정말 감사합니다. 내 형제들은 끝도 보이지 않는 고통 속에서 굶주리고 감시받으며 불안한 하루하루를 보내고 있는데, 언제나 우리가 자유롭게 왕래할 수 있게 통일이 되겠습니까?"

가슴에서 우러나는 기도가 저절로 나왔다. 그리고 이제부터 내가 이들을 위해 할 수 있는 일이 무엇인지, 또 해야 할 일이 무엇인지를 생각했다.

북한 방문 후유증

미국에 돌아와 아무 일도 없었던 것처럼 시치미를 떼고 며칠 동안 정상 근무를 하고 있는데, 미 연방수사국FBI 직원에게서 전화가 와 만나자고 했다. 왜 그러냐고 물었더니 북한에 다녀온 관계로 물어 볼 것이 있다고 했다. 가슴이 덜컥 내려앉았으나 침착하게 다음 날로 약속을 잡았다.

조용한 식당에서 FBI 직원과 마주 앉았다. 먼저 내가 왜 북한에 갔는지 배경부터 설명을 했다. 피란 나온 경위와 어머니와 나의 여섯 형제들이 모두 북한에 살고 있다는 말부터 했다. 그와 함께 내가 그동안 어떻게 살아왔는지를 요약해서 들려주었다.

그러고 나서 무엇이 더 알고 싶냐고 물었더니 여행 수속과 경로를 이야기하라고 했다. 그래서 캐나다의 여행사를 통해 수속한 경위와 전충림 씨와 연결된 이야기, 베이징 북한대사관에 가서 비자를 받고 조선민항 비행기로 평양까지 들어간 경로를 자세히 이야기했다.

그러자 그는 더 이상 질문할 게 없다며 한국전쟁으로 인한 이산가족의 아픔을 이제 좀 이해할 수 있겠다고 말했다. 나는 오히려 북한에 다녀온 사람에 대한 남한 정부의 감시가 있을 텐데, 미국 시민권자로서 미국 정부로부터 어떤 보호를 받을 수 있느냐고 질문했다.

그러자, 그는 "당신이 미국에 있는 한 KCIA에서도 당신을 어떻게 못하겠지만, 만약 외국에 나가서 일어나는 일에 대해서는 미국이 책임지지 못한다"고 답변했다. 그는 내게 한국 국적을 포기하라고 권했다. 내가 여권에 북한에 들어간 스탬프가 찍히지도 않았는데 어떻게 알았느냐고 묻자, 그는 웃으면서 "우리는 다 알고 있다"고 말했다.

그 후 별 탈 없이 몇 주일이 지났다. 그런데 로스앤젤레스에서 발행되는 반정부 계통의 한인 신문에 나의 평양 방문 사실과 공항에서 꽃다발을 받는 사진이 실려 내 딴에는 비밀리에 다녀온 북한 방문이 모두 공개되고 말았다. 이로부터 5~6년간 나는 교포 사회에서 친북 간첩 취급을 받다시피 했다. 잘 아는 사람들도 나와는 저녁식사 한 끼 같이하길 꺼렸다.

사실 북한에 가기 전까지는 오리건 주 교포사회 한인단체에도 적극 참여했고, 한인회관 건축을 위한 건축위원장으로서 모금 활동도 활발히 했다. 그러나 이 일이 있고 나서는 한인회관 건축위원장을 그만두라는 압력이 들어오는가 하면, 한인이 3만 명이나 살고 있는 포틀랜드의 유일한 한국인 의사였음에도 한국 환자들의 발길이 거의 끊어져 폐업할 형편에까지 이르게 되었다. 한국으로 돌아가고 싶어도 비자

발급을 거부당했다. 병원 문을 닫고 군의관을 하기 위해 입대할 생각도 했으나 나이가 많아 그것마저 여의치 않았다. 너무 살기 힘들어 인디언촌이이나 알래스카 오지의 무의촌으로 갈 생각까지 하고 있었다.

주택 대출금도 갚지 못하고 간신히 이자만을 내고 견디고 있던 중, 뜻밖에도 월남에서 온 난민들의 덕을 보게 되었다. 월남 패망 후 많은 사람들이 미국으로 건너왔는데, 이들은 정부에서 베푸는 의료 혜택을 받았다. 대개 카운티 보건소에서 진료를 받았는데 언어 소통이 잘 안 되어 어려움을 겪고 있었다.

당시 내 진료실은 카운티 보건소에서 그리 멀지 않은 곳에 있었다. 하루는 한 월남인이 길을 잘못 들어 내 진료소에 들어와 진찰을 받게 되었다. 나는 군의관으로 월남전에 참전했을 때 환자를 진료할 수 있을 정도의 베트남어를 익혀 놓았던 터였다. 월남전 당시 재미 삼아 배워 둔 베트남어가 이렇게 요긴하게 쓰일 때가 올 줄은 생각지도 못했다. 환자에게 베트남어로 병세를 물어 보고 진찰하고 약 처방까지 해 주었다. 그리고 약국에서 받은 약을 먹는 방법까지 베트남어로 친절하게 설명해 주었다. 이 사람이 돌아가서 베트남어를 할 줄 아는 '따이한 박씨(한국인 의사)'가 있다고 전하면서 월남 환자들이 몰려들기 시작했다.

한국군이 월남전 때 최초로 파견한 부대가 비둘기부대 의료단이다(1965년). 당시 월남 사람들은 한국 의사들에 대한 신뢰가 매우 높았다. 그들이 몰려오면서 나의 짧은 베트남어 실력으로는 그 많은 환자들을 감당하기 힘들어 통역을 할 수 있는 직원을 채용했다. 이때부터 하루 종일 내 진료실은 월남 환자들로 문전성시를 이루었다.

하지만 교포사회의 차가운 시선은 여전했다. 그동안 나와 잘 알고 지내던 이들도 나와 접촉하는 것을 꺼리는 눈치였다. 우리 세대는 철저한 반공교육을 받은 사람들이라 북한을 다녀온 사람을 만났다가 행여 불이익을 당할까 봐 몸조심하는 것이었다.

내가 알고 있던 사람들을 만나 인사를 하면 두 부류의 사람들로 나뉘었다. "가족을 만났으니 얼마나 기쁩니까?" 하고 인사하는 사람과 "이북 갔다 왔다며? 이북 어때?" 하고 시비조로 말하는 사람이다.

내가 잘 알고 있던 연로한 목사님 한 분은 북한에서 이미 결혼하여 처와 자식을 두었으나 여기서 재혼하고 목회를 하며 잘살고 있었다. 그는 나의 북한 방문을 고운 눈으로 보지 않았다. 나는 나대로 전에 존경했던 분이 두고 온 가족의 안부도 궁금해하지도 않는 그의 위선이 가증스럽게 보였다.

그때만 해도 북한 방문은 아주 드문 일이었다. 그래서 그곳은 남들이 보지 못한 비경(?)이어서 한번 다녀온 사람들이 북한에 대한 강연을 하거나 신문에 북한 기행을 발표하는 경우가 가끔 있어 기삿거리가 되곤 했다. 잘 알려진 홍동근 목사(지금은 고인이 되어 북한 대성동 혁명열사 묘지에 안치돼 있다)는 북한을 다녀와서 순회 강연을 하고 다녔다. 그는 주로 북한을 찬양하는 발언만을 했는데, 내가 사는 곳에 와서도 강연을 했다. 강연이 끝난 후 나는 "목사님, 진실을 이야기하든지 차라리 아무 말씀도 안 하는 것이 좋겠습니다"라고 말했다.

나도 남들이 못 가는 북한을 다녀와서 하고 싶은 말이 많았지만, 보고 느낀 대로 말한다면 북한에 있는 가족에게 피해가 갈 것이므로 공식석상에서는 아무 말도 할 수 없었다. 그러다 보니 몹시 답답하여 "임금님 귀는 당나귀 귀"라는 표현을 쓰기까지 했다.

굶주리고 헐벗은 북한 사람들이 조금이라도 나은 생활을 할 수 있는 방법은 오직 한 가지 '경제발전뿐'이라고 생각했다. 중국은 나날이 발전하고 생활이 나아지는데 북한은 오히려 퇴보하고 있지 않은가? 중국처럼 개혁 개방으로 경제를 살려야 한다고 생각했다.

제 6 장

북한 이야기

북한 이야기들이 많다. 그러나 보는 사람의 관점에 따라 북한에 대한 평가는
제각기 다르다. 탈북자들이 본 북한과 남쪽 좌파들이 평양 가서 본 북한에
대한 평가가 다르고, 이산가족과 북한에 아무 연고도 없는 사람의 생각이
또 다르다. 이 이야기들은 필자가 지난 30년간 북한을 여러 차례 방문해
실제로 보고 겪고 느낀 일들이다. 지금 남한이나 자유세계 사람들은
북한의 실제 상황을 잘 모르고 과대평가하거나 또는 과소평가하고 있다.
나의 이야기가 북한을 이해하는 데 도움이 되기를 바란다.

호랑이를 잡으러
호랑이굴에 들어가면?

나의 안내원은 김일성대학과 대학원을 나오고 오스트리아에 유학까지 다녀온 소위 엘리트였다. 이때 북한에서는 미국 교포들의 방문을 허용하고 최상의 대접을 해주었다. 아주 착하고 성실해 보였던 김 선생은 북한 특유의 태도가 별로 나지 않는 사람이어서 "형님은 왜 니꾸사꾸(배낭)를 메고 남하하지 않았습니까?"라고 물어 보고 싶었다.

하지만 지금이나 그때나 우리 호텔에는 비밀 도청 장치가 되어 있어서 개인적인 이야기를 하려면 밖에서 단 둘이 산책할 때에만 가능했다.

어느 날 공원에서 김 선생과 이야기를 나누었다. 그가 물었다.

"오지리에 가보니 거리에 벌거벗은 여자의 사진 잡지들을 팔고 있더군요. 미국도 그래요?"

"그러문요, 별난 영화관도 있어요. XXX 영화라고 하면 성년이 된 사람은 아무 때나 마음대로 관람하지요."

이렇게 자유로운 대화의 운을 떼고 나서 물었다.

"그런데 사회주의는 흥하고 자본주의는 멸망한다고 배웠는데 어째서 자본주의 나라는 더 잘 되고 사회주의 나라는 이렇게 점점 더 침체되어 가는 겁니까?"

그러고는 내가 다시 답했다.

"자본주의는 개인의 재산을 보호하고 경쟁 체제여서 남보다 열심히 일하고 또 열심히 공부하면 더 잘살 수 있는 기회가 있기 때문에 사회가 발전하고 또 국가가 발전하게 되지요. 나도 남조선에 가서 열심히 공부했기 때문에 지금 미국까지 가서 백인 종업원을 거느리고 의사로서 돈도 벌며 잘살고 있지 않습니까!"

그러자 그가 말했다.

"우리는 미국 동포들과도 좋은 연계를 가지려고 노력하고 있습니다. 일본의 애국 동포들과 같이 미국에도 우리 동포들이 많이 산다는데 우리 공화국과 왕래하고 우리나라에 영향력을 발휘하면 좋겠습니다."

"내가 여기 와서 보니 이태리나 프랑스 기업들이 합자를 하여 합영회사를 만들려고 하는 것 같은데 왜 미국 기업하고는 합자를 하지 않습니까?"

"미국이 아직 우리와 접촉을 않으려 하기 때문이지요."

"미국의 정치가들은 장사꾼들이 움직이는 나라입니다. 미국을 움직이려면 장사꾼들을 이용해야 합니다."

"공화국이 미국의 정치를 직접 움직이기에는 아직 너무 힘에 벅 찹니다."

"미국의 장사꾼을 이곳에 불러들이면 되지 않습니까. 옛말에 '범을 잡으려면 범의 굴에 들어가라'는 말이 있잖아요, 요즘은 범의 굴에 들어가면 범에 물려 죽습니다. 범을 동리 한가운데로 끌어내면 온 동리 사람들이 모여서 몽둥이로 때려잡을 수도 있지요. 동네에 들어온 그 호랑이들이 미국 정치가들을 움직여서 우리를 대신하여 유리한 정치를 해줍니다. 여기에도 맥도날드나 코카콜라, 나이키 같은 미국 회사가 들어와야지요. 이 회사들이 공화국을 위하여 미국 정치가들을 움직여 공화국에 이로운 정책을 세울 수 있습니다."

"선생님은 의사이신데 어떻게 정치·경제 등 다방면에 박식하십니까?"

"아니에요. 내가 박식한 것이 아닙니다. 당신들이 너무 무식한 것입니다. 세상물정에 너무 어두워요."

"?"

외화벌이꾼과 외화 상점

북한의 기관이나 그를 관리하는 소위 고급 당원들은 외화를 벌어들이기 위해 '외화벌이꾼'이라는 하수인들을 거느리고 있다. 외화벌이꾼들은 고급 당원이나 기관의 비호 아래 어떤 형태이든 일반 사람들이 할 수 없는 부정으로 외국이나 외국인(한국 사람도 포함)을 상대로 각종 부정과 사기를 치고 있다. 마약 밀수, 국경 밀수, 술 밀수, 중고 자동차 밀수, 위조지폐 생산까지 온갖 부정 행위를 통해 외화벌이를 하고 있다.

중국에 와서 북한 식당을 하는 사람들도 어떤 권력기관에 소속된 외화벌이꾼이다. 각 기관마다 외화벌이 사업소를 운영하고 있는 것이다. 그렇다고 여기서 벌어들인 돈이 국가로 들어가는 것이 아니다. 북한의 권력기관들은 서로 합영회사를 차리려 하고, 수단과 방법을 가리지 않고 외화를 벌려 하고 있다.

이렇게 외화벌이를 하는 이유는 외화만 가지고 있으면 외화 상점에서 자기가 원하는 물건을 마음대로 살 수 있기 때문이다.

생산성이 떨어지는 사회주의 체제에서는 물자나 식량이 귀하게 마련인데, 권력을 가진 지배계급이 일반 인민들과 자기들의 생활에 차별을 두기 위해 생긴 것이 외화 상점이다.

일반 사람들은 외화를 만질 수 있는 기회가 없지만 고급 당원이나 상류층은 외화를 만질 수 있는 기회가 많다. 고급 당원일수록 더 많은 외화를 손에 넣을 수 있다. 외화 상점은 군 소재지 정도의 도시에는 지방 당 간부들을 위해 적어도 한두 개씩 있다.

외화 상점에서는 북한 돈이 통용되는 일반 국영 백화점이나 소비조합에서 구할 수 없는 물건들을 얼마든지 살 수 있다. 여기서는 북한 돈을 쓸 수 없고 달러나 유로화, 중국 위안화나 일본 엔화로만 살 수 있다. 예전에는 외국 돈으로 교환한 또 다른 화폐인 소위 '바꾼돈'으로 살 수도 있었으나 이 제도도 지난번 화폐개혁으로 없어졌다.

외화 상점에도 등급이 있어 지방의 당 간부들이 갈 수 있는 군 단위 외화 상점에는 물건이 아주 제한적으로 있다. 여기에는 식료품이나 술, 캔으로 된 음식, 그 밖의 일용품들이 있다. 도 단위 외화 상점에는 이보다 물건이 더 많아 재봉틀, 자전거, TV 등이 있다. 이에 비해 평양의 고급 당원들이 사는 지역의 외화 상점에는 일본이나 미국의 백화점에서처럼 없는 물건이 없고, 소위 명품도 얼마든지 살 수 있다.

국영 백화점이나 소비조합에 나오는 물건은 생활필수품이라도 배급 전표가 없이는 살 수가 없다. 배급 전표는 인민들을 길들이는 일종의 수단인 셈이다. 돌고래를 훈련시키며 먹을 것으로 유인하는 것처럼 인민의 훈련과 복종의 목적으로 쓰이는 것이다.

북한의 환율과 생활

북한의 화폐 단위는 남한과 마찬가지로 '원'이다. 외환 거래는 '유로'를 원칙으로 한다. 그러나 보편적으로 쓰이고 있는 화폐는 US 달러이다.

무엇이든지 살 수 있는 외화 상점에서의 상품 가격은 북한 화폐 '원'으로 표시되어 있다. 이곳에서는 북한 사람들이 사용하고 있는 북한 돈은 사용할 수 없고 외화로만 환산해서 물건을 판다. 2009년 화폐개혁 이전에는 이중화폐 제도가 있어 소위 '바꾼돈'이라는 특수 화폐로 외화 상점에서 물건을 살 수가 있었다. 당시의 US 달러와 북한 돈의 공식 환율은 2.3:1이었다. 즉 미화 100달러는 바꾼돈 230원이었다. 그러다가 2011년 10월에는 공식 시가로 100달러가 3만 원이었다.

그러나 달러 장사들이 사는 소위 암시장의 가격은 무려 34만 원이다. 당시 북한에서 가장 중요했던 쌀의 값이 1kg당 평양에서 2,700

원이었다. 북한 돈으로 표시된 상품은 환율이 하도 복잡하여 나도 계산이 잘 안 된다. 최근 소문에는 100달러가 80만 원이라고도 한다.

　내가 알고 있는 어떤 사람은 북한에 있는 가족에게 매달 300달러씩 보내준다고 한다. 공식 채널로 보내준 그 돈은 환전하면 얼마 안 된다. 바꾼돈으로 다시 장마당에서 외화를 산다면 단돈 3달러밖에 안 된다. 3달러는 외화 식당에서 커피를 마시면 한 잔 값에 지나지 않는다. 안내원과 한 잔씩 마시면 6달러이다. 한 가족이 10일 이상 먹을 수 있는 식량을 살 수 있는 돈이다. 이것을 알고 난 후로는 호텔 카페에 앉아서 커피를 마실 수가 없었다.

　북한에서는 달러가 거의 고갈돼 암시장의 환율이 많이 올랐다. 경제개혁으로 여기저기 시장도 많이 생기고 길거리 장사꾼들도 늘어나는 등 작은 규모의 장사가 활발하게 이루어지지만, 외화 부족 현상이 심해 암시장 환율이 1달러 3500원에서 지금은 8000원까지 뛰었다고 한다. 중국 기업들도 북한에 대한 관심이 크게 줄어 북한에 투자하려는 기업을 찾아보기 힘들다고 한다.

　북한에서는 교원·의사·공무원·노동자 등 부부가 한 달 동안 일했을 때 받을 수 있는 수입이 약 5천 원이다. 미화로 한 달에 1달러도 안 되는 돈이다. 일반적으로 상상할 수 있는 계산법이 아니다.

　몇 년 전에 어렵게 미화 1000달러를 함경도에 있는 큰동생에게 보냈다. 큰동생이 자기 몫을 거의 다 쓰고 나서 그래도 오빠가 보낸 돈이니 황해남도에 있는 막내동생에게 조금은 보내주어야 자기 체면이 서겠다 싶어 150달러를 보냈다고 한다.

막내동생이 북한에 사는 중국 화교를 통해 몰래 나에게 고맙다는 편지를 보내왔다. 내용을 요약하면 이렇다.

"오빠, 보내주신 150달러는 정말 감사하게 받아 요긴하게 사용하였습니다. 그 돈으로 큰딸 ○○와 둘째 딸 ○○를 출가시켰습니다. 그리고 관사에서 더 살 수가 없어 그 옆에 집을 하나 지었습니다. 그러고 나서 생활에 좀 보태려고 매대(장사할 때 시장에 펴놓는 좌판)를 하나 장만하여 장사를 시작했습니다. 오빠가 보내주신 약은 여기서 인기가 매우 좋아 잘 먹고 있습니다."

북한 주민들의 생활이 어느 정도인지 짐작할 수 있지 않은가. 많은 사람들이 굶주림과 질병과 추위에 떠는 절망적인 생활을 하고 있다.

동생은 편지 끝에 "오빠! 끝이 안 보이는 고난의 행군 생활은 점점 더 바빠집니다(어려워집니다)라고 썼다.

고난의 행군

총리 격인 김용순 노동당 비서의
초청으로 의료 기재를 가지고 미국 의사들과 함께 고난의 행군 현장
에 갔다. 북한에서는 예정에 없는 방문 행사란 있을 수 없다. 미리 준
비하여 안내하는 곳만 보아야 한다. 그러나 가끔 계획에 차질이 빚어
질 수도 있다. 드물게는 준비되지 않은 현장에 가볼 수 있는 행운(?)
을 누리게 되어 기대하지도 않았던 현장을 보기도 했다.

평안남도 문덕군(옛 안주군) 해일 피해 지역이라는 곳에 갔을 때인데,
그들이 보여주고 싶지 않은 현장에 간 적이 있었다. 당시 문덕군은 아
주 작은 해일 피해를 입었는데, 북한은 이곳을 재해지구로 선포하고
'큰물피해대책위원회'라는 기구를 만들어 국제사회에 인도적 원조를
요청하였다. 우리 의사들은 북한의 실제 의료 현장인 말단 의료기관
을 보고 싶어 한 진료소에 갔다.

북한 병원에서 환자를 진료하고 있는 모습.

그러자 그곳 책임자는 무척 당황하는 눈치였다. 그나마 좋은 것들을 보여주기 위해 애를 썼지만 약장에는 빈 통뿐, 아스피린 한 알 없었다. 잡초 같은 말린 풀 몇 다발만 있을 뿐이었다. 검사실도 마찬가지였다. 기구가 하나도 없고 시약 또한 없었다. 낡고 고장난 현미경만이 눈에 띄었다.

북한에서 제일 가는 김만유병원에도 X-레이 필름 한 장 없고 링거수액도 없어 맥줏병에 압력솥으로 소독한 링거를 만들어 쓰고 있었다. 동구 공산권과 소련의 몰락으로 사회주의권에서 비교적 잘 나가던 북한 경제가 완전히 파탄났기 때문이다. 이로 인해 북한 주민들의 어렵고 힘든 '고난의 행군'이 이어지고 있었다.

나는 몇 년 전에 갔을 때 경제개방만이 북한의 살 길이라고 역설하면서 경제특구를 만들어 자유공단을 만들고 몇 사람을 부자로 만들어 주어야 한다고 말했다. 또한 개성에서 신의주로 연결되는 고속도로를 놀리지 말고 중국과의 교통수단으로 돈벌이를 하라고 했다. 몇 사람을 부자로 만들어 주면 그들이 인민을 먹여 살리고 나라의 경제도 발전시킨다고 하였다.

이런 말들을 그냥 지나치지 않고 아태평화위원회 송호경 부위원장의 갑작스러운 초청을 받아 안가安家에서 회동을 하기도 했다.

거기서 나는 자유롭게 이쪽 사정을 모두 말했다. 탱크 만드는 기술로 트랙터를 만들어 전 세계에 수출하고, 자전거를 많이 만들어 인민들의 교통 문제를 해결하라고 했다. 미국의 라이트 형제도 자전거포에 기초해 비행기를 만들었고, 남한의 삼천리자전거도 기아자동차KIA를 생산했으며, 일본의 세계적인 자동차 회사 혼다도 자전거에 모터를 달아 세계 자동차 판매 1위를 기록한 혼다 기업을 만들었다고 했다.

기업이 잘 되면 인민이 잘살게 되고 나라도 부강해진다. 미국을 설득하려면 미국 기업을 북한에 끌어들여 이 기업으로 하여금 미국의 정책을 바꾸도록 해야 한다고도 말했다. 그러면서 미국과 지속적으로 연결고리가 생기기 위해서는 미국과 원산 또는 남포를 왕래하는 만경호 같은 정기선을 만들어야 한다고 했다. 호랑이를 잡으려면 호랑이와 싸우지 말고 마을로 끌어들여 때려잡든지 길들여 이용하라고 했다.

그러나 사업가도 아닌 일개 의사의 힘으로는 역부족이다. 배가 태평양을 건너 미국 서부 포틀랜드 항으로 들어오는데 Pilot가 컬럼비아 강을 따라 배를 끌어오는 데만도 45만 달러가 든다. 일년에 두 번만 들어온다고 해도 90만 달러가 필요하다. 내가 감당하기는 너무 큰 돈이다.

어쨌든 북한에도 경제개방을 위해 우리의 말을 경청하는 사람들이 있다는 것을 알았다.

입과 발의 자유

"먹을 것이 없어 입이 자유롭지
못합니다. 배는 입보고 일 좀 하라고 그러는데 할 일이 있어야지요.
먹을 것이 있어도 맛을 볼 수가 없군요. 급하게 위로 빨아들이니까요.
할 말은 많은데 입을 움직일 수가 없군요. 너무 감시가 심하니깐요.
말을 하다가 내 몸보다 다른 사람들의 몸을 망칠 수가 있으니까요. 갈
곳은 많은데 갈 수가 없군요. 발은 잘 움직이는데 갈 수가 없군요. 검
문소가 너무 많네요. 가려면 증명서가 있어야 되는데 그게 없어 갈 수
가 없어 답답하군요."

내가 어렸을 때인 해방 직후만 해도 38선이 허술하였다. 아버지가
몰래 남한에 사시는 고모를 만나고 오시고 난 후, 진지하게 나에게 물
으셨던 일이 지금도 생생하게 기억난다.

"북조선은 사회주의가 되어 모든 국민이 중·고등학교는 물론 대

학까지도 무료로 교육을 받을 수 있고, 병원 치료와 탁아시설도 모두 국가에서 대주고 모든 사람이 평등하게 살 수 있는 반면, 남조선은 자본주의가 되어 부자와 가난한 사람이 생기고 돈이 없으면 학교에도 못 가고 학교에 가려면 힘들여 고학해야 하는데 북조선에서 사는 게 좋겠지?"

그때 나는 이렇게 대답했다.

"아버지, 그래도 남조선에서 고생하며 고학을 하더라도 자유롭게 살래요."

그리고 32년 후, 북한을 방문해 형제들을 만났을 때 서로 말도 제대로 못하고 정치 이야기도 아닌 가족 안부를 이불 뒤집어쓰고 속삭이며 전해야 했다.

그다음 방문했을 때도 대동강변 공원에서 안내원을 동반하지 않고 막내동생을 만났을 때 무슨 간첩 접선이나 하듯 서로 다른 벤치에 등을 돌린 채 서로 모르는 사람인 양 앉아서 가족의 안부를 이야기했다. 평양 호텔에서는 친절한 종업원이 "선생님 방에 도청 장치가 되어 있습니다. 밖에 나가서 말씀하시지요" 일러 주기도 했다.

또 한번은 동생 집과 멀지 않은 옆 동리에 사는 누님 집으로 저녁 먹고 산보 가자고 했는데 갑자기 동생이 없어졌다. 한참 후에 동생이 돌아와서 "이제 가셔도 됩니다. 허가 받고 왔습니다"라고 하는 것이었다. 바로 지척에 있는 누님 집으로 저녁 먹고 산책을 가려고 해도 관의 허가가 있어야 갈 수 있었던 것이다.

입과 발이 구속되어 보지 못한 사람은 얼마나 자유가 절실한지를 모른다. 나는 행복한 사람이다. 입의 자유가 있고 발의 자유가 있어 미국·한국·중국을 마음대로 드나들고, 입으로 먹을 자유가 있고 또 마실 자유도 있으니 말이다.

그러나 나 역시 말의 자유는 있되 제한되어 있다. 공개적으로 북한에서 본 것들을 말할 수 있는 자유가 없다. 동생들의 생사가 달려 있기 때문이다. 또 한 가지, 내가 태어나고 놀았던 북한의 고향에 가고 싶어도 못 가는 나의 발의 자유도 일부 구속되어 있다.

중국 단둥에서 나에게 진료받은 환자가 말하길, 중국에서 보고 겪은 일들을 딸이나 아들에게는 몰래 말할 수 있어도 사위나 며느리에게는 말할 수 없다고 한다. 며느리나 사위가 친가에 가서 속삭인 말이 퍼지면 모두 멀리 강제이주당하기 때문이란다. 이 모두가 지난 60년 동안 한맺힌 이산가족들의 슬픔이다.

북한 군대는
13년형의 강제노동수용소

북한은 강성대국을 주장하며 150
만 군대와 전 인민의 무장을 주장한다. 고급 장성이나 특수부대가 아
닌 대부분의 북한 인민군은 어떠한가? 한마디로 인민군 병사들은 13
년형을 받은 강제노동수용소에서 사는 것이나 다름없다.

사실 인민군은 의무병이 아닌 지원병 제도로 운영된다. 그러나 북
한은 젊은이들이 군에 지원하지 않을 수 없도록 주위 환경을 만들어
놓았다. 6·25 때 의용군 모집하는 것을 보았던 노인들은 아마도 이
때 일을 생생히 기억할 것이다. 반면 고급 당원의 자제들은 대개 이
런 노역을 하는 군대에 가지 않더라도 남한에서와 같이 병역기피자
가 되지는 않는다.

일단 입대하면 10년에서 13년간을 복무해야 한다. 그리고 거의 모
든 건설 노동판과 땅굴파기 강제노역에 종사해야 한다. 죽지 않을 정

도의 가축 사료 같은 음식을 먹으며 각종 건설장에서 일해야 하는 것
이다. 포크레인 하나 없이 사람의 힘으로만 하는 삽과 등짐으로 평양
에 있는 화려하고 웅장한 건물들과 모든 모뉴멘트 건축물들, 고급 당
원들이 사는 아파트, 통일문, 개선문, 주체탑 등 거의 모든 건설 현장
에서 일한다. 리어카를 끌고 등짐을 지며 건설하고 터널을 파고, 심지
어 평양의 하수도에 아무 장비 없이 발가벗고 들어가 청소까지 한다.
이 모든 것이 인민군들의 몫이다.

　휴가는 물론 아버지가 돌아가셔도 제대할 때까지 집에 한 번 못 가
고 복무해야 한다. 이런 인민군 병사들의 모습은 굶주림과 과도한 노
동으로 입술이 부르트고 영양부족으로 파리하다 못해 참혹하다. 불평

인민군의 노동력으로 만든 통일문.

아침 7시 공사장으로 행진해 가는 학생들. 아래는 동원된 군인이 수용된 숙소와 공사 현장.

한마디 할 수 없고 돈 한푼 못 받는다. 강제노동수용소가 따로 없다. 공사장 숙소는 병사들의 병영이라고 하기에는 너무나 열악하다. 비나 간신히 피할 수 있다. 늦은 가을 추운 날씨에도 대동강 찬물에서 목욕이나 빨래를 한다.

여기에 동원되는 사람들은 군인들뿐만이 아니다. 북한에서 한 군郡에 한 명 정도밖에 갈 수 없다는, 이른바 엘리트 학생들이 다니는 김책공업대학 학생들도 있다. 열심히 공부해도 모자라는 시간에 등짐 지고 임금도 없이 공사장 노동자로 봉사해야 한다.

얼마 전 김책공업대학에 대자보가 나붙었다고 한다. 그 후로 학생들도 이런 노동을 하도록 동원 명령이 떨어졌다는 것이다. 대학생들은 길을 걸어가면서도 책을 손에 들고 공부한다. 한창 공부하고 기술을 배워야 할 나이에 수용소의 노예로 만들어 무능한 젊은이들을 양산하고 있다.

인민군은 10~13년간 복무한 뒤에야 직장을 가질 수 있는 교원대학에 가거나 그 밖의 직업 교육을 받을 수 있다. 17~18세에 입대하여 30세가 지나서야 결혼도 하고 일자리도 찾을 수 있는 것이다.

북한의 대중교통

　　　　　　　　　　　　　　　　내가 **평양**에 갔을 때 나를 만나기
위해 동생이 함경북도 부령에서 평양까지 오는 데 6일이 걸렸다고 한
다. 함경북도에서 평양까지는 서울에서 부산 정도의 거리라 서너 시
간이면 올 수 있지만, 기차가 제대로 운행되고 있지 않기 때문이다.

　북한에서는 기차가 시간표대로 운행되지 않는다. 전기가 없으면
며칠이라도 한자리에 서 있다. 기차 안에는 유리창도 모두 떼어 가서
바람이 시원(?)하게 들어온다고 한다. 기차를 타려면 약 일주일치 음
식을 준비해 가지고 타야 한다. 그나마 잡은 자리도 나갔다 들어오면
없어지기 일쑤라고 한다. 거기에도 도둑과 꽃제비들이 몰래 짐과 먹
을 것을 훔쳐간다고 한다.

　평양에서 며칠간 좋은 음식 먹고 돌아가는 길에 내가 준 짐까
지 가지고 가기가 힘들 것 같아서 안내원에게 특별히 부탁하였다.

기차를 빨리 가게 할 수는 없지만 침대칸 좌석이라도 구해 달라고 말이다.

사실 침대칸은 고급 당원이나 권력이 없으면 상상도 못하는 자리다. 일반칸은 사람들이 많아 앉아 가기도 힘들고, 한번 앉으면 움직이기가 쉽지 않다. 마치 6·25 전쟁 때의 기차를 방불케 한다고 한다.

6일간을 달리는 열차는 전기 사정으로 가다가 쉬기를 반복한다. 어떨 때에는 하루 종일 움직이지 않을 때도 있다고 한다. 좁은 데 끼어 앉아 앉은 채로 잠을 자야 하고, 갖고 가는 짐이 없어지지 않을까 신경을 곤두세우고 지켜야만 한다.

먹을 것은 가지고 가는 감자나 강냉이 등으로 해결한다고 해도 싸는 것은…… 작은 것은 그런 대로 해결한다 해도 큰 것은 어떻게 하는지 모르겠다.

북한에서 가장 중요한 교통수단은 자전거이다. 자전거를 가지고 있으면 부자이다. 대부분 걸어 다닌다. 우리가 타고 지나가는 자동차는 감히 세우지도 못하고, 가끔 지나가는 트럭이 얼마를 받고 태워 준다. 아직까지 북한에서 시외버스를 구경해 본 적이 없다.

얼마 전까지는 중국에서 화물 열차가 북한으로 화물을 싣고 갔으나 몇 년 전부

북한의 대중교통인 트럭. 재수가 좋아야 얻어 탈 수 있다.

터는 안 들어간다고 한다. 기차는 북한에 가서 하룻밤은 있어야 하는데 밤사이에 기차의 부속이나 유리창을 모두 떼어 가서 거의 사용 불능 상태가 되기 때문이란다.

북한에 물자를 보내려면 기차가 나와야만 실어 보낼 수 있다. 언제 올지 모르는 북한 열차에 화물을 싣기 위해서는 5분 대기조같이 기다리다 실어야 한다. 조금이라도 늦으면 화물이 차서 실을 수 없기 때문이다.

같은 시간에 평양에서 점심 먹고 출발하여 중국 선양에서 한참 기다렸다가 비행기를 갈아타고도 오후 6시쯤 인천항에 도착하여 다음 날부터 서울·부산·강릉을 바쁘게 돌아다니는 6일 동안, 동생은 아직도 평양에서 함경북도로 가고 있었을 것이다.

자전거 도둑

북한에서는 자전거가 있는 주민은 재산가이다. 자전거가 거의 유일한 이동 수단이자 수송 수단이기 때문이다. 이런 귀중한 자전거는 쉽게 도둑을 맞는다. 도둑을 방지하기 위한 방어 또한 철저하다. 밖에 세워 놓으면 잃어버리기 때문에 잠시 세워 둘 때에도 몇 층 아파트 계단을 자전거를 메고 오르내린다.

5~8층 이상에서는 줄을 매달아 자전거를 2~3층 높이에 매달아 놓고 "야, 내려라", "올려라" 하고 소리 지르는 모습을 어디서나 볼 수 있다.

평양의 특권층이 사는 아파트 이외의 대부분의 일반 주택은 6~8층이어도 엘리베이터가 없다. 말이 아파트이지 주거 환경이 형편없다. 자전거 자물통은 아무나 열 수 있을 정도로 허술하기 짝이 없다. 자전거를 묶어서 못 가져가게 만들면 부분적으로 떼어 간다.

이렇게 도둑맞은 자전거는 다른 지방으로 팔려 나간다. 자전거도 번호판을 다는데 관리에게 돈을 주고 새로 달면 더 이상 도둑에게 산 장물이 아니다.

도로 확장 공사와 땅굴파기

평양에서 금강산을 가려면 남쪽 검문소를 지나 원산 가는 고속도로를 따라 간다. 황해북도 신계, 곡산을 거쳐 북쪽의 백두대간을 뚫고 원산으로 가서는 다시 동해 북부선을 타고 남하하여 현대그룹 고 정주영 명예회장의 고향인 통천을 거쳐 금강산으로 가는 것이다.

당시 원산까지는 잘 포장된 고속도로가 있었으나 원산부터 금강산까지는 도로 확장 공사가 한창이었다. 도로 공사는 어떤 회사에 하청을 주어 그 회사가 인부나 장비를 동원하여 하는 것이 아니고 인근 주민들을 강제로 동원하여 한다. 더욱이 고개 마루턱의 도로를 확장하는데 중장비를 동원해 길을 넓히는 것이 아니라, 부역에 동원된 인부가 하루 할당량을 배정받게 되면 본인의 책임량을 그날 채우게 되어 있다.

그 할당량이란 자기가 들어갈 수 있는 관을 세워 놓은 것 같은 양의 흙을 파내는 것이다. 가로 60cm, 깊이 50cm, 높이 150cm 정도를 시간 내에 파내는 것이다. 인부 100명이 동원되어 60cm의 넓이로 파면 60m가 만들어진다. 연인원 100명이 10일간 일한다면 600m의 고갯마루 길이 늘어나는 것이다.

이처럼 장비도 없이 단지 삽과 곡괭이와 등짐만으로 공사를 해야 하는 북한 인민들의 피와 땀은 과연 누구를 위한 것인가?

이런 식으로 휴전선의 땅굴을 파고 묘향산의 종합지하기념관을 만든 것이다. 인민들의 피와 땀으로 만든 지하기념관이 50년, 100년 후에도 보존할 가치가 있는 유물인지 의심스럽다.

그 밖의 모든 군사시설이 지하로 들어가기 위해 동원된 인민군의 삽과 곡괭이가 그 얼마나 닳아 없어졌을 것이며, 그 과정에서 희생된 생명들은 또 얼마나 많았을 것인지는 통계 자료에도 없을 것이다. 인민군은 이런 방법으로 땅굴을 파서 휴전선 2250m를 지하로 관통하게 만들었다는 보고도 있다.

교통이 불편해 서로 왕래하기가 힘들어 사람들이 다른 고장의 일을 잘 모르고 평양 사람들도 지방에서 일어나는 일들을 잘 모르고 살고 있지만, 발 없는 말은 더 빨라서 소문들은 순식간에 살을 붙여 가며 퍼져 나간다.

평양에 다녀와서 북한도 살 만하다고 말하는 사람들이 있기도 한데, 그러면 북한에 가서 살아 보라고 강력하게 권하고 싶다.

북한의 토사 치우기

예전에 가보았을 때만 해도 대동강 물은 비교적 맑았다. 그러나 15년 후의 대동강은 너무도 많이 오염되고 강가는 쓰레기장을 방불케 했다. 서해갑문이 남포와 황해도 은율군을 막아 놓아 물의 흐름이 느려지면서 강물이 썩고, 또 장마 때 흘러내린 토사가 쌓여 물고기가 살기 힘들어지고 어종도 많이 변한 듯했다. 평양의 은퇴한 노인들의 유일한 낚시터인 대동강에서 이제는 잉어나 붕어가 잡히지 않는다고 한다.

또 산에 나무가 없다 보니 비만 오면 토사가 강으로 흘러들어 시민들이 수백 명씩 동원되어 삽으로 토사를 퍼올려 트럭에 싣는다. 기계로 하면 잠깐이면 될 것을 사람의 힘으로 한 삽 한 삽 퍼올리는 모습을 보면 일하는 사람들의 노고가 애처롭다. 전쟁용 탱크는 만들어도 중장비는 안 만드는 모양이다. 귀중한 노동력을 제대로 활용하지 않고 이렇게 낭비하고 있다. 그래도 시민들은 능률도 없는 일들을 당연하다고 생각하고 묵묵히 시키는 대로 하고 있다.

북한의 일사불란한 시스템으로 바른 경제정책을 펼친다면 몇 년 안에 부자 나라로 발전할 수도 있을 텐데 어째서 그렇게 비능률적으로 일하고 있는지 이해가 안 된다. 강성 노조도 없고 파업도 안하는 성실하고 부지런한 인민들이 있는 북한에서 경제발전을 제대로만 한다면 곧 부자 나라가 될 수도 있는데 말이다.

무진장 매장되어 있는 석탄과 무연탄을 전기 사정이 나빠 채굴할 수 없게 되면서 광산은 폐광이 되고, 그로 인해 산에 무성하던 나무는 모두 땔나무로 베는 바람에 민둥산이 되고 말았다. 그렇다 보니 조금만 비가 와도 토사가 논밭으로 흘러내려 국토가 황폐해진 것이다.

사회주의 식량 사정을 보면 1980년대 초, 소련의 흐루시초프는 집단농장의 20%를 해제하여 개인이 경작하도록 하였다. 그러자 2년 후 소련의 전체 곡물 생산량의 80%가 20%의 자영 농장에서 생산되었다. 80%에 이르는 집단농장에서는 겨우 20%의 곡물이 생산되었을 뿐이다.

토사 제거에 동원된 주민들.

중국은 돈 한 푼 안 들이고 법령 3줄을 고쳐서 수천 년간 굶주리던 중국 농민들을 식량이 남아도는 부유한 농민으로 만들었다. 법령 3줄이란 농민이 생산한 농산물은 전부 농민이 가질 수 있게 한 것이다. 수확한 농산물은 농민 자신이 보관하도록 했다. 그로 인해 국가가 부담하던 막대한 보관료가 들지 않게 되었다. 그리고 나라에서 필요한 양곡은 현 시가로 농민들에게 사서 쓰도록 하였다.

이에 반해 북한에는 집단농장제도가 그대로 있어 농토는 황폐할 대로 황폐해지고 생산성은 극도로 떨어져 있는 상태다. 반면 집 주위에 있는 몇 평 안 되는 작은 텃밭의 농산물은 항상 푸르고 수확량도 많다.

굶주리고 있는 북한 동포와 평양의 특수층을 제외한 대다수 어린

춘궁기인 5월, 중국 농촌에 남아 있는 식량.

북한의 농촌. 집단농장의 채소와 집 앞 텃밭의 무성한 채소가 대비된다.

이들의 영양 부족과 발육부진은 사회 문제를 떠나 종족 생존의 문제로 시급히 해결해야 할 과제이다.

인력 낭비

북한을 가보면 어디서나 흔히 볼 수 있는 광경이 있다. 만장 같은 깃발을 앞세우고 동원된 주민과 학생, 심지어 어린이들까지 삽과 괭이와 빗자루를 들고 수십 명, 수백 명이 공사하고 있는 땅을 파고 있는 모습이다. 장비가 없다 보니 모두 이렇게 동원되어 일을 하는 것이다. 아무 보수도 없고, 가치도 없고, 능률도 안 나는 노동을 하고 있는 것이다. 호텔이나 백화점의 잘 차려 입은 소위 평양 미인들도 대개는 손이 거칠다.

평양 시내에 짓는 새로운 아파트들도 이렇게 동원된 학생들과 인민군들이 지어 놓은 것이다. 그곳에 입주해서 사는 사람은 특수층인 고급 당원들이다.

김책공업대학은 북한에서 소위 당성도 강하지만 머리 좋은 우수한 학생들로서, 한 군에서 최우수 학생 한 명 꼴로 선발하는 수재들이다.

이런 수재들을 모아다 겨우 강냉이밥을 먹이고 농사철에는 식량 증산을 돕는다는 구실로 농촌에 가서 모내기, 벼베기, 밭갈기, 풀뽑기 등을 시킨다. 또 건축 공사 현장의 일꾼으로 모래자갈을 등에 지고 올라가는 등 고된 노동을 하게 한다. 공부할 시간도 모자라는 수재들에게 이런 막일을 시키는 것이다. 걸어 일터로 가면서, 또 잠시 쉬는 시간에도 책을 읽는 학생들을 종종 목격할 수 있었다. 그처럼 고된 노동 후에 어떻게 공부할 수 있는지 모르겠다.

사람의 체력에는 한계가 있다. 우리 국민의 민족성은 근면과 성실 그리고 정직이다. 거기에 북한 사람들은 하나를 더 가지고 있다. 복종심과 단결력이다.

이처럼 귀중한 민족 자원을 이렇게 낭비하고 있는 북한이 한심하다. 지도자의 잘못된 생각은 한 민족과 그 나라를 황폐하게 만든다.

북한보다도 자원이 없는 남한을 세계의 선진 대열로 끌어올린 자산은 우수한 민족성이다. 같은 우수한 민족성을 가진 북한이 어째서 이 지경이 되었는가.

한국인은 외국에 나가서도 실업자 수당을 받지 않고 그보다 수입이 적은 막일이라도 해서 자기 힘으로 벌어 먹는 근성이 있다.

도움이 꼭 필요한 사람들에게 선택적으로 지원하는 것은 선진사회에서 당연하다. 전면 복지는 국가의 예산을 낭비하는 일로, 결국 빚을 얻어 복지를 하는 나라가 되어서는 안 된다. 이는 국민 전체를 가난하고 게으른 사람으로 끌어내리려는 정책이다.

지금 그리스의 파산과 이탈리아의 경제위기는 전면 복지가 불러 온 것이다. 이처럼 확실한 실패의 증거가 있는데도 이를 답습해서야 되겠는가. 다 같이 잘살는 사회가 아니라 다같이 못살게 하는 사회를 만들 수는 없다.

소련이 멸망하고 중국이 변화한 것을 보라. 1930년대 미국이 대공황을 극복한 것은 무조건 퍼주는 실업수당이 아니라 일자리를 만들어 일을 시키고 그 대가를 주었던 루스벨트 대통령의 실업구제 정책 덕분이었다.

미국 역사에서 의도적인 실패작은 아메리카 원주민인 인디언에 대한 정책이다. 무조건 돈을 퍼준다면 받은 사람은 우선 좋다. 의도적으로 아메리카 원주민들을 알코올 중독자로 만들어 사회의 낙오자로 만든 것이다.

복권에 당첨되면 우선 좋다. 돈을 벌 필요가 없으니 놀고 먹는다. 도박과 같은 일을 하다가 몇 년 안에 그 많던 돈을 모두 날려 버리고 다시 거지가 되었다는 기사를 종종 보게 된다.

북한의 그 좋은 노동력으로 생산성 있는 일을 한다면 북한도 10년 안에 부자 나라가 될 수 있다. 세계 역사상 천재지변으로 굶어 죽은 경우는 거의 없다고 한다. 정치가 잘못되어 굶어 죽는다는 것이다. 중국 문화대혁명 때 6천만 명이 굶어 죽었다. 아이러니한 것은 중국 사람들이 굶어 죽으면서도 마오쩌둥 어록집을 들고 "마오쩌둥 만세!"를 부르며 죽었다는 것이다.

지금 식량이 남아도는 중국을 만든 것은 간단한 정책의 변화이다. 300만 명의 아사자가 나오는 북한의 식량 문제도 정책만 제대로 바꿔서 잘하면 얼마든지 해결할 수 있고 잘사는 나라, 통일된 나라를 건설할 수 있다. 인력을 바로 쓰는 정책이 필요하다.

자기 감정을 나타낼 수 없는
북한 사람들

북한에는 해방 후 인민공화국이 생긴 초기부터 쓰인 말이 있다. '밑때쟁이'이다. 이는 남을 고발하는 사람을 일컫는 말로, 지금은 아예 제도적으로 쉽게 고발할 수 있게 되어 있다

북한에서는 당 간부라도 해외 출장을 혼자서는 절대 못 간다. 적어도 두 명 이상이 가야 한다. 몇 사람이 가게 된다면 거기에는 반드시 지도원 동지가 끼게 마련이다. 그리고 매일 그날 일어났던 일을 일기로 써서 보고해야 한다. 같이 간 동료라도 다른 사람이 무어라고 쓰는지 알 수가 없다. 외부 인사를 만나 말 한마디라도 실수하게 되면 그 동료가 보고하기 때문에 절대로 말실수를 해서는 안 된다. 더욱이 공화국에 불리한 발언을 하게 되면 그대로 보고가 올라간다.

북한 내에서도 마찬가지다. 소위 외국에서 온 사람에게 조금이라

도 공화국에 불리한 발언을 하게 되면 즉시 누구인지 모르는 사람에 의해 고발당한다. 서로를 감시하고 감시받는 것이다.

북한에도 사진을 찍어 고발하고 보상금을 받아 먹는 파파라치 족속들이 있다. "북한 사람은 두 사람 이상이 있으면 절대로 진실이 나올 수 없다"는 말이 나온 건 그래서이다.

혹 가다가 도청 장치가 없는 곳에서 북한 사람을 따로 만났다면 가끔은 마음속에 있는 말을 들을 수도 있다.

"고생이 많습니다. 살기 힘들지요?"

라고 인사하면

"수령님 덕택에, 장군님 덕택에 유복하게 잘 살고 있습니다."

라는 대답이 나온다.

"이게 잘 사는 것입니까?"

한마디 하면 그저 씩 웃고 자리를 피한다. 북한 사람을 만나도 절대로 그들의 실정을 들을 수가 없다.

몇 년 전 어선이 서해 남방한계선을 넘어오는 바람에 북한 어부들이 몇 달 동안 남한에서 좋은 옷에 좋은 음식을 대접 받고 좋은 선물도 받았다. 그러나 그들에게는 큰 걱정거리가 있었다. 돌아가서 가족을 만나야 할 텐데 그 위에 도사리고 있는 당국의 감시와 박해, 그리고 무슨 일이 닥칠지 몰라 불안했던 것이다. 그래서 그들은 판문점에서 남한이 준 새옷을 모두 다 벗어 던지고 받은 선물도 다 버리고 맨발로 북한으로 넘어갔다.

그러나 얼마 후 북한에 가서 들은 이야기인데, 이 사람들과 그의 가족들 모두 숙청되어 딴 곳으로 이주했다고 한다. 남한에서 보고 온 것들과 받은 대접이 입소문으로 전파되면서 누군가가 당국에 고발한 모양이다. 가족끼리 한 말도 친정 식구에게 전해지면 그 말이 다시 전파된다. "발 없는 말이 천 리를 간다"는 말처럼.

북한의 사회계급

북한을 방문한 사람들에게는 북한 당국이 지정하는 행사 코스(관광 코스?)가 있다. 사람에 따라 코스가 조금씩 변동되긴 하나 몇 번을 가도 빠지지 않는 것은 평양에 있는 김일성 동상에 꽃다발을 증정하고 동상에 절하는 것이다. 이곳은 대개 순안비행장에서 바로 가게 되어 있다. 다음 날은 만경대 김일성 생가를 방문하여 판에 박은 듯한 안내원의 설명을 들어야 한다.

그리고 난 다음에야 스케줄을 따라 움직이는데 묘향산의 김일성과 김정일의 지하박물관, 경우에 따라 김일성 시신이 안치된 주석궁을 방문한다. 또 원산에서 평양 대동강으로 끌어다 놓은 1968년에 나포된 미국 함정 푸에블로호와 평안남도와 황해도를 연결하는 서해갑문, 그리고 구월산을 관통하여 패합사 절터를 지나 서기 900년경에 지어진 것으로 전해지는 구월산 월정사(강원도 오대산에도 월정사가 있다)를 보게 된다. 다음에 신천박물관을 보고 재령과 사리원을 거쳐 평양으로 돌아오게 된다.

신천박물관은 황해남도 신천에 건립된 전쟁박물관으로, 6·25 때 미국의 해리슨 중령이 인솔한 미군들이 조선 인민 3만 5천여 명을 학살했다고 하는 박물관이다.

지금도 내 형제들이 이 지역에 살고 있어 그곳 사정을 잘 알고 있다. 몇 년 전 이 전쟁박물관을 소재로 황석영 씨가 쓴 소설 『손님』을 읽었다. 여기에 나오는 사람들이야 가공의 인물이겠지만 사실성을 바탕으로 한 실화라는 면이 많이 보였다.

나는 지난 2001년에 미국인 친구들인 마이크 뭉크 박사Dr. Mike Munk, 찰스 그로스만 박사Dr. Charles Grossman와 같이 이름도 거창한 '반핵평화위원회' 대표단으로 북한을 방문했을 때 신천박물관과 푸에블로호를 방문한 적이 있다.

이 두 친구는 미국의 사회주의자들로 공산권에 대해 매우 호의적인 사람들이다. 1930년대에 중국공산당을 지원한 공로로 제1세대 공산당 지도자들과도 친분이 두터워 중국에서는 아주 융숭한 대접을 받았다. 신천박물관의 안내원은 유창한 영어로 해리슨 중령의 만행을 고발하면서 그 비참했던 상황을 일일이 설명하였다.

은퇴한 정치학 교수인 뭉크 박사는 이러한 설명을 일일이 기록했다가 미국으로 돌아와서 해리슨 중령이 어떤 사람인지 조사하였다. 뜻밖에도 해리슨 중령은 가공의 인물이었다. 한국전쟁 당시 미군은 개성, 사리원, 황주, 중화를 지나 평양으로 바로 진격했기 때문에 신천에는 주둔한 적이 없었던 것이다.

그러면 그들이 말하는 미 제국주의 군인들이 3만 5천여 명의 주민들을 학살했다는 것은 무슨 말인가. 얼마나 과장된 숫자인지는 몰라도 실제로 수만 명의 신천 사람들이 학살된 것만은 사실이다. 이렇게 거짓 역사를 만드는 데에는 그럴 만한 이유가 있다.

그것은 동족상쟁同族相爭의 죄를 미군에게 뒤집어씌우고 좌익과 우익이 서로 가해자이고 피해자임을 감추려는 의도가 있다고 본다. 사실은 1950년 9월 28일 맥아더 장군의 인천상륙작전으로 인민군이 퇴각한 후 유엔군과 국군은 바로 평양을 향해 진격했기 때문에 서쪽의 해주·재령·신천·안악·장련·은률 등은 소위 치안대의 수중에 들어갔다.

황해도에는 '돌무지 경우'라는 말이 있다. 돌무지 사람들의 성질이 거칠고 과격하다고 해서 나온 말이다. 돌무지 사람들은 부지런하기 때문에 대개 중농 이상으로 자작농을 하며 머슴 한둘을 거느렸다. 일제강점기에 동양척식주식회사가 한국인의 농토를 헐값으로 사들일 때도 자신의 농토를 지켰던 사람들이다.

그런데 공산정권이 들어서면서 토지개혁으로 땅을 모두 뺏기고, 자기 집에서 일하던 머슴들이 인민위원이나 공산당원이 되어 가혹 행위를 하자 공산주의에 대한 증오심이 컸다(오래전에 〈돌무지〉라는 영화도 나왔다).

간선도로가 국군의 수중에 들어가자 해주·옹진 쪽의 공산당과 그 가족들은 할 수 없이 신천 쪽으로 퇴각하여 구월산으로 집결하라는 명령을 받았다. 구월산으로 가는 길목에 돌무지 마을이 있었는데,

공산당을 증오하는 돌무지 사람들이 내무서를 습격하여 무장 치안대를 조직하고 퇴각하는 빨갱이와 그 가족들을 모두 죽여 버렸다.

그런데 서부에서 퇴각하던 인민군 주력 부대가 구월산으로 집결하기 위해 신천으로 들어왔다가 공산당과 그 가족들이 몰살당한 것을 보고는 이버에는 우익 진영 사람들과 그 가족들을 죽였다.

그 후 국군이 들어와 치안대가 다시 조직되자, 나머지 공산당원들과 그 가족들을 처형하였다. 이렇게 죽은 양쪽 양민이 3만 5천 명에 이르렀던 것이다.

북한은 바로 이 죄를 미군 해리슨 중령이라는 가공 인물을 만들어 뒤집어씌운 것이다. 신천박물관에는 누가 가해자이고 피해자인지도 알 수 없는 죽은 사람들의 사진, 지하 창고에 몰아넣고 불을 질러 학살한 흔적들과 장소, 학살당한 사람들의 신발이 산더미처럼 쌓여 있다.

이러한 대학살은 결국 우리가 피해자이고 또 가해자이기 때문에 서로 미워할 수도 없고 원수를 갚을 수도 없다. 우리들의 슬픈 전쟁의 역사이다. 북한은 가공의 인물을 가해자로 내세워 미국을 증오하게 교육시키고 있다. 또한 실재했던 가해자의 아들을 열성당원으로 만들어 가공의 해리슨 중령과 미군을 미워하게 만들었다.

북한의 수해 과장 보도

몇 년 전에도 한국에는 장마가 일찍 와서 여기저기 농작물 피해가 심하다고 보도되었다. 예년보다 많은 집중폭우가 온 탓이다. 강우량이 200~300mm라고 했다.

땔나무로 쓰기 위해 나무들을 모두 베어 버린 탓에 민둥산이 된 북한에는 비가 오면 토사가 밀려 내려올 것이라고 걱정했는데, 역시 장마전선은 북한으로 올라가서 300mm 이상의 집중폭우를 내렸다고 평양 방송이 발표하였다. 북한 당국은 이례적으로 피해 현황을 대대적으로 보도하였다. 이에 인도적 차원에서 식량과 의약품을 보내 피해 복구를 지원해야 한다는 동정적인 여론이 일었다.

그러나 평양 방송이 국제사회의 지원을 얻기 위해 피해 상황을 과장했다는 보도가 나왔다. 이 보도를 듣고 있으니 '또 속는구나' 하는 생각이 들었다. 고난의 행군 때와 같은 수법을 또 쓴 것이다. 한 번

속지 두 번은 속지 않는다.

북한에는 〈이솝 우화〉와 같은 동화가 없어 늑대와 양치기 소년의 이야기를 모른다. 1997년 북한에 해일이 와서 식량이 모자라자, 한국을 비롯하여 세계 각국이 원조를 하였다. 북한은 '큰물피해대책위원회'라는 전담 기구를 만들어 각국으로부터 막대한 식량과 의약품을 받았다. 그때가 바로 '고난의 행군' 막바지였다.

평안남도 문덕군의 해일 피해 지역을 직접 방문해 보니 너울성 파도로 수천 평의 농경지가 유실되어 있었다. 여기를 잘 보존해 놓고 세계 각국의 NGO들을 불러서 보여주고는 원조 물자를 받은 것이다.

나도 Northwest Medical Team International을 통해 컨테이너 두 대분의 의약품을 보내고 뒤따라 의료팀을 인솔해 갔다. 그러나 우리가 보낸 의약품은 구경도 못하고 참담한 북한의 현실만을 보고 돌아왔다. 당시 북한은 천안함 사건과 연평도 포격 사건으로 남한과의 관계가 경직되어 고난의 행군 때를 방불케 하는 경제적 어려움을 겪고 있었던 것이다.

역사적으로 기근은 자연재해보다는 정치적 실정失政에서 비롯된다. 북한이 자기들의 정치적 문제를 감추고 자연재해라고 하는데 과연 도와주어야 하는지 판단이 필요하다. 지금 북한 군대도 식량이 모자라는데 우리가 도와주면 군량미로 보급될 것이다. 분배가 확실하지 않은 식량과 의약품을 또 보내 주어야 할 것인지 현명한 판단이 필요하다.

전쟁과 평화

　　　　　　　　　　2차 세계대전 막바지에 미국이
일본 히로시마와 나가사키에 투하한 원자탄은 70년이 지난 지금까
지도 비난의 대상이며, 역사상 가장 큰 대량학살의 기록으로 남아 있
다. 원자탄을 투하하기로 결정했을 때 미국은 그 나름의 계산과 고민
이 있었을 것이다.

　　이 원자탄 투하로 7만 4천 명가량의 사상자가 나고, 12만 명이 이
로 인한 후유증으로 고통을 겪어야 했다. 원폭 투하 후 일본은 무조건
항복함으로써 전쟁은 마침내 끝이 났다.

　　그러나 다른 한편으로 생각하면 미국이 원자탄을 쓰지 않았더라면
결과가 어떻게 되었을까? 1945년 일본의 전세가 불리해지고 유황도
를 점령당할 때 얼마나 많은 희생자를 냈던가?

　　일본군의 잔여 부대들은 전부 옥쇄(명예를 위해 죽는 일)하라고 하였고

사이판 섬에서는 군인은 물론 민간인에게까지 옥쇄를 강요하였다. 당시 미군이 오키나와 상륙을 시도했다면 더 많은 희생자가 났을 것이다.

만일 전쟁이 계속되어 미군이 일본 본토에 상륙했다면 어떻게 되었을까? 당시 일본 군국주의자들은 최후의 1인까지 미국에 맞선다고 했다. 무기가 없으면 죽창으로라도 "최후의 피 한 방울까지" 미군과 싸운다고 했다.

만일 미국이 가공할 무기인 원자탄을 사용하지 않았다면, 결국 일본 본토에 상륙하면서 수많은 미군과 일본인이 죽지 않았을까? 추측하기로 적어도 200만에서 300만 명의 일본인과 적어도 10만의 미군이 죽었을 것이라고 한다. 그렇게 볼 때 히로시마와 나가사키 주민 7만 명의 희생이 300만 명의 인명을 구한 셈이다.

나는 전쟁을 반대하는 사람이다. 참혹한 6·25전쟁을 직접 겪고 2차 대전의 비극도 누구보다 잘 아는 세대이다.

우리가 북진통일을 위해 북한과 전쟁을 한다면 얼마나 많은 희생이 따를 것인가? 적어도 10만 명의 북한 사람과 3만 명의 남한 사람이 희생될지도 모른다.

연평도 포격 사건

연평도 포격이 이명박 정부를 난처하게 했지만 용기 또한 주었다. 천안함 사건 때는 분명 그들의 짓인 줄 알면서도 근거를 잡기 위해 시간이 필요했다. 선체를 인양하고 증거들을 수집한 후에야 북한의 소행이라고 발표했다.

그러다 보니 즉각적인 보복이 지연되고 그들의 콧대만 세워 주었으며, 자작극이라는 허튼 루머까지 퍼지게 되었다.

이에 반해 연평도 포격은 자신들이 했다고 발표하였다. 오히려 준비가 되지 않은 상태에서 미흡하게 대처하여 국민들을 실망시켰다. 이번 연평도 군사훈련은 그런대로 밀고 나갔지만 규모는 기대했던 것보다 훨씬 적었다. 전에 하다가 중단했던 훈련을 하는 정도였다. 저들의 엄포에 겁을 먹고 조심스럽게, 만일 저들이 포격한다면 우리도 공격한다는 것이 고작이었다. 그러자 북한은 그런 애들 장난 같은 것에 일일이 대응할 필요를 못 느긴다고 콧방귀 뀌었다.

다시 도발할 경우, 대응 공격하고 원점까지 타격하겠다는 그 효과
는 기대했던 것보다는 컸다. 북한이 원자력 사찰을 수용하겠다고 했
고, 핵 연료봉을 평화에 이용하기 위해 한국이나 미국에까지 팔겠다
고 했다. 돈도 좀 벌어 보겠다는 심산이다.

그런데 북한과 중국의 미묘한 관계를 살펴볼 필요가 있다. 중국은
북한이 겨우 무너지지 않을 정도만을 유지해 준다.

압록강과 두만강 국경 지대에서는 대규모의 중국 인민해방군이 매
주 도강훈련을 하고 있다. 남쪽에서 대응 사격과 공격을 해올 경우,
중국은 전쟁으로 간주하고 북한과의 조약에 따라 사전 절차 없이 즉
각 개입할 것이다. 저들이 필요한 경우 네 시간 안에 북한을 점령할
수 있다고 한다.

중국이 북한으로 들어가면 그들은 원자력 시설부터 접수할 것이
다. 북한도 중국을 100% 믿는 것도 아니다. 북한 인민군 7군단이 압
록강과 백두산 남쪽에 배치되어 중국 인민해방군의 주둔을 제지할
것이다. 이것은 전쟁도 아니고 전쟁이 아닌 것도 아닌 모호한 대칭
관계이다. 중국은 일단 군사적으로 주둔한 뒤 군과 민간에 대한 물자
를 통제함으로써 북한이 그들의 말을 들을 수밖에 없도록 할 것이다.

만일 북한이 전쟁을 일으킨다면 중국은 개입하지 않을 수가 없다.
그리고 개입한다면 미국을 비롯한 모든 서방 세계와의 교역이 단절
될것이다. 이는 그동안 이룩해 놓은 중국 경제의 파탄을 가져와 중국
이 다시 약소국가로 전락할 수도 있다.

따라서 중국은 절대 전쟁을 일으키지 않고 실리만을 좇을 것이다. 장사꾼은 현명하다. 지난번 연평도 포격 사건에도 주가가 떨어지지 않은 것은 전쟁이 일어나지 않을 것이라는 확신이 있었기 때문이다.

소위 북한 학자들의 언급은 없다. 덩샤오핑은 1980년대에 평화적인 대만 통일 계획을 2050년으로 잡았다.

아마도 중국은 동북공정의 계획대로 북한을 먹어치우려는 계획을 2150년(100~150년 후)쯤으로 잡고 있을지도 모른다. 우리는 이에 대한 대책을 장기적으로 마련해 놓아야 한다.

- 2010. 12. 20

중국과 북한의 우호협력조약

1961년 7월 11일은 중국의 동북 공정에서 매우 중요한 날이다. 북·중 우호협력조약에 담긴 '혈맹' 관계에 좀 부족하지만 50주년 기념 축하 사절을 보냈다. 이 조약의 제2조에는 어느 한쪽이 공격을 받아 전쟁 상태로 인정되면 즉시 상대방에게 군사적 원조를 제공한다는, 이른바 자동개입 조항이 담겨 있다. 이런 약속은 양국이 서로 혈맹을 자처하는 근거로 작용해 왔다.

그러나 이것이 중국에게는 북한에 대한 군사개입뿐만 아니라 북한을 점령할 수 있는 근거가 되고 있다. 실제로 압록강에서 중국 인민해방군이 정기적으로 도강훈련을 하고 있고, 압록강 연안에는 지휘본부가 차려져 있다.

또 압록강에는 도강 장비가 배치되어 있고, 인근 외곽 산간 지역에는 15만~30만으로 추정되는 수많은 중국 군대가 주둔하고 있다. 동북 중국(만주)의 모든 고속도로는 북한을 향하고 있으나 북중 교류를 할 수 있는 교량은 없다. 새로 건설하기는커녕 전쟁 때 끊어진 철로나 다리가 하나도 복구되어 있지 않다.

이 조항이 바로 천안함 사건과 연평도 포격 사건에도 불구하고 우리가 즉각 보복을 할 수 없었던 이유이다.

현재 중국은 동북공정을 차근차근 진행중이다. 압록강 북쪽 약 50마일 되는 곳에는 고려 때의 국경 검문소였던 고려문이라는 것이 있었다. 그러나 중국은 몇 년 전에 이를 없애고 여기에 도로표시 정도의 '변문진邊門鎭'이라는 작은 목간판을 붙여놓고 과거의 사적들은 전부 없애 버렸다. 또한 압록강 근처에 있는 옛 고구려 성을 전부 수리해서 만리장성 식으로 만들었다. 그러고는 이것이 만리장성의 시작이라고 주장하고 있다.

한편 압록강가의 중국 쪽 연안에는 중국군 부대 사령부들을 지어놓고 도강 장비들을 준비해 놓았다. 또한 여기서 몇 킬로미터 떨어진 곳에는 민간 가옥을 전부 한 곳에 몰아넣고 골자기마다 크게 담을 쳐놓고 군인들의 주거지로 만들었다. 그러나 실제 군인들은 이곳 시내에서나 민간인 구역에서는 보이지 않는다.

이에 반해 강 건너 북한은 폐허 더미다. 공장 굴뚝에서는 연기가 나지만 사실 공장이 돌아가고 있는 것처럼 보이기 위해 쓰레기를 태우고 있는 것이다. 중국은 북한이 점점 더 몰락하고 고립되기를 기다리고 있다.

북한은 공산주의가 아니다

　　　　　　　　북한은 우리가 알고 있는 공산주의나 사회주의가 아니다. 일제강점기에 독립운동을 위한 방편으로 공산당에 가입하고 소련의 도움을 받아 조국을 해방하려 했던 사람들은 공산주의자들이라기보다는 민족주의 독립운동가들이다. 1930년대에 사상가들이 공부하고 따르던 그런 이상적인 공산주의 노선은 이제 더 이상 이 세상에 존재하지 않는다.

　북한은 공산주의 노선을 택했다고 하지만 이는 진정한 공산주의와는 거리가 먼, 자기들의 정권을 유지하기 위한 수단의 하나일 뿐이다. 북한은 공산주의와 닮은 점이 하나도 없다. 인민을 착취하고 강제노동을 시키고 권력을 세습하는 제도는 마르크스의 공산주의 이론에는 없다.

　북한 주민들은 세계에서 가장 불평등하고 특수층이 아니면 교육을 받을 권리도 박탈당하고, 돈이나 권력이 없으면 질병을 치료받을 수도 없다. 대부분의 주민들이 배고픔과 질병에 시달리다 못해 장기간의 영양부족으로 발육장애는 물론이고, 심지어 유전자 변화까지 올 수 있다. 마르크스의 명예가 더럽혀지는 체제인 것이다. 마르크스주의에 대한 올바른 이해가 필요하다.

국민경제가 발전하여 국민이 잘살게 되면 자유와 민주주의는 따라오게 마련이다. 박정희나 전두환의 경제발전 정책이 없었다면 우리나라에 민주주의가 올 수 없었다.

중국도 공산주의가 아니다. 지금은 물론이고, 마오쩌둥의 문화대혁명도 공산주의 이론에서 나온 것이 아니라 마오쩌둥 개인의 권력 장악을 위한 것이었다.

중국 문화대혁명의 고통을 맛본 사람들, 특히 공산주의 이론에 매료되어 중국 혁명을 위해 애쓴 수많은 이상적 공산주의자들이 마오쩌둥의 숙청으로 목숨을 잃거나 강제 노역과 고난의 10년을 겪어야 했다. 중국이야 1960년대 문화대혁명을 이제 하나의 역사로 인식하지만 북한은 아직도 현재진행형으로 격동의 시대를 살고 있다.

무엇이 사람들을 그 격동기에서 생존할 수 있게 하고, 또 무엇이 그런 고통을 받으면서도 독재자를 신봉하게 하는지 그 믿음의 정체를 우리 학자들은 심도 있게 연구해야 한다.

김일성 주체사상에 대한 맹목적인 신봉과 사교 신도들의 교주에 대한 신임과 복종, 통일교, 박장로교, 백백교, 오음진리교, 라시니쉬교, 오대양교 등 우리가 이해 못하는 그들대로의 심리 작용이 있을 것이다.

그 밖에 불가사의한 사회 심리와 집단 심리도 있다. 4천 년 동안 전 세계를 돌아다니며 떠돌이 생활을 하는 집시들의 결집력이다. 이스라엘 백성에게는 여호와라는 유일신 사상이 있지만 집시에게는 그런 신이 없는 것 같다.

알카에다의 자살폭탄 테러, 일본의 카미카제 특공대, 독일 나치들의 결속력 등, 이들 추종자들의 잔학성은 과연 어디서 나오는지? 연구해야 할 사회심리학 분야가 아직도 많다.

북한을 제대로 알자

수많은 사람들이 북한을 왕래하고, 또 북한에 대해 글로, 강연으로 방송에서 알리고 있다. 하지만 이들 중 과연 북한의 진실을 제대로 말할 수 있는 사람이 몇이나 될까?

북한에서는 북한 주민들은 물론이고 방문자가 갈 수 있는 곳이 극히 제한되어 있다. 외부인에게 북한 사람들은 절대로 진실을 말하지 않는다. 안내원들은 방문자들에게 계획되고 지정된 곳 이외에는 보여주지 않는다. 방문자는 안내원 없이는 갈 수 있는 곳이 없다. 호텔 앞에 택시가 있지만 안내원 없이는 탈 수가 없다. 북한에도 택시가 있다며 북한이 변하고 있다고 말하는 사람이 있지만, 택시는 30년 전에도 있었다. 변한 것은 아무것도 없다.

북한 사람은 둘만 있어도 진실을 말할 수 없다. 낯선 사람, 특히 외국에서 온 사람에게는 절대로 진실을 말하지 않는다. 그리고 무엇을 물어 봐도 대답은 한결같다. "수령님 덕택에……", "장군님 덕택에……"라는 똑같은 말이 나온다.

이런 것만을 보고 온 자들은 북한도 살 만한 곳이라고 생각한다. 이런 사람들이 아직도 북한을 찬양하면서 현재 우리가 살고 있는 사회를 비판한다. 우리의 잘사는 행운을 과소평가하고 감사할 줄 모르는 것이다.

내가 북한에 가서 직접 보고 가족들과의 대화에서 들은 실상은 우리가 일반적으로 알고 있는 사실과는 아주 다르다. 하물며 탈북자들도 자기가 속했던 공동체의 한계성 때문에 객관적인 판단을 할 수가 없다. 북한의 실제 생활을 보기로 하자.

여행의 자유

가고 싶은 데 갈 수 있고 오고 싶은 데 올 수 있는 곳이 아니라는 것은 누구나 알고 있다. 어디까지 갈 수 있고, 또 어디는 갈 수 있다는 것은 개인마다 다르다. 두 가지 이유에서다.

- **차편** : 며칠씩 지연되어 청진에서 평양 오는 데 6일이나 걸린다. 교통 편의가 거의 없다. 먼 거리도 걸어서 가야 한다. 자전거를 타고 갈 수 있는 사람은 우리가 70년대에 자가용을 타고 다니던 사람보다 적다. 정기적으로 다니는 버스 같은 대중교통이 거의 없다. 기차는 얻어 타기도 힘들지만 전기 사정으로 연착하는 일이 다반사다. 연착하게 되면 한두 시간이 아니라 며칠씩 기다려야 한다.

- **여행증** : 허가 없이는 한 동리에서 그 옆 동리도 마음대로 갈 수가 없다. 친척을 방문하기 위해서도 여행증이 필요하다. 특히 시골에서 평양 방문은 철저하게 제한되어 있다. 평양 사람도 허가를 받지 않고는 시골에 마음대로 갈 수 없다.

   시골 사람이 평양에 올 때에는 여행증에 빨간 줄이 두 개 그려져 있고, 국경 도시인 신의주에 가는 여행증에는 파란 줄이 그려져 있다. 그곳에는 평양 가기보다 더 힘들다.

먹고 사는 자유

북한에서 이런 자유를 느끼고 사는 사람이 얼마나 될까?

어떤 곳에 가면 먹을 것은 얼마든지 있다. 단, 외화가 있어야만 구매할 수 있다. 외화는 아주 중요한 가치를 지니고 있다. 물론 외국인이나 고급 당원, 외화벌이꾼이라는 특수한 사람들만 쇠고기·돼지고기·닭고기·햄버거·냉면·개고기(단고기) 무엇이든지 원하는 대로 살 수가 있다. 북한에서 이런 자유를 가지고 있는 사람은 얼마 안 된다. 북한은 통계가 없는 나라이다. 아무도 가늠할 수가 없다.

질병으로부터의 해방

북한에는 약이 없다. 그 때문에 결핵과 간염이 너무 많다. 그 밖의 질병은 통계조차 낼 수가 없다. 더욱이 영양 상태가 나빠 국민 전체의 면역력이 떨어져 있다. 그러나 굶어 죽는 사람은 없다고 한다. 모두 결핵과 간염, 감기, 설사로 죽었지 굶어 죽었다고 보고된 숫자는 한 건도 없다. 면역성이 떨어지고 굶주린 사람이 더위에 쓰러져 죽고 배가 아프다 죽고 과로로 죽는다. 이런 사람이 일년에 300만 명인데 인구 증가세 둔화로 추측만 할 따름이다. 탈북자들 중 많은 사람이 길거리나 개울가에서 굶어 죽은 사람들을 직접 목격했다고 한다.

처형

처형된 사람들의 숫자가 얼마인지는 아무도 모른다. 공개 총살, 강제노동수용소, 정치범수용소에서 죽은 숫자는 발표되지 않으며, 이들은 인구 통계에 들어가지도 않는다. 자연 인구 증가의 통계 곡선은 하강하고 있다. 산아제한도 없는 나라에서 인구가 감소하고 있는 것이다.

북한의 핵 개발

북한의 김일성은 소련이 붕괴하
기 직전 또는 직후에 러시아의 핵과 미사일 기술자 200여 명을 한 달
에 미화 2000달러와 북한 체제비 일체, 그리고 부첨인(가정부 1, 비서 1) 여
자 2명을 제공하고 데려와 핵무기와 미사일 기술을 습득하였다. 당시
소련은 이런 기술자들에게 줄 돈이 없어 생활고에 시달리던 터라 핵
과 미사일 기술자들은 북한의 제안을 혼쾌히 받아들였다.

러시아 대통령 고르바초프가 이를 알고 대노하여 김일성과 김정
일 등을 소환했으나 북한은 소련이 해체될 것을 예기하고 이에 응하
지 않았다.

또한 북한은 파키스탄으로부터 핵무기 생산 시설과 기술을 가져오
고, 파키스탄은 북한으로부터 미사엘 다단계 로켓 기술을 이전받았다.

당시 외교관 부인이 이 같은 비밀을 서방 세계에 유출할 혐의로 살

해되었다. 북한은 장사를 지낸다는 구실로 그 부인의 시신을 옮기면서 시신에 원자탄 비밀문서를 숨겨 가져왔다고 한다.

이렇게 하여 북한은 핵무기를 생산할 수 있는 기술은 습득했으나 비용을 감당할 수가 없었다. 그런데 김대중이 5억 달러(플러스 2억 달러와 알파)라는 거금을 주어 핵 개발을 할 수 있게 되었다. 그 대가를 미국과 한국이 현재 치르고 있는 중이다.

---

* 2004년 3월 13일 시애틀에서 엘리엇 김은 미국 워싱턴 주의 아시아 담당 주지사 고문이자 북한 문제 전문가인 엘리엇 김이 전한 말들이다.

에 필 로 그

북한의 '고난의 행군'은 현재진행형이다. 고난의 행군이 무분별한 군비 확장과
동구권의 몰락으로 인한 경제적 어려움에서 비롯되었다면
길은 하나밖에 없다. 경제개방이다. 열면 살 것이요, 닫으면 죽을 것이다.

열면 살고
닫으면 죽는다

몇 년 후 다시 북한을 방문했을 때 첫 번째 방문에서 만났던 황해남도 도당 책임비서가 그대로 있었다. 구면인 데다 생각도 바른 사람이라고 여겨서 인사말로 덕담을 건넸다.

"책임비서 동지, 그동안 조국 발전시키느라고 수고가 많습니다."

"아니 그게 아니라, 우리 조국이 큰일 났습니다. 경제가 말이 아닙니다. 어떻게 하면 우리 경제가 잘 되겠습니까?"

북한은 소련이 해체될 때까지만 해도 공산권 사회주의 국가들 가운데는 비교적 발달한 선진국이었다. 북한에서 생산된 각종 물품들이 동구권으로 수출되어 나름대로 잘살았다. 그러나 동구권의 몰락으로 수출이 중단되면서 '고난의 행군'의 길로 들어섰다. 반면 중국은 새로운 개방정책으로 선전深圳 등 광둥성에 경제특구를 만들어 나날이 발전하고 있다.

도당 책임비서에게 자본주의 경제와 산업 경쟁의 장점을 내가 아는 대로 설명해 주었다. 중국의 발전 과정과 남한의 경제성장, 중국의 경제특구 건설 등을 이야기했다. 북한도 경제특구를 만들어 외국 자본을 끌어들여야 하며, 경제특구로는 해주 지구가 적합하다고 말했다.

해주는 북쪽으로 수양산이 가로막혀 있어 다른 지역과의 격리가 가능하고, 해주의 용당포 항은 일제강점기에 시멘트 공장이 있어서 5만 톤급 선박이 들어오던 곳으로, 38선으로 인해 그동안 폐쇄되어 있었으나 다시 건설하면 훌륭한 항구가 될 것이기 때문이다. 또 동쪽으로 장단과 연백으로 연결되는 도로를 건설한다면 서울까지 한두 시간도 채 안 걸릴 것이며, 강화도에서 황해남도까지는 10~20km밖에 안 되어 도로를 만들면 바로 갈 수 있고, 해로로는 인천공항까지 한 시간 안에 도달할 수 있는 거리다. 경제특구로서 해주·강녕·옹진반도만 개발하고 몽금포·구미포를 관광지로 개발한다면 국가적으로 얼마든지 경제발전을 할 수 있는 여건이 된다는 점도 지적했다.

실제로 해주는 해방 전까지만 해도 한국에서 몇째 안 가는 좋은 항구였다. 그러던 것이 38선이 항구를 가로지르게 되면서 항구로서의 기능을 완전히 상실하고 말았다. 갯벌이 있는 결성은 옹진반도와 연결되어 있고, 물이 빠지면 걸어서도 갈 수 있어 이남으로 가는 사람들이 탈출하는 길목이었다.

옹진 지구는 넓고 해안선의 굴곡이 많아 레저 단지로 발달할 수 있고, 자유세계와의 접근이 용이하다. 원한다면 북한의 다른 지역과의 격리가 가능하며, 옹진반도까지 경제특구를 확대 건설한다면 세

계적인 경제지구로 발전할 수 있는 천혜의 조건을 갖춘 곳이라고 할
수 있다.

"공화국에서는 단지 구역만 선포하면 됩니다. 남조선의 자본으로
항만을 보수하고 건설하면 수만 명의 일자리가 생기고 많은 외화를
벌 수 있어 경제성장의 초석을 놓을 수 있습니다. 치안은 공화국에서
직접 담당하고, 수양산에서 내려오는 풍부한 물과 전기를 공급한다면
외화를 얼마든지 벌어들일 수 있을 것입니다. 필요하다면 북조선의 다
른 지역과 분리하여 특수지역으로 경영할 수도 있습니다."

황해남도 도당 책임비서는 나의 말에 동조해 상부에 건의해 보기
로 했다.

미국에서 한국인으로 성공하여 종업원을 3천 명이나 고용하고 있
는 내 친구인 WSS World Special Service 회장이 북한 투자와 경제협력을 구
상하고 북한의 대성산업과 함께 남북교류를 원하던 아태평화위원회
김용순 위원장, 송호경 부위원장과 회합한 적이 있다. 그 자리에서도
나는 경제특구를 통해 북한의 개방을 유도하려고 노력했다. 이때도
경제특구의 최적지는 해주라고 역설했다. 또 이 같은 내용을 담은
건의서를 김정일 위원장에게 상신하여 경제개방을 유도하려고 애
를 썼다.

북한에서도 올바른 생각을 하고 있는 사람들이 많아서 우리와 더
불어 많은 의견을 나누었지만, 결국 이들은 나중에 대부분 군부에 의
해 숙청되거나 암살당하고 말았다.

그 후 나는 중국의 경제특구에 대해 공부하고 더 자세히 알기 위해

여러 차례 중국을 다녀왔다. 언젠가 남방 지역을 여행하던 중이었는데, 얼마 멀지 않은 곳에 마오쩌둥 생가가 있다고 했다. 그곳을 견학하려 했으나, 안내하던 중국 젊은 대학생이 "마오쩌둥은 더 이상 우리의 영웅이 아니다Mao is not our hero any more"라며 별로 권하지 않아 그만둔 적이 있다.

한 경제특구에서 다른 곳으로 가는 입구에는 검문소가 있어 일반인의 통행은 제한을 받았다. 처음에는 그들도 시행착오를 많이 겪었다. 공권력을 함부로 휘두르던 관리들의 횡포도 적지 않았다.

한번은 광둥성의 어떤 곳을 갔는데, 공장을 짓다가 만 것이 눈에 띄었다. 이유는 단순했다. 무더운 남방이지만 한적한 그늘에서 부채를 쓰던 곳에 선풍기라는 문명의 이기가 들어왔다. 손을 안 놀리고도 시원해지는 편리함을 보고 선풍기 공장을 짓고 있던 참인데 훨씬 시원한 에어컨이 있다는 것을 알고는 에어컨 공장으로 다시 설계하느라고 공사가 중단되었다는 것이다. 그럼에도 중국의 개혁과 개방은 결코 중단되지 않았다.

그 후 북한에 갈 때마다 중국의 발전상을 다룬 『중국의 분열』(예견중지음)을 몇 권씩 사가지고 가서 여러 사람이 볼 수 있도록 방문하는 곳에 슬그머니 놓고 오곤 했다. 이 책은 덩샤오핑 이후 중국의 경제정책과 발전 과정을 기술한 책이다.

또한 경제개방에 찬성하는, 바른 생각을 하는 사람들에게 역사적으로 경제발전에 성공한 나라들에서의 재벌 형성 과정과 역할을 말하기도 했다. 메이지 시대 도쿠가와 막부에서 천황으로 헌정을 반납

할 때 도와준 공로자들에게 특혜를 주어 미쓰비시·구보다 등의 재벌이 형성되었고, 그로 인하여 일본이 근대화하고 경제발전을 하였으며, 중국의 선전 경제특구 건설, 남방 중국의 개발과 재벌 형성이 중국을 경제적으로 발전시킨 원동력이 되었다고 이야기했다. 남한에서도 현대·삼성·한진 등의 재벌이 국가의 도움으로 재벌로 성장하고 이들이 국가경제를 발전시킨 사례들을 설명해 주었다.

또 미국과의 관계개선도 정치적으로만 애쓰지 말고 코카콜라나 맥도날드 등 미국 기업이 들어온다면, 그들이 북한을 위하여 미국의 정책을 바꾸게 로비할 수 있다고 역설했다. 그러기 위해서는 중국의 개발 방식과 정책을 따라야 한다면서 여기에도 경제특구를 만들어 외국 자본을 끌어들여야 한다고 말했다.

미국에서도 통일에 뜻을 같이하는 친구들이 모여 NAKANational Association of Korean American를 만들고 미국의 대북 경제제재를 해제시키기 위한 운동을 벌였다. 미국이 평화적으로 북한과 경제교류를 하고 북한을 원조할 수 있도록 정치적으로 로비를 하기 위하여 NAKA가 KPACKorean Political Action Commitee에 등록하여 미국 정계를 움직여 보자는 운동이었다.

이때 우리가 미국 정치인들에게 내건 이슈는 하나였다.

"대량학살Masscre은 총으로 쏘아죽이고 화학무기나 핵폭탄으로 죽이는 것만이 아니다. 사람들을 꼼짝 못하게 가두어 놓고 굶겨 죽이는 것도 대량학살이다. 북한 사람들이 미국의 경제제재로 식량이 부족해서 수백만 명이 굶어 죽고 있다. 이렇게 많은 사람이 굶어 죽는 것은 미국의 경제봉쇄 정책에도 일부 책임이 있다. 인도적 차원에서 경제제재를 풀어 이들이 정상적인 경제활동을 할 수 있게 해야 한다."

이런 주장이 미국 상원 의원들에게 어느 정도 받아들여져 일부 상·하원 의원이 정치적 이슈로 삼고 입법을 하기 위해 준비를 하고 있었다. 그러나 이 운동은 북한이 핵폭탄을 개발하면서 북한에 대한 경제제재를 해제하라는 명분이 사라져 동력을 잃고 말았다.

북한은 고갈된 식량 문제를 조금이라도 해결하기 위하여 그들의 특기인 술수를 부렸다. 서해 지역이 해일에 의한 자연재해로 농사를 망쳐 식량이 부족해졌다고 외국에 선전하면서 식량 원조를 청한 것이다. 그러나 실제로 재해지구라고 하는 평안남도 문덕군(서해안 옛 안주군)에 가보면 수천 평의 논이 해수로 침수 피해를 입은 것에 불과했다. 이는 국가적으로 볼 때 그리 대단한 재난은 아니었다. 그리고 해일이 있었다는 기상대의 근거도 없었다. 다만 이곳을 대대적으로 선전하여 재해지구로 선포하고 외국의 원조기관들을 초청하여 식량을 구걸하는 것에 지나지 않았다.

북한의 식량난과 경제의 몰락은 사실 동구 공산권의 붕괴로 수출이 중단되어 일어난 현상이다. 그로 인해 몇 년 사이에 300만 명의 주민들이 굶어죽는 '고난의 행군'이 시작된 것이다.

반면 중국은 새로운 경제정책의 도입으로 경제가 향상되고 국민 생활이 나아졌다. 식량을 구하기 위해 많은 사람이 국경을 중국으로 넘어왔다. 중국이 이들 탈북자들을 체포하여 북한군에게 인계하면서 인권 문제도 발생했다. 북한군은 탈북자들을 철삿줄로 묶어 가거나 심지어 철사로 코를 꿰서 끌고 가는 등 이루 말할 수 없는 비인도적이고 잔인한 일들을 벌였다. 비인도적인 중국의 행위도 우리 힘으로 좀 해결해 보려 했지만 모두 허사가 되고 말았다.

고작 우리가 할 수 있었던 일이란 인도적 차원에서 탈북자 북송을 막기 위해 중국을 설득하는 것뿐이었다. 우리는 중국이 전력을 다해 계획하고 있는 베이징올림픽에 반대하는 캠페인을 벌이기로 하고, 미국 한인신문에 베이징올림픽 반대 성명을 내기도 했다. 평화와 인도적 올림픽을 인권을 무시하는 중국에서 하면 안 된다는 것이었는데, 이것마저 국가적 공감을 얻지 못하고 우리들의 역부족으로 실패하고 말았다.

실제로 1990년대 중반 북한은 경제적으로 거의 파산 상태나 다름없었다. 식량 부족으로 인하여 300만 명가량이 굶어 죽었다. 북한의 공장과 산업시설이 80% 또는 그 이상이 가동을 중지했다. 내가 직접 보고 온 해주도립병원, 신천군 인민병원, 문덕군 인민병원 등 지방 병원은 물론이고 평양의 최고 병원들인 김만유병원, 김일성대학병원, 제3인민병원, 평양산원 등의 사정도 별반 다르지 않았다. 약품도 거의 없었고 링거 주사약을 만들 병도 없어서 각 병원에서 조금씩 만들어 맥주병에 담아 쓰는 형편이었다. X-선 필름도 없어 의사들은 옛날 기계로 투시하며 의사 자신은 물론 환자들도 대량의 방사선에 노출되며 검사를 하고 있었다.

남한에서는 예비전력이 모자란다고 걱정이지만, 북한에는 전기가 전혀 없어 북한 전체가 암흑 세상이었다. 전력이 없으니 매장된 석탄도 캐낼 수 없고, 그렇다 보니 탄광의 갱도는 모두 물이 차서 들어갈 수가 없었다. 전기로 운행하는 기차는 전기가 없어 몇 시간이면 갈 수 있는 거리를 며칠씩 걸려서 가고, 그것도 2~3일 이상 연착하는 일이 다반사였다.

난방은 고사하고 식량이 없어 풀뿌리를 캐다 먹고, 그것을 삶을 땔나무가 없어 몇 킬로미터를 걸어가서 또 나무를 베어 오고, 베고 난 나무의 뿌리도 땔감으로 파와야 했다. 이로 인해 북한의 거의 모든 산이 벌거숭이산이 되어, 조금만 비가 와도 산의 토사가 밀려 내려와 논과 밭을 뒤덮는 바람에 농사도 지을 수 없는 황폐한 강토가 되는 악순환이 되풀이되었다.

이와 같이 어려웠던 시기를 그들은 '고난의 행군'이라 부른다. 1990년부터 시작된 고난의 행군은 1997년에 극도로 나빠졌다. 김대중 정권의 햇볕정책으로 다소 나아지는 듯 보였으나 군사적으로 강하다고 느낀 북한이 천안함 사건과 연평도 포격으로 상황이 더욱 나빠지면서 북한 주민들은 '끝이 안 보이는 고난의 행군'을 지금도 계속하고 있다.

이처럼 '고난의 행군'은 현재진행형이다. 나는 내 고향의 원치 않는 '고난의 행군'이 하루빨리 멈추길 바란다. 고난의 행군이 무분별한 군비 확장과 동구권의 몰락으로 인한 경제적 어려움에서 비롯되었다면 길은 하나밖에 없다. 경제개방이다. 열면 살 것이요, 닫으면 죽을 것이다.

마지막 북한 방문

11년 만의 북한 방문이었다. 1982년 이래 여러 번 북한을 방문했지만 처음으로 '해외동포원호위원회'의 초청을 받아 갔다. 가족을 만나기 위해서는 해외동포원호위원회의 승인과 이들의 절차를 따라야 한다. 초청 기관이 다른 경우 가족을 만나기가 어려워 공식적으로 가족을 만나지 못한 때도 몇 번이나 있었다. 가족 중 한 명이 몰래 평양에 들어와서 비공식적으로 만난다 해도 내가 가져온 짐을 지방으로 운반해 내려갈 방법이 없다. 이럴 때에는 어떤 이유를 붙여서라도 차로 동생이 있는 곳까지 짐을 싣고 가서, 길가에 서서 기다리는 동생을 아주 잠깐 만나서 가져간 물건과 돈을 전달하고 황급히 돌아와야 했다.

마지막 방문에서는 평양 밖으로 나가는 것은 승인받지 못했지만 고향 땅을 밟는다는 것은 언제나 그렇듯 설레는 일이었다.

중국 선양으로 가는 비행기는 아침 8시 10분에 있었다. 서울 시내에서는 적어도 새벽 5시에 출발해야 했다. 8시에 떠나는 비행기는 9시면 선양에 도착했다(한 시간 시차가 있다). 북한 영사관에서 파견해 이런 수속만 전담하는 여행사 직원이 우리를 지정한 호텔로 안내했다. 우선 평양행 비행기부터 예약하고 지루하고 답답한 하루를 보내야 했다. 한 가지 다행인 것은 중국에서도 한국 TV를 볼 수 있다는 것이다.

감옥을 연상케 하는 높은 담에 철조망까지 얹고 삼엄한 경계를 하고 있는 건물이 바로 내가 가야 하는 북한 선양 영사관이다. 입국사증을 받아야 북한에 들어갈 수 있기 때문이다. 북한에서 지정한 여행사에는 김일성·김정일 사진을 걸어놓아 분위기가 마치 북한에 온 것처럼 약간은 살벌하다는 느낌이 들었다.

고려항공은 트랩도 없는 공항 한쪽 외진 구석에 두 대가 있었다. 비행기를 타려면 그곳까지 버스로 한참을 가야만 했다. 왠지 홀대를 받는 기분이었다. 평양 순안비행장까지는 40분밖에 안 걸렸다. 지금까지는 VIP 대우를 받으며 갔지만 처음으로 가족을 만나기 위해 보통 사람 신분으로 가는 북한행이었다. 주요 인사들의 짐인 듯한 수하물이 다 나오고 난 후에야 우리 짐이 나왔다. 본래 20kg짜리 한 개밖에 허락이 안 된다고 했지만 나는 미국에서부터 50lbs 두 개와 Carry on까지 세 개의 짐을 갖고 왔다.

공항 검색이 매우 까다로웠다. 휴대폰은 공항에 보관하고 여권과 같이 등록을 해야 했다. 짐 속에 휴대폰이 하나 더 있다며 몇 번이고 다시 조사를 받았으나 전지가 달린 돋보기를 휴대전화로 오인한 것이었다.

　해외동포위원회에서 나온 안내원과 함께 그들이 정해 놓은 호텔로 향했다. 다행히 내가 원했던 평양호텔로 숙소가 배정되었다. 북한은 여행객이 자기가 원하는 호텔로 갈 수 없는 나라다. 그런데 아차! 그만 휴대전화를 보관시키는 북새통에 여권을 공항에 놓고 오고 말았다. 할 수 없이 순안비행장으로 다시 돌아가서 여권을 찾아서 입국허가서와 함께 안내원에게 맡겼다. 북한에서는 모든 신분 서류를 안내원에게 맡겨야 하기 때문이다. 방문객은 신분증이 없는 상태에서 안내원과 같이 행동해야 하는, 약간은 불안한 연금 상태에서 지내야 한다.

　가족은 며칠 전 함경북도에서 떠났다고 하는데 아직도 평양에 도착하지 않았다. 3일 후인 월요일은 10월 10일 조선노동당 창당 60주년이 되는 날이다. 가족은 화요일에나 만날 수 있다고 했다.

　김일성이 잠든 주석궁에 가야 한다고 하는데, 그동안 여러 번 가 보았어도 그때마다 수속이 복잡하고 힘들었다. 남한에서는 김일성의 시신 앞에서 절하는 것도 국가보안법 위반이라고 하지만, 실제로 그곳은 가고 싶다고 가고 가기 싫다고 안 가도 되는 곳이 아니다. 그들의 계획에 들어 있으면 특별한 이유가 없는 한 거절할 수 없다. 나는 76세 노인이 미국에서 여기까지 오느라고 피곤하여 도저히 못 움직이겠다고 엄살을 떨어 겨우 생략할 수 있었다.

　하루를 호텔에서 쉬기로 했다. 나는 안내원이 방에 들어가는 것을 확인한 뒤 곧바로 방에서 빠져나와 대동강변 공원으로 갔다. 안내원의 동행 없이 북한 주민들과 만나 보고 싶었던 것이다.

대동강변에는 능라도에서 양각도까지 잘 조성된 공원이 있다. 그런데 웬일인지 화장실이 하나도 없다. 쓰레기통도 없다. 그래서 휴일이 지난 다음 날 아침에 보면 공원이 마치 쓰레기장 같다. 구석구석이 온통 쓰레기 더미이고 배설물로 발을 디딜 수가 없다.

경제가 나빠지면 시민들의 문화 의식도 없어진다. 강물은 말할 수 없이 오염되어 있고, 대낮에도 조금만 으슥한 곳에서는 아랫도리를 까고 돌아앉은 사람들을 흔히 볼 수 있다. 청소원이 있기는 하지만 대개 자발적 봉사를 빙자해 강제로 동원된 주민들이다. 이들의 수고로 쓰레기들은 몇 시간 후에는 말끔히 치워진다.

대동강에서는 허가를 받은 사람만이 낚시를 할 수 있다. 잉어는 없고 가운뎃손가락만 한 납작한 고기만이 드물게 잡힌다. 피라미보다도 더 작은 새끼손가락만 한 것도 가끔씩 잡힌다. 오염이 심해서 물고기가 모두 사라져 버린 것이다. 이 더러운 강물은 다시 평양의 공사 현장에 동원된 인민군들의 빨래터가 되고 세면장이 되고 또 화장실이 된다.

쉬는 날이었지만 조선중앙은행 신축 공사장과 고급 당원들을 위한 최고급 30평형 아파트를 짓는 공사가 한창이었다. 여기 동원되는 군인들과 김책공업대학 학생들이 삽과 괭이를 들고 열을 지어 공사장으로 행진하는 모습을 매일 아침 볼 수 있었다.

동원된 인민군은 군인이라고 하기에는 너무나 불쌍했다. 영양부족으로 파리하고 왜소한 그들의 부르튼 입술과 힘없는 얼굴을 보고 있자니 불쌍해서 눈물이 절로 나왔다. 그럼에도 그들은 평양에 건설된 고급 아파트나 새로 지은 공공건물은 우리 인민군들이 지었다고 자랑스럽게 이야기한다.

인민군은 소수의 특수부대를 제외하고는 13년형을 받은 강제노동 수용소의 노예나 다름없다. 군에 들어가면 10~13년을 의무적으로 복무해야 하고, 휴가나 휴식도 없이 최소한의 식량으로 무보수 노동에 종사해야 한다. 건설 장비도 없이 삽과 괭이로 평양의 구조물들을 건설해야 한다. 군에 입대하면 제대할 때까지 집에 한 번 못 간다. 복무가 끝나야 직업학교에도 갈 수 있고 결혼도 할 수 있다. 35세가 되어야 겨우 결혼하고 그나마 직장을 잡을 수 있다니 그저 한숨만 나올 뿐이다.

인민군은 명색이 지원병이어서 고급 당원의 자제들은 군대에 가지 않는 것이 상례다. 인민군에 들어가도 부정으로 제대할 수 있는 방법이 없는 것은 아니다. 그러나 미화 3천 달러라는, 그곳에서는 상상하기 힘든 천문학적 숫자의 돈이 필요하다.

나는 비교적 평양 지리에 익숙하고 방향감각도 있는 터라 장마당으로 가려고 방향을 틀었다. 하지만 지나가는 주민을 붙들고 물어 보니 오늘은 쉬는 날이기 때문에 장마당이 열리지 않는단다. 내 평양식 발음이 아무 의심 없이 믿게 했던 모양이다. 옆에 있던 아주머니가 거들었다.

"아마 메뚜기들은 그래도 나올 겁니다."

"평양역 쪽으로 가다가요, 남새 가게에서 왼쪽으로 돌아 쭉 가면 메뚜기들이 있을 거야요."

장마당 근처를 가니 뻥튀기를 비닐봉지에 한 줌 넣고 파는 초라한 아주머니가 한 분 있었다.

"얼마야요?"

"천오백 원이야요."

"맛있어요?"

뻥튀기를 들고 그중 한 개를 일부러 꼭 쥐어 부스러뜨리며 물었다.

"어마! 아이고 어쩌나!"

"대신 이거 가지세요."

나는 그 아주머니에게 50달러가 들어 있는 작은 봉투를 주었다. 이 돈은 내가 북한에 간다고 하니 산악회 회원들이 좋은 데 쓰라고 모아 준 돈이다.

"혼자 몰래 펴보세요. 나는 미국에서 온 동포야요."

그렇게 아주 작은 소리로 말하고 얼른 그 자리를 떠났다. 봉투를 열면 우선 미화 50달러가 들어 있는 것이 보일 것이다. 50달러는 이 여자에게는 아주 큰돈이다. 좀 떨어져 멀리서 보니 그 아주머니는 남이 볼세라 얼른 감추고 다른 데로 사라져 버렸다.

한 블록을 더 가니 옛날 우리가 60년 전의 전쟁 때 보았던 달러 장사 아주머니들이 있었다.

"외화 팔 것 있어요?"

"얼마 줘요?"

"삼삼 줘요."

"저기서는 삼사 준다던데."

"얼마짜리야요?"

"100짜리지요."

"20짜리는 돼도 100짜리는 안 돼요."

"쌀 살 데는 어디 있어요?"

"오늘은 멀리 가야 하는데 평성시장에 가야 있시오."

"얼마래요?"

"2700이래요."

그렇게 해서 북한이 외부 사람들에게 가장 알리고 싶지 않은 쌀값과 달러값을 다 알아 버렸다. 월급이 3천 원, 4천 원 하니 100달러면 34만 원으로, 북한 사람들의 거의 10년치 봉급이다.

이렇게 안내원의 눈을 피해 동분서주하다 보니 결국 안내원도 눈치채고 말았다. 안내원이 사정했다.

"선생님, 이러시면 제 목이 달아납니다."

마침내 동생들이 왔다. 그러나 두 동생을 따로따로 만나야 한다고 했다. 죽은 동생의 제수씨와 조카들이 왔으나 사전에 승인을 받지 못해 만날 수 없다는 것이었다. 안내원에게 따로 몇백 달러를 주었더니 청진에서 온 동생과 함께 하룻밤 호텔에서 잘 수 있게 해주었다.

동생과 식구들의 안부를 묻고 집안 이야기를 하느라 새벽 4시에나 잠이 들었다. 조용조용 작은 소리로 이야기했는데도 아침에 일어나 나가니 옆방에 묵었던 안내원이 "무슨 이야기를 밤새도록 하십니까" 하고 도청 장치로 모두 들었음을 암시했다. 집안 이야기들뿐이었으니 문제될 것은 아무것도 없었다.

예정된 일주일이 어느새 다 되어 마침내 떠날 시간이 되었다. 마지막 인사도 제대로 못 했건만 가야 하는 비행기 시간은 흐르는 물처럼 다가왔다. 이것이 이 세상에서 혈육의 얼굴을 볼 수 있는 마지막 순간이라고 생각하니 눈앞이 뿌옇게 흐려져 왔다.

2000년에 '반핵평화위원회' 일원으로 단지 한 시간의 제한된 가족 상봉 이후, 누님과 남동생, 여동생이 저 세상으로 가고 막내 여동생의 남편도 이제 이 세상 사람이 아니게 되었다. 6남매 중 두 여동생만이 아직 살아남아 끝이 안 보이는 고난을 감내하며 살고 있다.

"내가 지금 여기를 떠나고 나면 너희들이 살아 있을 때 다시 돌아오겠다는 약속을 할 수 없구나."

한 아버지, 한 어머니의 아들딸로 태어나서 몇 년 같이 살아 보지도 못하고 헤어진 지 32년 만의 만남. 그저 눈물로 뒤범벅된 채로 며칠을 지내다가, 그 짧은 만남이 다시 긴 이별이 되고, 5년 또는 3년 만에 만나기를 되풀이해도 아무런 변화도 없고 끝도 보이지 않는 어렵고 고달픈 형제들의 생활이 너무나 안쓰러웠다.

생활고에 시달리던 누님과 동생들이 하나 둘 저 세상으로 가고 이제 남은 동생 둘마저 놔두고 다시 떠나야 하는 심정은 이루 말할 수 없이 아팠다. 말로는 "또 올게"라고 내뱉었지만, 그것은 곧 '저 세상 가서나 만나자'는 뜻이었다. 어려운 삶을 살고 있는 동생들에게 무엇이든 주고 싶어 하나도 남김없이 주고 돌아섰다.

마침내 평양을 떠났다. 나는 서울로, 동생 하나는 함경북도로, 또 다른 동생 하나는 황해남도 신천으로 뿔뿔이 흩어졌다. 몇 시간 후 서울에 도착한 나는 스카치위스키 한 잔을 하며 감회에 젖어 있지만,

동생들은 그 짧은 거리를 6, 7일씩 가야 한다. 그나마도 차지한 자리를 빼앗길까 봐 용변도 못 보러 간다는 그런 차를 타고. 우리의 상식으로는 상상하기도 힘든 고난의 길이다.

그래도 한결같이 "장군님 덕택에, 수령님 덕택에 유복하게 살고 있습니다"라고 주문처럼 읊조려야 하는 북한 사람들의 심정을 헤아리기 힘들다. 그때마다 "이게 잘사는 겁니까"라고 반문하면 아무 소리 못하고 씩 웃고 그 자리를 피한다. 아무도 자기들이 살고 있는 사회의 진실이나 불평을 말할 수가 없는 나라. 우리가 허리를 맞대고 사는 북한의 속살이다.

그리운 고향과 가족이 보고 싶고 소식이라도 듣고 싶은 수백만 명의 실향민 중 나는 행운아가 분명하다. 금강산에서 단 몇 시간의 상봉을 위해 추첨을 하고 만남을 갖는 대부분의 실향민에 비하면 얼마나 행운아인가. 혈혈단신 월남해서 비록 어렵사리 공부했지만 의사가 되고, 미국에서 새 삶을 시작하며 오랫동안 떨어져 살았던 가족들과도 여러 차례 만났으니. 그리고 마지막까지 내가 줄 수 있는 모든 도움을 주었으니, 그런 의미에서 내 삶은 얼마나 행운인가. 이것만으로도 감사하고 또 감사하다. 비록 중국을 통해서 간간이 가족 소식을 듣던 연락망도 이제는 모두 끊겼지만…….

그럼에도 불구하고 나는 여전히 중국으로 의료 진료를 간다. 여러 경로로 다시 소식을 전달하려 한다.

하지만 여전히 쉽지 않다. 그나마 동족선교회의 의료자원 봉사자로 참가하며 풍문으로 들리는 북한 소식을 듣고 오는 게 내겐 큰 위로다.

때로는 소설만 한
역사도 없다

오래전 어느 기자가 북한에 잠입
하여 보고 경험한 것을 신문에 실었다. 그는 중국에서 조선족 동포로
위장해 북한의 친척 방문 허가를 받고 함경도·평안도·자강도와 양
강도를 두루 다녔다며 북한 사람들의 실생활을 자세하게 기록했다.
그는 신문사에서 주는 '용감한 기자상'을 받는 등, 한때 유명한 기자
로 이름을 떨쳤다.

그러나 동료 기자에 의해 그가 북한에 들어가지 않고 중국에 있었
다는 사실이 폭로되면서, 받은 상은 무효가 되고 신문사에서도 쫓겨
나는 신세가 되었다. 차라리 실화소설이라고 발표했다면 베스트셀러
가 되고 돈도 벌었을 것이다.

이 기자는 중국과 북한 접경 지역에서 탈북자들과 북한을 실제로
방문한 조선족들을 만나서 들은 이야기들을 마치 자기가 직접 북한

에 잠입해 들어가 경험한 것처럼 쓴 것이었다. 북한을 잘 아는 내가 보기에 이 기자의 글은 어느 누가 북한에 대하여 쓴 글보다 북한의 실상을 적나라하게 기술하였다. 평양을 다녀오고 나서 그들의 안내원이 보여주는 북한만을 보고 온 기사와는 차원이 달랐다.

소설가 황석영 씨의 작품 중에 『손님』이라는 것이 있다. 나는 그 소설에 나오는 배경과 사실을 잘 알고 있는 사람이다. 그 소설 속의 한 장면 한 장면이 실제로 있었던 일들이다. 전쟁을 경험하지 못한 작가 세대의 사람이 전쟁 시기에 일어났던 일들을 참으로 잘 그려놓았다. 그 스토리의 일부가 오래전 〈돌무지〉라는 영화로 상영된 적도 있다.

북한에 가보지 못한 북한 학자들이 여러 번 다녀온 나에게 가끔 그곳의 실상에 대해 이야기해 달라는 부탁을 해온다. 북한에서 나온 통계 자료는 하나도 없거나 있다고 해도 믿을 수가 없다. 차라리 실화소설을 쓴다면 그 속에서 북한의 진실을 이야기할 수 있을 것이다.

실화소설 중에는 역사책보다 역사적 사실을 더 정확하게 잘 그려놓은 것들이 많다. 역사는 승리자의 기록일 뿐이다. 그 이면에는 많은 진실이 왜곡되거나 미화되어 있다. 한 세대가 지나면 미화되고 왜곡된 기록들만이 전달되고 진실은 사라져 버리고 만다. 언젠가는 밝혀질 수도 있겠지만, 그 진실을 알고 있는 사람들이나 역사적 사건에 가담했던 사람이 모두 사망하게 되면 영원히 미궁에 빠질 수 있다.

김구 선생을 암살한 안두희는 그 진실을 끝내 밝히지 않고 죽었다. 케네디 대통령을 암살한 오스왈드도 사살되고 말았다. 진실이 영원히 미궁 속으로 빠져 버리고 만 것이다. 김형욱 전 중앙정보부장을 둘러싸고 각종 추측이 난무하지만 아직은 그 진실을 알고 있는 사람이 살아 있을 것이다.

어떤 작가가 사실에 바탕한 실화소설을 쓴다면 그 진실의 일단이 세상에 알려질 것이다. 우리가 알고 있는 몇몇 유명 작가들의 대하소설에는 그 진실이 시대적 배경과 함께 역사 속에서 다시 살아나고 있음을 본다.

어쩌면 우리가 읽는 역사책보다 야사가 더 정확할 수도 있다. 내가 본 책들 중『마루타』,『토지』,『송경령전』,『대륙의 딸』,『아리랑』,『료마龍馬가 간다』,『여명의 눈동자』,『운현궁의 봄』 등이 그렇다.

중국의 근대사와 한반도의 운명을 대하 역사 실화소설로 쓴다면 한국과 중국의 왜곡된 역사를 많이 바로잡을 수 있을 것이다. 지금까지의 책에는 내가 알고 있는 역사적 사실들이 많이 왜곡되어 기술된 것들이 많다.

마오쩌둥은 장제스 국부군에게 밀려 거의 괴멸 상태에 있었다.『장정長征』을 보면 동북 연안으로 쫓겨 가며 설산을 넘을 때, 공산군은 거의 회생할 능력이 없었다. 일본이 중국을 침략하여 난징 대학살을 자행했을 때 일본에 대항하기 위해 국공합작(제2차 1937년)을 한 것이 아이러니하게도 마오쩌둥 공산군에게 전열을 다시 정비할 기회를 주었다.

한편 대한민국 상해 임시정부에서는 이승만 전 대통령이 당연히 임시정부의 수반이 될 줄 알았다가 김구 선생이 임시정부의 수반이 되자 미국으로 가버렸다. 김구 선생의 임시정부는 당시 신진 사상인 공산당계와 세력 경쟁을 하게 되었다. 공산당계는 소련의 레닌으로부터 지원을 받아 임시정부의 세력을 확보하려고 막대한 자금을 가지고 오다가 도중에 강도(?)를 만나 그 돈을 탈취당했다. 임시정부에서 세력을 펼 수 없었던 사회주의계 민족주의 독립운동가들은 중국 공산당과 일본의 무정부주의자들과 교류하며 조선독립군으로 실제 일본군과 전투를 하였다.

태평양전쟁이 끝나고 장제스는 미국으로부터 막대한 원조를 받아 다시 중공군을 압박하였다. 국부군에 밀려 고전을 면치 못하던 마오쩌둥은 만주에 기반을 두고 독립운동을 하던 동북 항일 빨치산의 조선공산당 조선독립군 조직을 이용하였다.

여기에는 조선인민군 창설의 주역이었던 김책·허형식·이윤건·최용건 등이 있었고, 중국공산당 제2군과 제7군에는 사단급 지도자로 김성호·서광하·오억광·장흥덕 등 조선인들이 있었다. 중국 공산군 최강의 팔로군에는 많은 조선인 장교와 병사들이 주력을 이루었고, 동북 3성(흑룡강성·길림성·요녕성)에서 점점 세력을 넓혀 부패했던 장제스 국부군은 지리멸렬해져 결국 1949년 중화인민공화국이 수립되었다. 장제스군의 대부분은 공산군에게 투항하고 일부만이 대만으로 철수했다.

중국공산당이 승리한 데에는 조선독립군의 공로를 인정하지 않을 수 없다. 이처럼 조선독립군은 중국 공산혁명을 승리로 이끈 주역의 하나였다. 그러나 중요 간부들은 그 대가를 받는 대신 북한에 보내져 김일성의 조선인민군을 창설하도록 했다. 중화인민공화국 수립의 공로자들인 신4군·팔로군 출신 조선족 장병을 북한으로 보내 그 세력을 약화시키고 한족끼리만 중화인민공화국 정부를 수립한 것이다. 남아 있던 조선독립군 출신 장병들 대부분은 1950년 한국전쟁이 일어나자 항미 인민지원병으로 파견되었다.

그리고 전쟁이 끝나자, 이들의 북한 잔류를 적극 장려하여 북한에서 결혼하고 영주하도록 하였다. 중국으로 돌아간 사람들도 문화대혁명 때 홍위병의 숙청 대상이 되자 북한으로 피신했다. 뿐만 아니라 신생 중국 건설에 걸림돌이 되는 장제스 국부군도 대부분 한국전쟁터로 보내 인해전술의 총알받이로 만듦으로써 마오쩌둥의 중화인민공화국을 안정시켰다.

한편 소련의 후원을 받은 김일성은 중국에서 활동하다 마오쩌둥이 보내준 조선공산당의 힘으로 기반을 닦았다. 북한의 김일성은 소련계 세력이 그렇게 많지 않아 중국에서 돌아온 조선공산당과 독립운동가 출신의 좌익 민족주의자들인 조선신민당과 합병하여 조선노동당을 만들었다.

만일 중국에서 중국 공산혁명의 최대 공로자들인 조선 독립군의 세력을 분산시키지 않았다면 조선인들이 중화인민공화국 정부의 중요한 간부 자리를 많이 차지하게 되었을 것이다. 또한 중국 내에 있던 장제스 세력을 한국전쟁을 통해 제거하지 않았다면 공산 중국을 건설하는 데 많은 혼란을 겪었을 것이다.

한국전쟁이 휴전이 되자, 인민군 출신 반공포로들은 이승만 대통령의 결단으로 석방되어 한국에서 정착해 살 수 있게 되었다. 그러나 중공군 포로의 4분의 3이 중국으로 송환되기를 거부하고 대만으로 보내 달라고 요구한 것은 실현되지 못했다. 이는 최근 자료가 공개되어 (처음으로 공개된 2010년 한국전쟁사) 세상에 알려졌다. 항미 중국 지원병이라는 허울 좋은 명목으로 마오쩌둥은 남의 손을 이용하여 대량학살을 자행한 것이다. 의용군으로 참전했던 조선족 중공군 대부분은 중국으로 돌아가지 않고 북한에 남도록 장려하여 지금도 북한에서 어렵게 살고 있다.

중국에 남아 있던 독립운동가나 북간도(연변 지역)로 이주했던 조선인들은 특유의 부지런함과 높은 교육열로 자리 잡고 중국 주류 사회에 편입되었다. 그러나 1960년대 홍위병의 문화대혁명으로 숙청당하고 말았다. 이들 대부분은 북한으로 피신해 정착함으로써 중국 역사에서 공산혁명과 중화인민공화국 수립의 진정한 공로자들은 역사 속에서 묻히고 말았다.

중국은 소수민족에 대해 자치주(내몽고·티베트·위구르·만주족·야오족·조선족 등)에서 유능한 지도자들을 조건이 좋은 도시로 이주시켜 세력을 약화시키고, 그 자리에 한족을 이주시키는 방법으로 소수민족의 세력을 약화시키는 정책을 쓰고 있다. 그리고 언어의 통일이라는 명목 아래 북경어를 사용하게 함으로써 소수민족의 문화나 언어는 겨우 명맥만을 유지하도록 하는 정책을 펴고 있다

이렇게 역사는 승자의 기록만을 후대에 물려주고 있어 정사보다는 야사가 더 많은 진실을 담고 있다고 할 수 있다. 이를 바로잡아 줄 수 있는 사람들이 바로 소설로 역사를 쓰는 작가들이다. 미래의 대한민국을 위해서도 이들에 대한 기대가 크다.

여우도 죽을 때는
머리를 고향으로 둔다는데

　　　　　　　　죽어서 고향에 묻히겠다고 묘지를 준비하지 않으셨던 집안 어른들은 모두 연고도 없는 타향에서 한 줌의 재로 생을 마쳤다. 돌이켜보면 무재무능한 내가 포기하고 싶어도 그만둘 수 없었던 절박한 시절을 살면서도 이렇게나마 살아올 수 있었던 것은 쉬운 일이 아니었으므로 하느님과 조상님들께 감사할 따름이다.

　청춘을 돌려 달라는 노래가 있다지만 나는 결코 과거의 젊음을 돌려 달라고 절규하고 싶지 않다. 나는 오늘 이대로가 좋다. 마당에서 과일나무도 가꾸고 잡초를 뽑고 잡동사니나 고물들을 여기저기 옮겨 놓는 일을 해도 하루해가 쉽게 그리고 빨리 지나간다.

　동화나 옛날이야기 책을 뒤적거려도 예전엔 그렇게 재미있던 것들이 시큰둥하게 느껴진다. 옛날에는 사진 찍을 여유도 없었지만 그나마 가끔 찍었던 사진도 별로 없어서, 사진들을 뒤적거리며 옛일을 회상하는 일도 거의 없다. 피란살이와 여러 번의 이사와 생활의 변화로 내게 추억거리는 아무것도 남은 것이 없다.

나의 생애는 단순하지도 평탄하지도 않았다. 오히려 보통 사람들이 경험하지 못한 것들을 많이 겪었고, 시행착오도 많아서 값비싼 대가를 치르며 살아왔다.

그나마 감사한 것은 그 어려운 시대에 고단하고 힘든 생활을 하면서도 그때그때 최선을 다했다는 사실이다. 남에게 피해를 입히지 않고 오히려 도우며 살 수 있었고, 더욱이 북한에 남기고 온 형제자매들을 도와주며 살아온 것은 참으로 감사한 일이다. 그렇다고 내 삶이 누구에게 들려줄 만큼 대단하지도 않아 그것을 기록한다는 것도 부끄러운 일이라 글쓰기를 여러 번 망설였다.

1982년부터 지금까지 북한을 일곱 차례 드나들었다. 개인 자격으로 방문한 첫 번째와 마지막을 빼고는 서북미의료국제선교회North West Medical Team International의 팀장으로, Mercyco International의 일원으로 북한에 들어가 인도적 지원 사업을 하였다. 반핵평화위원회Antinuclear Peace Committee 미국 대표단으로 북한에 가기도 했다. 그 밖에도 자원봉사자로 북한에 갈 수 있는 다양한 팀에 속해 꾸준히 활동했다. 생활고에 시달리는 내 형제들을 돕기 위해서였다.

특히 인근 워싱턴 주 지역에서 몇몇 뜻있는 이들이 북한 동족과 어린이들을 구제하고 통일을 위해 기도할 목적으로 2008년에 설립한 기드온동족선교회를 통해 거의 매년, 짧게는 몇 주, 길게는 몇 달을 중국 압록강과 두만강 연안에 흩어져 있는 소위 탈북자들이나 북한에 친척 방문으로 들어가는 조선족 동포들을 치료하고 이들을 통하여 적으나마 약품을 보내주고, 또 자원봉사자로 의료 진료 사역을 돕고 있다.

의사라는 신분 때문이었던지 외지인으로는 드물게 평양뿐 아니라 지방 구석구석까지 돌아볼 수 있었으며, 북한에 들어가지 못하는 때는 의료봉사 명목으로 중국을 방문해서라도 탈북자나 현지인들로부터 북한 소식을 꾸준히 들었다. 그러나 지난 5년간 중국을 통해 연락이 가능했던 동생들과의 소식도 이제는 완전히 끊기고 말았다.

북한을 다녀온 사람들이 많아지니 자연 이러저러한 북한 이야기들도 많다. 보는 사람의 관점에 따라 서로 다른 각도에서 북한을 본다. 요새는 북한에서 탈북한 사람들도 텔레비전에 나와 다양한 이야기를 전달하는 세상이다.

하지만 그들이 본 북한과 남쪽 좌파들이 평양에 가서 본 북한에 대한 평가는 다르다. 북한의 형제나 친척에게서 들은 남한에 대한 평가와 그들이 느끼는 남한 사정과 내가 살고 경험한 남한의 평가가 다르듯이, 북한과 남한 그리고 미국과 중국을 오가며 내가 본 진짜 북한은 많이 다르다.

북한에 대해 하고 싶은 얘기가 목구멍까지 차올라서 금방이라도 토해내고 싶을 정도였으면서도, 그동안은 한마디도 할 수 없었다. 간간이 가명으로 몇 차례 언론에 기고한 적이 아주 없지는 않았지만, 단편적일 수밖에 없었다. 다른 방북자들처럼 책으로 묶어 발표할 수도 없었고, 사람들을 모아 강연을 할 수도 없었다. 북에 있는 형제들 때문이었다. 그들이 나로 인해 어떤 해코지를 당할지 알 수 없는 상황에서 "북한은 실제로 이렇다"고 떠들고 다닐 수는 없었다. 북한은 그런 세상이었다.

형제들을 도와주고 마지막으로 다녀온 2011년, 이제 헤어지면 다시는 이 세상에서는 만나지 못할 동생들이어서 신고 있던 양말, 입었던 팬티, 차고 있던 시계까지 끌러 주고 돌아오면서, 이제는 내 얘기를 해도 되겠구나 하는 마음으로 그동안의 기록들을 하나하나 정리해 나갔다. 다른 형제들은 모두 세상을 떠나고 남은 두 동생도 더 이상 어쩌지 못할 만큼 나이를 먹었다. 불이익이 돌아간들 더 이상 어쩔 수 있으랴 싶어서 용기를 냈다. 내 나이가 팔십 줄에 걸려 있어서 더 미루면 이런 기록마저도 남기지 못할 것이라는 초조함도 용기를 부추겼다.

격동기를 운 좋게 살아온 사람으로서, 나는 우리나라가 잘 되기를 바란다. 세계 열강들의 이해관계에 휘둘려 비극을 초래했던 과거와 달리, 군사적으로나 경제적으로나 기반을 탄탄하게 다져야 한다.

우리나라가 살아남을 수 있는 길은 우선 남북한이 경제적으로 공조하는 것이다. 물론 이것은 북한의 경제개방을 전제로 한다. 남한은 가능한 한도에서 북한에 대한 적극적인 투자로 경제발전을 도모하고, 북한 역시 핵을 포기하고 일정한 통제정책을 통해서라도 남한과 비슷한 국민소득을 올리는 경제 강국이 되어야 한다. 가난한 집 처자가 부잣집 며느리로 들어가면 부작용이 크듯이, 모든 것은 격이 맞아야 하기 때문이다. 나아가 남한의 수구꼴통들도 마음을 바꾸어 낮은

단계에서의 연방제 통일정부를 수립하는 데 동의해야 한다.

　민주주의는 화염병과 시위를 통해 이루어지는 것이 아니다. 경제가 발전하고 국민의 생활이 향상되면 자연히 따라오게 되어 있다는 것이 내 오랜 지론이다. 반정부 운동을 한 사람들이 민주화의 공로자가 아니라는 말이다. 오히려 민주화의 일등공신은 자유를 반납하고 정부 시책에 순응하며 묵묵히 일했던 사람들이다. 그들이 우리나라의 경제발전과 민주화를 가져온 공로자들이다. 지금도 우리에게는 양심적이고 나라를 진정으로 사랑하는 지도자가 필요하다.

　얼마 전 인터넷에 "백 원에 딸을 팔려고 한다"는 북한의 동영상이 나돌았다. 많은 댓글이 달려 시시비비를 가리고 있었는데, 놀랍고 실망스러운 것은 대부분의 사람들이 믿지 못한다는 사실이었다. 요즘 세대는 북한을 몰라도 너무 모른다.

　60, 70년대만 해도 남한에는 '보릿고개'라는 단어가 있었다. 어려운 식량 사정을 단적으로 드러내주는 말이다. 이보다 더한 시절에는 초근목피草根木皮란 말도 있었다. 가난한 집안에서는 입 하나라도 덜기 위해 딸을 월급도 없는 식모로 보내곤 했다. 아주 오래된 이야기도 아니다. 입 하나 덜기 위해 보내진 식모는 구박덩어리요 천덕꾸러기였다. 더럽다, 이가 나온다, 훔쳐먹는다, 훔쳐간다, 온갖 구박과 수모는 다 받으며 인간답지 못한 대우들을 받았다. 인권이라는 말 자체를 모르던 시대였다. 그렇게 하는 것을 당연하다고 여기던 시절이었다.

　현재 북한의 실정은 사가는 사람이 있다면 애를 팔고도 남을 상황이다. 100원을 붙여서라도 입 하나 덜고 고급 당원이나 군관의 양녀가 되면 사랑하는 딸을 굶겨 죽이지 않아도 되기 때문이다. 탈북자들은 이런 상황을 이해할 것이다.

내가 기드온동족선교회를 따라 중국과 북한의 국경 근처에 의료 진료를 갔을 때에도 이런 비슷한 일을 본 적이 있다. 가난한 북한 주민들이 강 건너 중국인 촌에 아기를 버리고 가는 일이 종종 발생했던 것이다. "이왕 굶어 죽을 바에는 너라도 살아 보라"는 부모들의 눈물겨운 배려(?)였다. 이 아이들이 운이 좋으면 고아원에 맡겨지기도 한다. 나도 이런 아기들을 치료한 적이 여러 번 있기에 하는 말이다.

문제의 동영상에는 누군가가 백 원을 주고 딸을 데려간다. 백 원을 받아든 엄마는 장마당에 가서 과자를 사서 멀어져 가는 딸에게 달려가 손에 쥐어 보낸다. 엄마의 마지막 선물인 것이다. 눈물 없이는 결코 볼 수 없는 이 영상을 요즘 남한의 젊은 세대들은 전혀 믿으려 하지 않는다. 하긴 이와 같은 참담한 상황이 보통 사람의 상식으로는 좀처럼 이해하기 어려울 것이다.

수구초심首丘初心이란 말이 있다. 여우도 죽을 때는 제가 살던 굴이 있는 쪽으로 머리를 둔다는데, 사람은 오죽할 것인가. 이역만리 미국 땅에서 삶의 후반기를 정리하는 내게 북한은 나를 낳아 준 고향이요, 남한은 나를 키워 준 고향이다. 나는 내 고향에 대한 애정이 각별하다. 그래서 더 강해지고 더 부유해지기를 바란다.

하지만 현실은 그렇지 않다. 내가 눈감기 전에야 이루어질 수 없는 일이겠지만, 내가 떠난 뒤에라도 이제 더 이상 이런 말도 안 되는 눈물이 우리 땅을 적시는 일이 없었으면 좋겠다. 그것이 내가 이렇듯 장황하게 이 글을 쓴 이유다.

볼 꼴, 못 볼 꼴
다시 보고 싶지 않은 꼴

초판 1쇄 찍은날 2014년 9월 30일
초판 1쇄 펴낸날 2014년 10월 5일

지은이 황기선

펴낸이 최윤정
펴낸곳 도서출판 나무와숲 | 등록 2001-000095
주소 서울특별시 송파구 올림픽로 336 1704호(방이동, 대우·유토피아빌딩)
전화 02)3474-1114 | 팩스 02)3474-1113 | e-mail : namuwasup@namuwasup.com

값 18,000원
ISBN 978-89-93632-39-2   03810